MELISSA

落ちこぼれ白魔導士セシルは対象外のはずでした

千石かのん

Illustrator
駒田ハチ

この作品はフィクションです。
実際の人物・団体・事件などに一切関係ありません。

落ちこぼれ白魔導士セシルは対象外のはずでした

MELISSA

プロローグ

セシル・ローズウッドは、目の前に立つ第一聖騎士隊隊長の端正な顔の、その顎先からぽたぽた落ちる雫《しずく》を見て我に返った。

彼女の手には、すっかり空になった細長い試験管のような瓶がある。それはたった今起きた凶悪(?)な事件の物証にしては、やけにきらきらと、舞踏室《ボールルーム》の明かりを反射し、存在感を主張していた。

ゆっくりと隊長の視線が持ち上がる。突然の豪雨に濡《ぬ》れたような、漆黒の前髪。その隙間から覗《のぞ》く怒りに燃えた金緑の瞳を前に、セシルは三歩、後退《あとずさ》った。

「す……すみませ……」

喉が張りついたようになって、声がうまく出ない。だが、ドン引きする周囲と怒りに任せて前髪をかき上げる隊長と、ぎりぎりと巻き上げるように張り詰めていく緊張感の中で、セシルは勢いよく頭を下げた。

「申し訳ありませんでしたッ」

続いてくるりと踵《きびす》を返すと、物凄《ものすご》い勢いで走り出した。驚いた招待客達が左右に分かれ、彼女にぶつからないよう道を開ける。その真ん中を、セシルは恐ろしいものに追い立てられるようにして駆け抜けていく。

ざわめきが嘲笑《ちょうしょう》に代わる前に。疑問が非難になる前に。彼が私を追いかけてくる前に。

(やってしまった〜〜〜〜)

走りながら、セシルは心の中で悶絶《もんぜつ》する。

彼女が犯した罪。

それは城内で催された、第二次魔獣討伐遠征参加者の慰労パーティで、「顔色が悪い」という理由で第一聖騎士隊隊長、オズワルド・クリーヴァの顔面に、特製の「解毒薬」をぶっかけたことだ。

(だってだって見たことないくらい、あり得ないくらい真っ黒なオーラが漂っててこっちに向かってぶわって広がってきたら！　そりゃ、白魔導士の道を諦めて薬師になろうかな〜って思ってるセシルさんとしては、うっわやば！　防御防御！　ってなるじゃないのよ！)

心の中で必死に言い訳をするが、だからといって社交界人気ナンバーワンの殿方に恥をかかせた罪は消えない。

(ああああああああ)

心の中で頭を抱えながら、セシルは城門から外へと飛び出そうとした。

その瞬間。

「!?」

ぴしり、と足が固まり急にそこから一歩も先に進めなくなった。いくら足を動かそうと力を込めても、地面に縫いつけられたようにびくともしない。

奥歯を食いしばり、両手を振ってそこから逃れようともがきながら、脳内でセシルはこの状況を判断しようとする。

そう……これは……この……地面に縫い留められたようなこれは……。

「……お前」

低い声が背後からして、どっと冷や汗が背中を伝う。振り返らなくてもわかる。数多くの女性がその声の持ち主に甘く囁《ささや》かれたいと夢を見、数多くの騎士達が魔獣討伐戦の際に勇気を貰《もら》うのだろう。

だが今のセシルにとって、地を這《は》うようなその声は、自分の白魔導士人生全ての終焉《しゅうえん》を意味するような、不吉なものでしかなかった。

ぎゅっと目を閉じ、瞼《まぶた》の裏を流れていく今までの人生の幸せな瞬間と、そうでない瞬間を眺めながら彼女は両手を組んで祈りを捧《ささ》げた。

我が人生に幸多かれ、と。

セシルを大地に縫い留めているのは、言うまでもなく騎士達が使う魔術の一つで、捻《ひね》りも何もない「地縫い」という名前がついていた。逃走するものをその場に留め置き、逃げられなくする魔術だ。

曲がりなりにも白魔導士であるセシルは、こういった『状態異常』を解除する魔法があることを知っている。だが知っているからといって即座に使えるほど、セシルの魔力も技術も高くなかった。

後ろからゆっくりと、硬いブーツの踵《かかと》が石段を削る音が近づいてくる。一歩、二歩、三歩……。

「ご、ごめんなさいすみません恥をかかせてしまって申し訳ありません、ですが私にも白魔導士としては……というか落ちこぼれですけど技術も低いですけどでもあの、あの薬は師匠達にもそれなりに評価されているものでして、決して！　決して身体《からだ》に害があるものでひゃああああああ!?」

必死に弁明していたが、その言葉は最後まで続かず、今度は別の魔術でわちゃわちゃ動く両手と胴体部分を縛られてしまった。

「こ、ここ、こんなにがっちりホールドしなくても逃げませんし、あのあの……本当に心から申し訳なく思っており、できれば穏便に」

「……うるさい」

奥歯を食いしばったような、地獄の底から響いてくるような不吉な低音に、ぴたりとセシルは口を閉じた。強張《こわば》った首を動かし、一体何が起きているのかと横目で確認しようとして、柔らかなものが頬をかすめ目を見張る。

思いもよらない近距離に、第一聖騎士隊隊長・オズワルドの端正な顔があり、その唇が頬をかすめたと知ってセシルは魂が抜けそうになった。だがそんな彼女の様子などお構いなしに、オズワルドは両手を伸ばすとひょいっと丸太を扱うようにセシルを肩に担ぎ上げた。

「!?」

驚き固まる彼女を無造作に抱えたまま、オズワルドは大股で城門を出て、唐突に近距離移動魔法を発動させる。足元に光り輝く魔法陣が現れて、突風が吹き上がる。それに乗って、セシルを抱えた男は厩舎《きゅうしゃ》へと移動し、公爵家の紋章が入った馬車に、問答無用で彼女を放り込んだのである。

慰労会は日が沈んだ頃から始まっていたが、セシルが罪（？）を犯した時は既に日付が変わろうかという時刻だった。それからこうして怒れる（？）オズワルドに拉致（？）されてやってきたのは、彼の生家であるフレイア公爵家であった。

暗闇の中全ての窓がきらきらと輝くその巨大な屋敷は、広い敷地の真ん中にありながら一つの村よりも明るく見えた。正面玄関に馬車が停まり、フレイア公爵でもあるオズワルドは、当主として当然、その黒光りする巨大な扉から中に入るのだと思っていた。実際、馬車の音を聞いた執事が扉を開けて待ち構えていたし。

しかし彼は、馬車の座席に座るでもなく寝かせられるでもなく、「放り込まれただけ」のセシルを抱えてステップを降り、あろうことか執事が待ち受ける正面玄関を迂回《うかい》して裏口から中に入った。

突然の主《あるじ》の、更には裏口からの帰還に使用人達が目を見張る。彼らから注がれる視線は流れるようにセシルへと移り、そこに交じる「あの女はなんなんだ!?」という疑念が痛いほどにセシルに突き刺さる。もちろん、彼らはそんなことを口に出したりはしないのだが。

そうこうするうちに、セシルは使用人用の裏通路と階段を通って豪華な部屋へと連れ込まれた。

一応、やかましい口は閉じていた。疑問が胸の裡《うち》で渦巻いて、口から零《こぼ》れ落ちそうだったが我慢した。そうしないと斬って捨てられそうな殺気をこの人から感じているし。

目だけで黒と金で統一された室内や、風変わりに吊《つ》り上げられ、あちこちで煌々《こうこう》と光るガラスランプや異国風の衝立《ついたて》などを眺めていたセシルは、ベッドの真ん中に放り出されて目を丸くした。さすがにこれは、声を上げねばなるまい。

「何する気ですか!?」

「何もしない」

「何もしないんですか⁉」

「何もしないわ！　てか何考えてるッ！」

苛立《いらだ》たしげに言われて、なんとなくほっとしたようなそうでもないような表情でセシルは目を瞬《しばたた》いた。

「いえ、だってあの……じゃあなんで罪人の私をこんな立派な部屋に連れてきたんですか？」

ぐるぐる巻きに縛られ放り出された女を前に、オズワルドは着ていた夜会服の上着を脱いで、首に結んでいたタイを無造作に引っ張った。

「ほらやっぱり何かする気でしょう⁉」

「言っておくが、お前は俺の趣味じゃないし大体そんな貧相な身体に用はないッ！」

「貧相ですって⁉　見たこともないのに！　もしかしたら脱いだら凄いかもしれないじゃないですかッ！」

「……凄いのか？」

半眼で尋ねられて、セシルは堂々と胸を張った。

「凹凸は少ないですね」

「ほらみろ、俺の好みじゃない」

「今の世の中、女性の身体つきしか見てないような男性はもてませんよ」

「もてなくて結構。今だってすり寄ってくる女がうざくて困って……――って俺は何の話をしてるんだ」

頭痛を堪《こら》えるように額に手を当てるオズワルドを前に、今日の慰労会でも彼に群がっていた高貴な女性達の姿を思い出して、セシルは納得したように一つ頷《うなず》いた。

「なるほど。私はてっきりあの状況は男の勲章として燦然《さんぜん》と光り輝く栄誉のようなものだと思っていましたけど、ご本人にとってはあまり喜ばしいことではないのですね」

ふむふむ、とがっちりホールドされたまま一人頷くセシルを前に、彼は呆《あき》れたようにシャツに手をかけた。

「お前……よく話しすぎだと注意されないか？」

「それはもうしょっちゅう」

「直す気は？」

「ないですね」

きっぱり告げ、ドヤ顔をするセシルを前に、オズワルドは更に頭痛が酷《ひど》くなった、という顔で呻《うめ》いた。そんな彼はウェストコートも脱ぎ、シャツも放り投げようとしている。

「って、待ってください、いつの間にそんなに脱いだんですか⁉」

「うるさい、黙れ」

「黙ってなどいられません！　こんな危機的状況！」

「お前は趣味じゃないと言っただろうが！」

半分喚《わめ》くようにして告げられ、薄いシルクのシャツが床に落ちる。きゃあああ、と悲鳴を上げる準備をしていたセシルはしかし、唐突に目の前に現れた均整の取れた上半身を前に声が出なかった。

鍛え上げられ、引き締まったその身体に、目を覆いたくなるような傷が、左肩から脇腹へと袈裟懸《けさが》けに走っていた。

それは黒く変色し、信じられないくらいの邪気を放っている。

セシルの目がその傷に吸い寄せられ、そのまま動けなくなった。

思わず黙り込むセシルに、ことの重大さを察知したのかオズワルドが皮肉げな笑みを浮かべた。

「なるほど。さっきまで馬鹿みたいに喋《しゃべ》り倒していたお前が口を噤《つぐ》むということは……やはりそれなりに酷い傷だということだな」

鼻で笑いながら言われたその台詞《せりふ》に、はっとセシルが我に返った。

「この傷は……」

白魔導士としての経験は浅いが知識はある。だが彼女の持っている知識の中でこれほどまでに真っ黒で陰惨な傷は見たことがない。

「この間の魔獣討伐戦で受けたものですか？」

思わず身を乗り出してそう言えば、ふと彼の金緑の瞳がじっと自分を見下ろしているのに気が付いた。オレンジの明かりを受けて、オズワルドの瞳がほんの少し煌《きら》めく。何故《なぜ》そんなにしげしげと眺めるのだろうかと、首を傾《かし》げかけたところで不意に男が吐き出すように告げた。

「……そうだ」

ふいっと視線を逸《そ》らされる。間の悪そうな顔をする彼に不思議に思いながらも、セシルは重ねて尋ねた。

「これほどまでに酷い傷なら、もちろんローレライ様はご存じなのですよね？」

その名前に、一瞬でオズワルドの顔から表情が抜け落ちた。あれ？　と思って目を見張ると、視線を逸らしたまま、彼が淡々と答える。

「知らない」

なんと。

「何故ですか？」

思わず眉間に皺《しわ》を寄せて尋ね返すも、オズワルドは沈黙したままだ。それがますますセシルを混乱させる。

ローレライ・コンラッドはセシル達白魔導士が暮らす村でもトップクラスの実力を誇る魔導士だ。今回の討伐戦では巨大な防御陣を展開して大勢の命を救い、慰労会でオズワルドと同じように、七英の一人に選ばれ、国王陛下から勲章を授与されていた。

ちなみに七英なる称号は、この国を滅亡の危機に陥れた魔王を倒した勇者七人にあやかってもうけられたものだ。

騎士、黒魔導士、白魔導士、拳闘家、暗器使い、算術師、賢者とある。

今回七英に選ばれた者達は、それぞれ力が高く、先頭に立って作戦を指揮していたはずなので、当然彼らはよく知る間柄だと思っていた。それなのにローレライがオズワルドの傷を「知らない」とはどういうことなのか、セシルにはイマイチ理解できない。

眉間に皺を寄せて考え込んでいた彼女は不意に、あることに気付いた。

親しいのに、その痛々しく禍々《まがまが》しい傷を知らない。……と、いうことは。

「もしかして、オズワルド様はローレライ様と愛し合っていて、それで彼女に心配をかけまいとこんなオソロシイ傷を隠しているとかそういうことですか⁉」

「違うッ」

間髪入れずに修正されて「あり？」と彼女は首を傾げた。

「違うんですか？」

「オカシナ妄想をするな。俺と彼女は何でもない。というか、何かあったなんて考えられる方が迷惑だ」

更に苦々しく吐き捨てられて、んんん？　と目を眇《すが》めたセシルがぐるぐる巻きの身体をどうにかして起こし、わずかに身を乗り出す。当たりだと思ったのだが……ではじゃあ一体なんでだ？

「ローレライ様は気高く気品もあり、なのに偉ぶらずおっとりした雰囲気を持っていて、白魔導士村でもみんなから慕われていて、お嫁さんとしてはとても良いレディだと思うのですが何か気に入らないことでも？　あ、でもそうですね、ローレライ様はどちらかというとオズワルド様のような放蕩者《ほうとう》だと評判が立つクロヒョウのような人よりも、七英の拳闘家に選ばれたジュード様の方がお好みかもしれない」

「だ、ま、れ」

唐突に押し倒され、ぎゃーっと叫ぶ前に彼の掌《てのひら》で口元を押さえられる。もごもごご言うセシルを冷ややかに見下ろすオズワルドの、その金緑の瞳がぎらぎらと光っていた。

「あの女の性格やら好みやらはどうでもいい。俺の社交界での噂《うわさ》も今は関係ない。俺がお前を厄介なあれこれを背負ってまで屋敷の自室に連れてきたのにはわけがある」

「ほひゃほうへふへ」

「もう喋るな」

耳元で囁くように断言され、ふるりとセシルの身体が震える。そんな彼女の反応などお構いなしに、彼は噛《か》んで含めるように告げた。

「いいか、口を閉じて、よく聞け。さっきこの俺にぶっかけた謎の薬だがあれは――」

その瞬間、ばーん、という何かに何かがぶつかるような音がして寝室の扉が開き、それと同時にセシルに負けず劣らずの勢いで喋る声が飛び込んでくる。

「おいこら、オズワルド！　お前何勝手に王宮抜け出して帰ってきてるんだよ!?　お陰であっちこっちのご婦人方から泣きつかれて、ちょっと役得かな～っと思ったけど、よく考えたらあの令嬢達、全員お前目当てだからはっきり言って何のメリットもない上に罵られた俺の気持ちを考え……って、人に面倒ごと押しつけてお前はこんな……良いご身分だな、畜生！」

（もう一人現れた！）

心なしかこめかみを引き攣《つ》らせたオズワルドが、「なぜ鍵をかけ忘れたんだ、俺はッ」と奥歯を噛み締めて独り言ちる《ご》のが聞こえる。

「人の部屋にノックもなしに押し入らないでくれないかな、ザック・リード」

地獄の底から響いてきそうなオズワルドの声音に、しかしザックと呼ばれた男は全然平気な様子でつかつかとベッドの方へと歩いてくる。

(おおっ！　第一聖騎士隊副隊長様ッ！)

セシルの両目が、枕元に立って興味津々にこちらを見下ろす男の外見を捉えた。黒髪のオズワルドと対照的な金髪の彼は、少し目尻の下がったブルーの優しげな眼差《まなざ》しをしている。顎に手を当てて、ほほう、と呟《つぶや》く彼に、セシルはどうしても一言物申したくなった。だが彼女の口を押さえる手は絶対に動かないという固い決意を表明している。

(仕方ない)

これだけはやりたくなかった、と心の中で渋面をしながら、セシルは思いっ切り舌を伸ばすと彼の硬い掌をなめてみた。

「!?」

雷に打たれたような勢いで手が離れ、その瞬間を逃がさずセシルが喚いた。

「オズワルド様と私の名誉のために申しますが、このような状況に陥ったのは決して淫らな欲望が爆発した結果やとても美しいロマンチックな雰囲気から起こったものではなく、単に私が延々とべらべらべらべら喋るからであって、彼が私のように凹凸のない女性を好き好んで押し倒すわけはない──ってちょっと酷くないです!?　確かにオズワルド様の好みじゃないかもしれませんが、私だって多少は可愛《かわい》い顔立ちを」

「だ、ま、れッ！」

再びもが、と口を押さえられ、一瞬で状況を把握したザックは三秒後に腹を抱えて笑い出した。

「……いい加減に」

げらげら笑う副隊長と、やたらめったら身体を捻るセシルを前に、青筋を立てたオズワルドが全員を呪い殺しそうな勢いで声を荒らげた。

「お前ら、少しは俺の話を聞けッ！」

1　落ちこぼれ白魔導士の初仕事

「それで、一体どのような御用件でこんな田舎まで？」

白魔導士村の長《おさ》で、白魔術の最高権威でありながら、何故《なぜ》か村から出ることを頑《かたく》なに拒否し、登城すらも拒否し、それが許されるだけの力を持つ引き籠《こも》り導師、カーティスが、神妙な顔で立つセシルと、正面のソファに笑顔で座る第一聖騎士隊隊長を交互に見た。

銀色の長い髪を頭の上で一本に縛り、水色で切れ長な瞳を持つカーティスは、氷雪のような容姿を持つ美男だ。更に引き籠っているため、王都では謎めいたイケメンとして令嬢達の間でひそかな人気を博していた。といっても彼の姿を間近で見たことのある者が少ないため、一種の都市伝説のようになってしまっているのだが。

だが、その噂《うわさ》もあながち間違いではないなと、クリーヴァ隊長の左隣に立つザックは感心したように息を呑《の》んだ。確かに彼は、うちの隊長にも引けを取らないくらいの美貌を持っている。

「昨夜、こちらの白魔導士、セシル・ローズウッド嬢が作った薬を『浴びる』機会がありまして」

そんな噂のカーティスの美貌など気にすることもなく、オズワルドが笑顔で切り出した。

「……浴びる」

そのオズワルドの台詞《せりふ》を反芻《はんすう》したカーティスが、じろりと凍れる視線をセシルに向けた。どっと冷たい汗が背中を伝い、気付けば彼女はしゅばっとカーティスの足元に歩み寄ると大急ぎでその場に跪《ひざまず》いた。

「師匠！　こ、これには深い……深ぁいわけがありまして……」

「ふうん？」

この師匠のことをよく知らない令嬢達からすれば、神秘的な孤高の美青年などというイメージが先行するだろうが、彼女は曲がりなりにも彼の弟子だ。師匠が外見と同等の冷徹さと引き籠りを選ぶくらいには人嫌いで、尚且《なおか》つぱっとしない才能の持ち主のセシルに呆《あき》れ返っているという事実を加味すると、この現状は非常によろしくない。雷が落ちる一歩手前、ごろごろという不穏な音が聞こえてくるそんな空模様に近い。

「セシルは確か、ローレライに付き従う四人のうちの一人に選ばれていたはずだが？」

「そ……そうです……」

「自分の実力では王宮に招待されることなど一生に一度もないからと、温情をかけて連れていって欲しいと、そうローレライに頼んでくれと言ったのはお前ではなかったか？」

「……そ……その……通り……です」

「で？　お前はそこで、この聖騎士隊隊長殿に手製の薬を浴びせたのか？」

ひんやりとした声が耳を打ち、ばくばくと鳴る鼓動を耳元で聴きながら、「師匠ッ」と彼女は必死に顔を上げた。

「彼の身体《からだ》からのっぴきならない、トンデモナイ、見たこともない禍々《まがまが》しい邪気を感じまして、それがこう、鉤爪《かぎづめ》のような感じにふわ～っと私の方に伸びてきて、こいつはいけない、と私は咄嗟《とっさ》に薬瓶を取り出し、えいやっ！　と」

「セシル」

途中から調子よく、喜劇役者のような感じで話していた彼女は、自らの名前を冷え切った声音で呼ばれてぴたりと口を閉ざした。

まずい。非常にまずい。

「王宮に出向くのに、お前は薬瓶など持っていったのか？」

「……ええっと……その……高名な七英の方や来賓としていらしていた王侯貴族の方に売り込めるチャンスがあるかなって……」

「…………………セシル」

更にカーティスの声が冷えたところで、不意にオズワルドが割って入った。

「確かに彼女に真正面から謎の液体をかけられて激怒しました」

「だ、だって師匠！　魔物かと見紛うようなモノが私に向かって触手を伸ばしてきたらそれは防衛反応くらい起こしますでしょう⁉」

身を乗り出して訴えれば、じろりとひと睨《にら》みされる。眼差《まなざ》しで「限度があるだろ」と訴えられ、セシルは大急ぎで視線を逸《そ》らした。確かに……限度はある。顔面に解毒薬をぶちまけるのは……確かに……うん。

「それで？　我が弟子の失態をどうして欲しいと？」

一通り事態を把握したカーティスが氷点下の眼差しをオズワルドに向ける。気だるげな口調の中にどこか苛立《いらだ》ちの混じったその声に、オズワルドはいい笑顔を崩すことなく続けた。

「社交界のお偉方の面前で恥をかかされた責任を取るべく、彼女をしばらくわたしに預けてもらえませんか」

長い脚を組んで、思案げな振りをしつつにやにや笑うオズワルドに、セシルは目を丸くした。

「私は好みじゃないって言ってたじゃないですか!?」

「そういう意味じゃないって言ってるだろ！　それに理由なら屋敷で話したはずだ、忘れたのか」

額を押さえ、眉間に皺《しわ》を寄せてオズワルドが答える。だが、そんな二人の会話など全く興味のないカーティスがちらりとも微笑《ほほえ》まず淡々と告げた。

「どうぞ、好きに持っていってください」

「師匠!?」

「セシル。お前はもう立派な白魔導士だ。確かに実力は中の下かもしれないが、やらかしてしまったことの責任を取るくらいの気概はあるだろう？」

「だからってこの身を捧《ささ》げてこいだなんて悪徳人買い業者のボスですか!?」

「わたしに面倒をかけないのならそれでいい」

「師匠！」

「言っておきますが、彼女はわたしの趣味じゃないですし、彼女を連れていく理由は非人道的なものではありません」

これ以上不毛な会話は聞きたくないと、オズワルドが声を荒らげる。二人の視線が彼に向いた。膝に足首を乗せ、堂々と不遜な態度を取る彼は淡々と告げた。

「わたしは先の戦闘で傷を負い、それがもたらす邪気による体調不良がこのところずっと続いていました。昨夜のパーティも正直乗り気じゃなかったんですが……」

ちらと、彼の金緑の瞳がセシルを見る。説明しろ、とそう無言で催促された気がしてセシルはしゅたっと立ち上がると堂々と胸を張った。

「その邪気による頭痛胃痛胸焼け不快感動悸《どうき》息切れが私の作った解毒薬を浴びたことで一気に良くなったんです！」

それが昨日、あの大騒ぎの後にオズワルドから打ち明けられた内容だ。頭痛胃痛胸焼け不快感動悸息切れは言われてないが。ただひたすら具合が悪いということだった。

「ですがそれは一時的なことで、女性とベッドを共にするにはとてもじゃないが気力が充実していない」

もが、と口を押さえられて、セシルはまたしても、大急ぎで立ち上がったオズワルドに口を塞がれたことに気が付く。そのまましおらしく立っていると、オズワルドがごほんと咳払《せきばら》いをした。

「とにかく、彼女の解毒薬が唯一、わたしの体質に合致した。そこで、根本的な治療のために彼女をお借りしたいのだが」

弟子《セシル》の口を押さえてにこにこ笑う騎士団長に、カーティスは首を傾《かし》げてしばらく二人を見詰めた後、

「一つ聞きたいのだが」と口を開いた。

「人を癒《いや》すことに関して、わが村でわたしの次に力を持つのはローレライだ。彼女に力を借りようと

いう気はなかったのかな？」

　当然の疑問に、しかしオズワルドは少し困ったような表情で切り出した。

「確かにそうなのですが、討伐戦の折に少し困った噂が立ちまして。わたしとローレライ殿の間に何かあるのではないかと邪推する連中がいたんです。加えて、わたしの怪我《けが》は討伐隊の士気に関わるので周囲には秘匿されている。彼女に治療を頼むとしたら、一対一になってしまうことから、噂を後押ししかねない。それは彼女の評判にも関わることでもあります」

　更にオズワルドはいい笑顔を見せた。

「そんなわけで、白魔導士に頼まず様々な薬を試してみましたが、唯一効果があったのは彼女が作ったものだったんです」

　澱《よど》みなく告げられた内容に、カーティスがすっと目を細める。それから何も言わずに一つ頷《うなず》くと、ゆっくりと立ち上がり、不意に思い出したように付け足した。

「我が弟子を手籠めにする気は」

「あるわけないでしょう」

「よろしい。……セシルが好みではないというのは本当のようだな」

　オズワルドの手で未《いま》だに口を塞《ふさ》がれている当該者から呻《うめ》き声が漏れる。その抗議を無視し、師は腕を組んで顎に手を当て、ふむ、とオズワルドの身体を注視した。

「傷を確認させてもらっても？」

　少しだけ躊躇《ためら》った後、オズワルドはセシルを放す。じろっと睨まれ、彼女は一歩退くと口をぎゅっと結んでみせた。溜息《ためいき》と共に、彼は着ていた上着とウェストコートを脱いで、シャツのボタンを外した。彼の鍛え上げられた胴体を、斜めに走る傷の跡。血の塊がこびりついているかのような、赤黒いそれは、ひっかき傷のように、肩の辺りと脇腹の辺りで先端がぎざぎざになっている。

カーティスの優秀な白魔導士としての「瞳《め》」が傷跡に溢《あふ》れる黒々とした邪気を捕らえ、それが確かに、自分に向かって伸びてくるのを確認する。だが、「それ」はカーティスに触れる前に、彼自らが己にかけている防御陣に触れ、散り散りに弾《はじ》け飛んだ。

魔術を使えるとはいえ、騎士であるオズワルドと彼の副隊長にはその様子は見えなかった。だが、セシルはその様子が見て取れ、なるほど、と胸の中で頷く。ああいう魔につけ入らせない防御陣を張っておけばいいのか。

だがそう考えた傍《そば》から「自分の魔力ではあれほど高位な陣は形成できない」と悟る。そこが自分の才能の限界ということだ。

どんよりした気分でいると、カーティスの眼差しがセシルに向いて、彼女は慌てて背筋を正した。

「セシル。これはかなり厄介な部類に入る傷と邪気だ。先方はお前が作った解毒薬が一番効いたと言っているが……どうか?」

彼女がオズワルドの提案を受け入れて、白魔導士として仕事をするなら、それを委任したカーティスにも責任が生じる。自分の実力に見合わないことに首を突っ込むな、と言外に言われ、セシルは気を引き締める。

確かにそうだ。これは……恐らくはカーティスのような高位の魔導士が請け負う事態だろう。ただ

それは「一般的な」解毒や解呪に当てはめて考えた場合で、この「一般的」にセシルは含まれない。何故なら、この「解毒・解呪」に関してセシルは「一般的ではない」力を持っているからだ。

それをカーティスは知っている。彼は先ほど「人を癒すことに関して」なら自分の次に力があるのはローレライだと言った。彼女なら、「総合的に」オズワルドを「癒す」ことができるだろうと。これは間違っていない。セシルとは比較にならないほど、ローレライの力は強い。

そんな彼女やカーティスに対して、セシルが唯一対抗できて誇れる力があるとすれば、それは何を隠そう「解毒・解呪」の分野なのだ。それは彼女に与えられた才能、ともいえるかもしれない。

「師匠」

ゆっくりとセシルが口を開く。

「私には白魔導士としての才能があまりありません。そのため、これからは解毒とか体調不良改善とか滋養強壮の薬を作って売っていこうかと考えていました。白魔導士としての依頼がくるとは思えなかったし。そんな私の現状を後押しするかのように、オズワルド様が『私の解毒薬』が役に立ったとおっしゃり、更には治療の機会を与えてくれようとしている。ということはですよ、師匠。これは私が将来、薬屋を始めた際にとてつもなくいい、宣伝効果を生み出すのではないでしょうか！　あのオズワルド・クリーヴァを元気にさせた白魔導士が作る薬、なんて売れる以外の未来は見えないと思います！」

力説し、ぐっと拳を握りしめるセシルを、オズワルドが呆れたような眼差しで見詰める。

「つまり、お前は自分の利益のために受けたいとそう言うのか？」

「それ以外にこんな七面倒な依頼を受けるわけないじゃないですか！」

しれっと告げるセシルに、依頼人のオズワルドがしかめっ面をする。

「正直だな」

「オズワルド様ほどではありませんよ。社交界では猫を三十四近く被《かぶ》ってるようですけど」

お前は一言多いと、ほっぺたを引っ張られながらも、「ひょひひゃふ」とセシルが声を荒らげた。

「私にやらせてくださいッ」

オズワルドの手から頬を取り返し、赤くなった所を撫《な》でながら、セシルが力説する。彼女の琥珀《こはく》色の瞳が、窓の外の日差しを受けてきらきらと輝いている。

自らの白魔導士としての資質に関しては諦めていた。これからの将来、自分で身を立てるにしても、未だ「見習い」から抜け出せない現状を鑑みれば、それだけで食べていけるとも思えない。ならば代替案は必要だ。そう……自分が得意とする分野を生かすしかない。

じっとセシルの顔を見詰め、それからその隣に立つオズワルドに視線を向ける。

「まあ、確かに。オズワルド殿の社交界での噂を考えるなら……」

言いながら頭のてっぺんからつま先まで視線を走らせる。

「見てくれも悪くない」

「師匠」

思わず呆れたように口を挟むセシルに、今度はその水色の瞳が向いた。

「問題はお前だ。……どうか？」

微《かす》かな沈黙に含まれる意味合いを、的確に理解したセシルが少し目を見張り、それから己の身体に視線を走らせる。

「まあそうですね……いざとなったら薬に頼ります」

肩を竦《すく》め、へらりと笑う弟子に、師匠は短く溜息を吐《つ》いた。

「ならば好きにすればいい。ああ、オズワルド殿」

よっしゃあ、と両手の拳を握りしめて喜びを表すセシルを横目に、カーティスはやや冷えた声で聖騎士隊隊長に声をかけた。

「落ちこぼれとはいえ彼女はわたしの弟子の一人だ。くれぐれも……君が関係した女性達のような哀れな末路を辿《たど》らせないで欲しい」

笑顔だが目が笑っていない。雛鳥《ひなどり》へ攻撃を加える、外敵を睨むようなその眼差しに、オズワルドはやや驚いたのち、神妙な顔で頷いた。

「わかりました」

こうしてカーティスとオズワルドの間で白魔導士派遣の契約が取り交わされ、セシルは初めて、単独の仕事を任されることになった。白魔導士村の自宅に戻り、大急ぎで荷造りをし、娘の初めてのお仕事に感極まった両親から、涙と共に好物の詰まったバスケットを持たされ、意気揚々と公爵家の馬車に乗り込もうとした。

その時、珍しいことが起こった。館から一歩も出ないでおなじみのカーティス師匠が、どこからともなくその薄い水色のローブをなびかせて現れ、ふわりとセシルの前に降り立ったのだ。

両親から三日分はありそうな食料を持たされ、琥珀色の瞳をまん丸に見開くセシルに、師匠は何も言わず、雪の結晶が刻印された六角形の青い瓶を手渡した。

「わたしが調合した薬だ。もしもの時はこれを使いなさい」

受け取った小瓶をしげしげと見詰め、それからセシルは日の光にオレンジに輝く眼差しいっぱいに師匠を映した。

「ありがとうございます、師匠。これ、使わせてもらいます。あ、そんな、『こいつ、大丈夫か？』みたいな顔をしなくても。でもほら、何度も使うわけでもないですしね」

あはは、と頭に手を当てて笑う彼女をじっと見下ろし、その後彼は溜息と共にもう一つの瓶を袖から出した。同じように雪の結晶の刻印があるが、こちらは赤紫色で丸い形をしていた。

「一応、こちらも渡しておく。青色の方が閉ざすとしたら、こちらは開く方だ。いいな？」

真《ま》っ直《す》ぐ、目を見て言われセシルはやや困ったように眉を寄せた。

「はあ……まあ……じゃあ……いちおう」

一応受け取り、セシルが「でも解放バージョンはいらないのでは」と言おうと顔を上げた瞬間、カーティスの姿は忽然《こつぜん》と消えていた。後には冷たい雪にも似た、冬の香りが漂っている。ぽりぽりと顎の辺りを掻《か》いた後、セシルは公爵家の馬車に乗り込んだ。

「お待たせいたしました」

「ああ」

そこには、社交界の貴婦人、令嬢共に見たことがないであろうほどの仏頂面をしたオズワルドがいる。何故彼と同じ馬車なんだろう、と一瞬考えるも、途中で具合が悪くなった時に対処する要員だと気付いて気を引き締めた。

そう、向こうが社交界で噂されるような「紳士的な笑顔を持ちながらも、静かに社交界を睥睨《へいげい》し、獲物を狙う黒豹《くろひょう》のようだ」という雰囲気をかなぐり捨て「ただの不機嫌なイケメン」で通すというのなら、セシルも白魔導士としては落第点だが、解毒・解呪の専門家として仕事をするまでだ。

「とりあえず」

豪華な馬車の中、オズワルドはふかふかのベンチの背もたれに寄りかかり、いくらか気怠《けだる》そうに眼を伏せている。その彼の様子に、セシルは持っていた四角い鞄《かばん》を開けてフラスコを取り出した。

「これを飲んでください。多少気分がよくなりますから」

「……これは?」

不審そうに、差し出されたガラスの細長い瓶を見詰める。中には濁った緑色の液体が。昨晩かけられたフラスコの中身は透明だったが、と視線で訴えられ、セシルは素知らぬ顔で胸を張る。

「馬車での移動がどれくらいになるのか……え? 三日? 三日も馬車に乗り続けるのでしたら、やっぱりこれを飲むべきですね。狭い空間と、あまり動かせない身体では、体内に溜《た》まる陰気を排出できませんから。これは飲むと体内の悪い物質を吸着し、身体から出す作用があります」

「…………………つまり」

ここで彼は語を切り、じろりとセシルを睨んだ。

「君はこれが、下剤だと言いたいのかな?」

「そうですね」

「死んでも飲むかッ！」

「死ぬ前に飲むんですよ。他の下剤とはちょっと違いますから。お腹《なか》が痛くなりにくいですし、緊急時にぎりぎりまで我慢できます」

「死なないためだろうが、間に合わなかったら俺の尊厳が死ぬ！」

「平気ですよぉ。オズワルド様は私なんか眼中にないし、私もオズワルド様を実験だ…………もとい、患者さんだと思ってますから」

「不吉な単語が聞こえたぞ⁉　昨日の薬でいいから寄越せ」

「あれは飲むものではなくて浴びるものなので馬車の中ではちょっと」

「使い方あれであってたのか⁉」

馬鹿な、と衝撃で目を丸くするオズワルドを他所《よそ》に、セシルは「仕方ありませんね」と淡々と色々な瓶を取り出していく。

「じゃあ、これにしましょう。これを傷口に塗ると、邪気を吸い取ってくれる優れものの塗り薬です。ただし、三時間毎にふき取りと塗布を繰り返さないと、みるみるうちに邪気や毒物が全身に回り、あ、死ぬわけじゃないんですが、勃起不全になる可能性が」

「もっと安心安全なものはないのかな、セシル・ローズウッド君」

とてもいい笑顔でむぎゅっと両頬を片手で掴《つか》まれて、それでも真顔でセシルは告げた。

「だいたい治験待ちです」

「俺を実験台にする気満々で受けたのか、お前はッ」

その通りだ。

「……じゃあ、後はこれですね。対処療法というか……オズワルド様の邪気による諸症状の改善を目的としたもので、言ってみれば解熱、痛み止め効果しかないんですが」

「それでいい。……ていうか、馬車での移動の間に何を恐ろしい薬を使おうとしてるんだ、お前はッ」

そんな小言（?）をさっくり無視して、セシルは自分が調合した解熱・鎮痛効果の水薬が入った瓶を取り出してオズワルドに手渡した。彼はだるそうに溜息を吐き、一息に飲み込む。それを確認した後、セシルは「あ、そういえば」と何気ない様子で切り出した。

「結構な利尿作用があるので気を付けてくださいね」


移動は三日間、ということだったが「結構な利尿作用」が災いし、結果一日日程が延びてしまった。二時間おきに馬車から降りていくオズワルドを生暖かい目で見送り、戻ってくる度に人一人殺しそうな形相の騎士様を「看護師」的な慈愛に満ちた表情で受け流すという四日間だった。

そんな馬車旅の果てにようやく辿り着いたのは、王国内でも最北にある、フレイア公爵領の一つで急峻《きゅうしゅん》な山の麓だった。

灰色の冷たい雲の中に、突き出すようにして聳《そび》えるのはかつての霊峰だと、後続の馬車から降り立ったザックが教えてくれた。

「なんでもあの山の中腹には神秘の泉があって、聖女が修業をしたという言い伝えが残っている」

「へ～」

そう言われてみれば、この巨大な山には何か神秘的な力が宿っているような気がしてくる。

「私が住んでいる白魔導士の村も、精霊が暮らすと言われる森があります。それと似たような気配を感じるので、多分、物凄《ものすご》い力を秘めているんでしょうね」

うんうん頷きながら告げるセシルに、ザックもうんうんと頷く。

「そうだな、この世には不可思議な力が満ちているもんな」

「ええそうですよ、お陰で魔獣なんて厄介なものが跋扈《ばっこ》するようになっちゃってますけどね」

「それな。魔獣は出てこなくていいよな！　出るなら美人の精霊とかがいいな」

「私は魔獣がもっともふもふしてるといいと思いますよ？　そして人と仲良く共生できればもっと」

「くだらない与太話をしてる暇があるなら、さっさと荷物を運べっ」

べし、べし、と二人揃《そろ》って後頭部を叩《たた》かれ、半眼で振り返る。腕を組んで青筋を立てたオズワルドがこれでもか、と荷物が括《くく》りつけられた二台の馬車を顎で示す。

「へいへい、了解しやした、隊長殿」

「オズワルド様は狡《ずる》いですよ、他の女性にはとてもいい笑顔を見せて優しげな態度を取られるのに、なんだって私にはそうつっけんどんな上に、適当すぎる対応をするんですか」

口を尖《とが》らせて文句を言うセシルの頬を片手で掴み、オズワルドはとてもいい笑顔を見せた。

「君が社交界の令嬢達張りに慎んだ物言いをするなら、いくらでも笑顔を見せてあげるが？」

何ともいえない猫なで声だが、四日間で鍛えられたセシルはしれっと返す。

「それは無理なので謹んで辞退します」

ふん、と鼻で笑われながら、それでも間近で見た彼の顔色があまり良くないことに気が付いた。やや青ざめ、隠しきれない疲労が漂っている。

「ザック様、後で手を貸しますから先に隊長をお部屋に案内してきます」

「おい」

「了解～。隊長殿はほんと強がりだからな」

声を荒らげるオズワルドなど気にせず、馬車の後ろに括りつけられていた食料樽《だる》を降ろしたザックが腰に手を当てて彼を睨んだ。

「な～にが『こんな傷跡があっては女共に色々聞かれて気軽に抱けない』だよ。本当はそんな体力も気力もないくせに」

物凄い音を立てて光の玉が飛んでくる。聖騎士ともなれば、黒魔導士ほどではないが、簡単な攻撃魔法も使える。オズワルドが放ったそれをひょいっとかわし、近場の岩に当たって砕けるのを振り返りもせず、ザックはにやにや笑った。

「お嬢さん、先に隊長殿を隔離してくれ。俺がベッドに運びたいのはそこのやたら不機嫌な男じゃなくて綺麗《きれい》な女性だけなんで、そこで倒れられても困る」

「貴様ッ……」

「了解です！　さあ、オズワルド様、行きますよ！」

まだ何か言いたげな彼を促し、セシルはひんやりとした空気の流れる森の中に立つ、石造りの家へとオズワルドを引っ張り込んだ。

霊峰から流れる川が山を削ってできたそこは、岩や石だらけの幅の広い河原を挟んで切り立った崖が続いている。その切れ間にある小さな森の中に家があった。フレイア公爵領の狩猟小屋だと説明されていたが、結構な大きさと頑丈さで、小屋というよりは家と呼んだ方がいいだろう。

口では文句を言っていたオズワルドだが、大人しくセシルに手を引かれて二階にある主寝室へとやってくると、疲れたようにベッドに腰を下ろした。だいぶ疲弊しているようだ。

「とりあえずこれを飲んで、移動で使った体力を戻してください」

はい、と手渡した瓶を前に、オズワルドが警戒心と猜疑《さいぎ》心と胡散臭《うさんくさ》さと、とにかくあまりよろしくない感情を湛《たた》えた眼差しを向けてくる。

「大丈夫ですよ。利尿作用はありませんから」

「腹を下したり吐き気がしたり頭痛がしたり、勃起不全になったりしないだろうな⁉」

「やだな〜、大丈夫ですよ〜。実家の猫には効きました」

「胡散臭さ倍増だな、おい！」

「猫に失礼ですよ、謝ってください」

「お前は俺に謝るべきだろ、色々と！」

そろそろ本格的に相手の堪忍袋の緒が切れそうだと判断した、賢明なるセシルは再び鞄をごそごそして一冊のファイルを取り出した。それをぱらぱらとめくり、「ありましたありました」と中の一枚をオズワルドに差し出した。

「その体力回復の水薬《ポーション》は一部地域で既に販売されています。これがその時に王都の医療機関や商会から貰《もら》った販売許可証です。ここに、『弱っていた老猫が元気になりました』って書いてあるデショ？」

真っ白で丈夫な紙に金の文字で書かれ、更には王都の医療機関と魔法省の刻印がある。販売許可の文字とその横のカーティスのサインを見て、ようやくオズワルドは息を吐いた。

「……こういうものがあるのならさっさと出せ。というか……」

セシルがしまおうとするファイルに目をやり、彼は半眼で尋ねた。

「販売許可が下りているものは結構あるんじゃないのか？」

「え？」

振り返ると、割と至近距離にオズワルドがいて、セシルは驚いて目を見張った。更にずいっと顔を近寄せられ、セシルの額に、彼の前髪が触れる。

「なのに何故俺にはそういった薬ではないものを試そうとする？」

答えはもちろん、わかりきっている。金緑の瞳に見詰められ、顔面の破壊力に驚きながらも自分は白魔導士で医療従事者だと己に言い聞かせてきたセシルには、イケメンにトキメク代わりに、手を伸ばして彼の目尻を引っ張った。

「!?」

「貧血ではなさそうですし、瞳は綺麗ですね。安心してください、二時間毎の排尿が奇《く》しくも全身に邪気が回るのを食い止めてくれたようです」

舌打ちし、彼女の手から逃れたオズワルドは、再びベッドに腰を下ろすと、思わず両膝に肘をついて掌《てのひら》に顔を埋めてしまった。

「だから……お前は……」

「安心してください。このお墨付きの体力回復薬を飲んで、しばらく安静にしててください。それから本格的にオズワルド様の傷の治療に着手しますから」

なんとも不穏な唸《うな》り声が聖騎士隊長から漏れてくるが、いたって気にせず、セシルは立ち上がって彼をベッドに押し倒した。

「おい」

「とにかく寝ててください。後のことは私とザック様で何とかしますから。オズワルド様は体力回復に努めてください」

そう言ってにこにこ笑う、トンデモナイ女に呆れ返りながらも、オズワルドは大人しく水薬を飲んだ。

「苦ッ!?　ナンダコレ、罰ゲームか!?」

「良薬口に苦しですぅ」

「そういう問題じゃないレベルの苦さだぞ!?」

「そうなんですよねぇ……だから国全域で発売されないんですよぉ……」

頬に手を当てて「ほう」と溜息を吐くセシルに、口から悪態が溢れ出る前にとオズワルドはベッドに潜り込んで毛布を頭から被ったのである。

★☆★

慰労パーティの後、第一聖騎士隊隊長と副隊長が消えた。そんな噂が社交界にうっすら広がり始め、それを耳にした紳士淑女の皆様は、あれやこれやと妄想逞《たくま》しく、色々な「説」を唱え始めた。オズワルドと同じ七英に選ばれた戦士達も、彼が消えたことに多少なりとも驚いていた。

彼は社交界の人気者で、持っている美貌と人当たりの良さ、なのにどこか漂う危険な雰囲気が男女問わず人を惹《ひ》きつける魅力となっていた。そんな人物が誰にも何も言わずに消えたのは何故なのか。

彼は、自分にそういった魅力があることを十分すぎるほど理解していたはずなのに。

「ローレライ様も、オズワルド様が消えた理由はご存じないのですか？」

王都に用意された街屋敷《タウンハウス》の窓辺に座り、分厚い書物を読んでいたローレライは、ページをめくる手を止め、顔を上げる。

漆黒の夜空を紡いだような黒髪を結い上げ、白銀のドレスを着た彼女は、神秘的な夜色の瞳を後輩に向けた。ちらり、と銀細工で出来た星形のイヤリングが揺れて光る。

「何故、私が知っていると思うの？」

小首を傾げて尋ねるローレライに、小柄な後輩が「だって」と三歩で近寄ると彼女の隣に腰を下ろした。

「もっぱらの噂でしたよ？　オズワルド様がローレライ様に求愛するんじゃないかって！」

「あ、それ、私も聞きました！」

彼女達は白地に銀糸で、星と蔦《つた》が絡んだ模様の描かれた揃いのローブを着ている。白魔導士の正装の一つだ。彼女達はローレライよりも三つか四つ年下で皆、王都に来るのは初めてだという。慰労パーティに参加することはしたが、ダンスを踊ってはいけない、目立ってはいけない、食事をして遠くから七英や王侯貴族の方達の立ち居振る舞いを学べと、付き添いの長老達から口を酸っぱくして言われていた。そのため、ただ豪華な夕食を食べに行く会と化していたのだが、その中でも彼女達は様々な「噂」を聞きつけて、夜な夜な語り明かしていた。

その中の一つが、オズワルドとローレライの件だ。

目をきらきらさせて自分を取り巻く後輩達に、ローレライは困ったように微笑んだ。

「それはご令嬢方がとても好ましい男性が他の女性に奪われてしまうのでは～、とやきもきした結果生まれた噂よ？　オズワルド様が私に求愛しようにも、私もオズワルド様もお互いのことは何一つ知らない状態なの。そんな関係なのにどうやって互いに愛情を持つのかしら？」

ふんわり笑って告げるローレライに「でもぉ」と後輩の一人が不服そうに唇を尖らせた。

「凄くお似合いだって言ってる方もいらっしゃいましたわ！　ローレライ様なら納得だって」

ねえ、と他の少女に同意を求めれば、口々に「そうですそうです」「ローレライ様ならオズワルド様のようなイケメンと釣り合います！」と力説し始める。

困ったようにローレライは眉を下げた。

「あなた達ったら……でもこれだけは言っておきます。私とオズワルド様は何一つ接点はありませんし、それにもしあったとしても」

ここでふっとローレライは言葉を切り、それから考え込むように目を伏せた。

「彼が私を選ぶとは思えませんわ」

そう告げて、再び書物のページをめくるローレライの様子に、後輩達は顔を見合わせ、それから何とも言えない顔でローレライを見た。

三人の頭の中に過《よぎ》るのは、「もしかしたらローレライ様はオズワルド様を好いてらっしゃるのでは？」というまさかの予感で。

「そういえば……」

これは一大事かもしれない、と固まって話し出そうとしていた後輩達は、彼女の言葉に顔を上げた。

「もう一人いませんでしたか？　あなた達のように一緒に来た白魔導士見習いが……」

それに三人は一斉に頷いた。

「いましたいました」

「王城に招待されることなんか一生ないだろうから、って師匠が直接ローレライ様に頼んだあの子」

「もうすぐ白魔導士として一人前にならなければいけないのに、彼女だけその実力がなくて」

「カーティス様が別の道を探してあげているとかで」

「ああ、あのカーティス様が目をかけてらっしゃった娘《こ》ですね」

頷いて告げるローレライに、三人は「いやいや」と口々に否定する。

「あれはなんというか温情ですよ」

「ど～にもならないから手助けしてあげているっていう」

「今回だって彼女、慰労パーティでオズワルド様に大変な粗相をしたって」

その話は、パーティに参加していたローレライの耳にも入っていたようだ。驚いたような顔になる。

「まあ、ではあの……オズワルド様にグラスの中身をかけたレディって、うちの白魔導士だったの？」

「実はそうなんです」

「転びそうになってひっかけちゃった、ということみたいですよ」

「そう……」

「彼女、パーティを台無しにしたって一足先に帰りました」

「そんな……気にしなくてもよかったのに」

慈愛に満ちた表情で告げるローレライに、三人は心から感心する。あのパーティの主役は七英であり、その中にローレライももちろん入っている。言ってみれば自分達の功績をねぎらう場で失態を犯した彼女を恥に思いそうなものなのに、そんな雰囲気は微塵《みじん》もない。

そういったところこそ、白魔導士として名を成している所以《ゆえん》なのだろう。

感心する後輩達を他所《よそ》に、しばらく目を伏せた後、ローレライが不意に尋ねる。

「その子の名前は何というの？」

「ローズウッドですよ。セシル・ローズウッド」

「では後でカーティス様にそれほどお叱りにならないよう、お手紙を書かなくてはいけませんね。私がついていながら彼女を護《まも》れなかったのですから」

その言葉に後輩達は感動し、やっぱりローレライ様はさすがだなと心から思うのだった。

★☆★

しん、と静まり返った月のない夜。真っ暗闇の中を、荷物を背負った村人が大急ぎで自分の家を目指して歩いていた。街まで買い出しに行ったのだが、幼い娘のためにと可愛《かわい》いぬいぐるみを探して歩き回り、結果時間を食ってしまった。

日のあるうちに村に帰りたかったのにと舌打ちしながら、彼は恐ろしいほど静かな森を必死に歩いていた。背負っている荷物の横に括りつけられたランタンがゆらゆらと揺れ、辺りの木々をランダムに照らし出す。光と影。ちらちらと切り出され、男の前に現れては消える森の情景。

ふと男は、森の中に響くのが自分の足音と息遣いだけだと気付いた。

夜に鳴く鳥の声も。木々を渡る風の音も。夜行性の獣の足音も。

何一つ聞こえない。

そう気付いた瞬間、男は背筋が寒くなるのを覚えた。手足が震え出す。こんな異常事態、森の近くで生きていた男は経験したことがなかった。夜でも昼でも、生き物の鼓動を感じるのが森なのだ。

言いしれない恐怖を覚え、男は更に足を速めた。早く早く……異常すぎるここを抜けなければ。村に帰らねば。家族の元に戻らねば……。

転びそうになりながらも懸命に歩き続けた男は、森の向こうにほのかな明かりを見つけてほっとした顔をする。

ああ、やっとここから抜け出せる……。

その瞬間、背後から今までの静寂を破るような、腹の底に響く低音の咆哮《ほうこう》が聞こえ、振り返る間もなく男は後ろから襲撃された。引き倒され、森の中に引きずり込まれる。

やがてまた冷たい沈黙が森に満ちた。

道端にはぽつんと一つ、オレンジ色のランタンだけが残されていた。

2　初仕事に取りかかります

セシルから手渡された体力回復薬は、物凄《ものすご》く苦い以外に特に副作用もなく、それどころかよく効いた。だいぶ日が高くなり、寝室の窓からさんさんと降り注ぐ日差しを全身に浴びながら目を覚ましたオズワルドは、身体《からだ》が軽いことに気付いた。

胸に一撃を喰《く》らった時から感じていた倦怠《けんたい》感がだいぶ減っている。

ゆっくりと身体を起こし、オズワルドは大きく伸びをするとベッドから降りた。部屋に時計がないので今が何時なのかさっぱりわからない。だが恐らく午前中だろう。昨日の昼間から丸一日寝ていたのかと苦笑しながら、彼は階下に降りた。

一階には石の床に暖炉とストーブが置かれた台所と、一続きの居間がある。暖炉脇のアルコーブには小さな窓とベッドが置かれていて、恐らくそこでセシルが寝泊まりすることに決めたのだろう。

そんなことを考えながら、何か食べるものはないかと一階をうろうろ歩くオズワルドは、セシルとザックの姿がないことに首を傾《かし》げる。

連中は一体どこに消えたのか。副長のザックまで消えては、第一隊の指揮を執る人間がいなくなってしまうという懸念から、彼は早々にこの場を辞す予定だったが、もう帰ったのだろうか……。

そんなことを考えていると、不意に窓の向こうから声がすることに気付き、オズワルドは分厚い木製の扉を押し開け外に出た。

さあっと冷たく、心地よい秋の風が全身を撫《な》でる。やや色づき出した木々から、かさかさと乾いた音が響き、時折舞う赤や黄色の枯れ葉にオズワルドは目を細めた。木々の間に見える空は澄んで高く、なのに日差しは柔らかく暖かい。

数度深呼吸し、オズワルドは身体に清涼とした力が満ちるような気がした。

そうやってしばし、秋の中に身を投じていると、再び話し声が響いてきた。どうやら家の裏側からのようで、そちらに向かって歩き出す。

「だからさ、せっかくの休暇になるかと思ったが結局近くに逗留《とうりゅう》することとなっちまってさ」

「それは良かったのか悪かったのか、ですね」

「俺は良かったけどな。王都とここを往復するのは結構大変だし。たださぁ～もうちょっと空気読んでくれよって気分だよ」

「現れたのは一匹だけで、今は偵察警戒って感じなんですか？」

「ああ。どんな個体かもわかってないし、俺達が先行で調べる形になるな」

近づくにつれてどんどん増える不穏な単語に、オズワルドの眉間にだんだん皺《しわ》が寄っていく。

「何の話だ」

声をかけると二人がぱっと振り返った。ザックはしゃがんで割ったばかりの薪《まき》を縛っている。セシルは乾燥した草葉の入った丸い笊《ざる》を抱えて立っていた。

「隊長」

「オズワルド様」

二人が明るい声を出して慌てて彼の方に近づいてきた。

「やっと目が覚めたか。随分とゆっくりだったな」

ぽん、と肩を叩《たた》かれオズワルドは苦笑すると前髪に指を突っ込んでかき上げる。

「大分ましになったよ。あの薬は市販するだけあるな、確かに効いた」

感心したように告げると、笊を抱えたセシルがやや得意気に胸を張る。

「お褒めにあずかり光栄です」

「まあでも三日も寝てりゃ、どんな倦怠感も吹っ飛ぶと思うけどな」

「それは言わないお約束！」

からっと笑って告げるザックに、セシルがツッコミを入れる。そんな二人の様子と、聞こえた不吉すぎる単語にオズワルドの表情が強張《こわば》った。

「ちょっと待て……三日？」

ひき、と口元を引き攣《つ》らせて告げるオズワルドの、その様子に気付くこともなくへらりとセシルが笑う。

「ええそうですね、三日です」

「三日も俺は寝てたのか⁉」

「そうだ」

なんてことだ！

唖然《あぜん》とするオズワルドを他所《よそ》に、二人は顔を見合わせてのんきに話し合う。

「いや〜二日経《た》っても目を覚まさない時はどうしようかと思ったよな？」

「購入者からは昏睡《こんすい》状態に陥った、なんて話は聞かなかったので不安でしたけど、多分体内の魔力や気力が回復を求めて低活動状態に陥ったんだと思います。まあ、言ってみれば冬眠のような」

「怪我《けが》の観点から一週間は様子見のつもりだったんだよな？」

「そうですそうです、でも三日で目が覚めるとはやっぱり強靭《きょうじん》な身体――」

もが、と頬を片手で掴《つか》まれて、セシルは半眼になった。

「れもひぶんがよくなったれほ？」

「お陰様でだいぶましになったが、三日も意識不明になるなんて笑って済まされることじゃねえだろ」

笑っているが笑っていない。そんなオズワルドの表情にもかなり慣れっこになってしまったセシルは頬を掴まれたままにやにやと笑う。何故《なぜ》わかるのかというと、目がにやにやしているからだ。

「とーにかく」

色気の欠片《かけら》もない触れ合いだが、一応セシルは女性なので、とザックが二人の間に入る。オズワルドの手首を掴んで引き離すと、彼は表情を一変させた。

「三日間の出来事を報告しますよ、隊長」

彼のブルーの瞳がきらりと物騒な光を宿すのを見て、オズワルドの身体に緊張が走る。

「何があった」

「魔獣が現れたんです、近くの村に」

目を三角にして、恐ろしいことが起きているんだぞ、と体現しながら告げるセシルをオズワルドがじっと見詰める。

魔獣に関する出来事は全て、自分達討伐隊の管轄だ。それに関する状況や作戦や指揮の内容は一般人に公開するような内容ではない。

「ザック。向こうで状況説明してくれ」

ふいっとセシルから視線を逸《そ》らし、彼は先頭に立って玄関に向かっていく。その彼の態度に、無視された、と直感で悟ったセシルが思わず唇を尖《とが》らせた。

「私だって関係者です」

思わず不満げに訴えると、肩越しに振り返ったオズワルドがお手本のような「せせら笑い」をしてみせた。

「君は白魔導士としては落第点なんだろ？　ならこの件に関わるべき人間じゃない」

ふん、と鼻で笑ってさっさと歩き出すオズワルドに、セシルは思わずかっとなった。確かに……確かに自分は白魔導士としては落第点だろう。今回も、白魔導士として治癒に関わっているわけではない。

だが全くの部外者というわけでもないだろう。

「あなたの怪我は魔獣によるものですよね？　私はその傷の解呪・解毒に関わってます。だとしたら他の個体があなたの邪気にどう関わるのか知る権利があるし、その点で私も魔獣に関係があります」

堂々と胸を張って言い返せば、足を止めた男がくるりと振り返った。

「だが君は討伐に関われるだけの『白魔導士として』の才能がないだろう。派遣されるのは優秀な人達だったはずだ」

「斥候には魔術に関わらない、一般の村人も参加してたはずです」

「君は斥候希望なのか？　なら討伐隊の後方に参加を申し込んでくれ。一か月の演習に耐えられれば晴れて討伐隊に参加できる」

「いいんですか？　私が一か月もここから離脱して。もちろん、薬や何かは全部持っていきますし、代わりに派遣された白魔導士がうまくあなたにかけられた呪いを解けたらいいですね」

ぎろっと人一人射殺せそうな眼差《まなざ》しで睨《にら》まれるが、我儘《わがまま》な患者に付き合う医師のような心持ちでセシルは胸を張った。彼には彼女が必要なのだ。オズワルドにはセシルが。

「もういいだろ、隊長」

そんな二人の一触即発に割って入ったザックが、ぽんぽんとオズワルドの肩を叩いた。

「お前は三日間寝込んでただろ？　今回の件に関しては彼女の方が詳しい」

その言葉に、オズワルドの凶悪な視線がザックに向く。だが彼はへらりと笑ってセシルを手招きした。

「一緒に来てくれ。このわからず屋の隊長に今回の件を報告しよう」

「はい」

にこっと笑って足取り軽く二人に近寄るセシルに、オズワルドは苛立《いらだ》たしげに前髪を握りつぶす。悪態を吐《つ》くオズワルドの顔を、腰を屈《かが》めて下から覗《のぞ》き込み、セシルはにんまりと笑った。

「近所に現れた魔獣の情報をお教えしますよ、オズワルド様」

得意そうなその表情に更に苛立ち、オズワルドは思わずぺしり、と彼女の額を叩く。

「調子に乗るな」

「乗れるくらいいい調子なんですよね～、私は。時に、オズワルド様のお加減はいかがです？　乗れる調子はございますでしょうか？」

「ああそうだな、三日間昏睡してたから、それはもう気分爽快だ。もっと言えば三日間昏睡すると教えて欲しかったくらいだなッ」

「それは仕方ありませんよ。オズワルド様がやせ我慢しすぎなんですって。ちゃんと自分が物凄く不調で具合が悪いって教えてくれていたら、きちんと量を加減して」

「そんな高等な真似《まね》が君にできるとは思えないんだが」

「偏見ですよ。私だってちゃんと人の話を聞いて、患者様に寄り添う気概はありますし」

「ほー……なら俺の気持ちを汲《く》んで魔獣討伐作戦に首を突っ込まないで欲しいんだが⁉」

「それはそれ、これはこれですぅ」

ぎゃあぎゃあと背後で繰り広げられる舌戦を耳にしながら、ザックは珍しく隊長が女性に絡んでるなと遠い所で考える。

普段の彼なら丁重に、しかし冷酷に一線を引いて近寄る女性を牽制《けんせい》する。対外的には愛想がいいし、社交界では物腰優雅で通っているが、付きまとう噂《うわさ》ほど、女性をとっかえひっかえしてるわけでもない。ただそう見せるのが上手なのだ。

（まあでも……他の野郎どもから比べたらより取り見取り、選び放題、喰い放題ではあったけどな）

それも十代後半から二十代前半までの話だ。今はだいぶ慎重で、今回の討伐戦前に一人、恋人がいたくらいだ。

それも互いに割り切った関係だったはず。

（てか、こんな風にぽんぽん言い合いができる女なんか、初めて見たぞ）

玄関から中に入って振り返ったザックは、未《いま》だ侃々諤々《かんかんがくがく》としょうもない悪態を吐き合っている二人を見て不思議そうに首を傾げた。一体何をそんなに言い合うことがあるというのか。

「てか君達、随分仲良しだな」

「どこが!?」

「どこがですか!?」

「……そういうとこが」

息ぴったりな返しに笑いながら家の中に入り、各自飲み物やら何やらを用意すると、巨木を半分に割って作っただけの大きなテーブルについた。ザックの隣にセシルが澄ました顔で座り、彼らの正面に長い脚を持て余し気味に組んだオズワルドが座った。

「で？　何があった」

鋭い眼差しで言われ、副隊長は背筋を伸ばすと彼が昏睡していた間のことを話し始めた。

事件が起きたのは二日前。王都から延びる街道で村人が一人、酷《ひど》い傷を負った状態で発見された。

「この辺り一帯はフレイア公爵領で、村人も領地内の住民だ」

自分の領民が襲われたと聞き、オズワルドの目つきが更に厳しくなる。

「本当に魔獣に襲われたのか？　目撃者がいたのか？」

身を乗り出して尋ねる彼に、今度はセシルが背筋を伸ばした。

「目撃者はいません。森を抜けて、村まであとちょっと、という所に被害者は倒れてました。発見したのは朝早く、森に栗《くり》を拾いに出かけたフレイア領の老夫婦です。お二人は実りの秋の季節には森に栗や胡桃《くるみ》を獲《と》りに行かれるそうで、その日、ようやく朝日がさしてきた森の入り口で、うずくまっている彼を発見しました。全身血だらけの虫の息で、大急ぎで村の医者が呼ばれ、オズワルド様の本邸であるクリーヴァ館《ホール》に知らせが行き、領主様で公爵様であらせられるオズワルド様が、この山小屋に逗留中だと唯一知っている執事が指示を求めて自らここに出向き、事情を聞いた、一応白魔導士である私が治療に出向きました」

「お前が行ったのか!?」

ぎょっとして目を見張るオズワルドに「はい」とセシルが笑顔で答える。

「きちんと治癒魔法をかけて、薬を処方してきました」

目の前のちんまりした赤みがかった栗色の髪の女が、白魔導士である、ということをすっかり忘れていたオズワルドが胡散臭《うさんくさ》げな眼差しを送ってくる。それに、彼女は肩を竦《すく》めた。

「確かに白魔導士としては落第点な部分が多々ありますが、それでも一般的な治癒魔法は使えます。ただ魔力が低いので応急処置しかできませんが、その間に王都へと運ばれましたので問題なしです」

どや、とセシルが胸を張る。処方した薬の副作用が気になるところだが、今はそれよりももっと大事なことがあると、隣に座るザックに視線を向けた。

セシルの言葉に、腕を組んでうんうんと頷《うなず》いていた彼は、隊長が「で、お前はこの三日で何をした」と冷ややかな声で尋ねられて後頭部に手を当てた。

「とりあえず、襲われた男の胸の傷跡は鋭い爪で掴まれたような痕で、そこら辺の獣の非じゃないほど深く肉が抉《えぐ》れていた。俺の見立てでは後ろから引き倒されたんだろうな」

「それでよく生きていたな」

眉間に皺を寄せてそう告げるオズワルドに、ザックは無言で視線を逸らす。その様子に、ようやくオズワルドはこの事態が「普通」ではないのだと気が付いた。

「……なるほど」

彼の脳裏に、自分が傷を負った状況が閃《ひらめ》いた。

暗い森。冷たい雨。土の匂いと、血の匂い。木の根が絡み、盛り上がった大地に、狼《おおかみ》型の巨大な魔獣がうずくまり、その身体の下からは日に焼けた腕が覗いていた。

オズワルドが目を見張った瞬間、振り返ったそいつが唸《うな》り声を上げ、オズワルドに向かって飛びかかってくる。

反射的に剣を抜いたオズワルドが、魔獣に一太刀を浴びせた。聖なる力が込められた一撃は、清涼とした白光を放ち、魔獣が持つ邪気が散る。連中の身体を覆う黒い霧のようなものが晴れ、魔獣本体の姿が垣間《かいま》見え――……。

「オズワルド様？」

不意に軽い声が耳に届き、目の前に展開していた「あの日」の出来事が霧散する。はっとして顔を上げれば、席を立ったセシルが怪訝《けげん》そうな表情でこちらを覗き込んでいた。

「大丈夫ですか？」

ひやり、と冷たく柔らかい掌《てのひら》が額に触れ、顔を近寄せた彼女が何かを考え込むように目を伏せる。

「うーん……やっぱりちょっと熱が出てきたかもしれませんね」

「問題ない」

その手首を取って額から引き剥がし、彼は不服そうにこちらを見上げるセシルの、その綺麗《きれい》な琥珀《こはく》色の瞳を見た。

ちんまりしているが、見てくれはそう悪くはない。尖らせた唇は赤く、艶やかだし、掴んだ手首は力を込めれば折れそうだ。そして何より、目の前にある大きな双眸《そうぼう》は、とろりと溶けた金色とオレンジ色が混じったような琥珀色だ。蜂蜜のような……飴玉《あめだま》のような。

「お前、目だけは綺麗だな」

思わず本音が出た。物凄く失礼な本音だ。

「じゃあ誰かとお見合いする時は、顔全部隠して目だけで勝負しますぅ」

半眼で返され、オズワルドは思わず吹き出してしまった。

「そんな怪しげな女を貰《もら》う男なんていないぞ？」

「オズワルド様は世間知らずですね。世の中には特殊な性癖の人間なんて山ほどいるんですよ。それに今どき、結婚相手の性別を限定するなんて！　私がもしかしたら女性と結婚するかもしれないじゃないですか」

「そういうタイプなのか？」

　思わず聞き返すと、彼女は数度瞬《まばた》きした後、真剣に考え出した。

「そうですね……好きになる人の条件にあまり性別は含まれないかもしれないですね……私としては親切で気高く、でも周りの意見を尊重し、且つ己の信念を曲げることなく突き進み、更には社交的で生活力があり、誇り高い人間でしたら一緒に生きてみたいかなと思います」

「一生無理だな」

「あっさり否定された！」

「それで」

　ぐいっとセシルを押しやり、彼女に構うとどうしたって回り道をすると、溜息《ためいき》を吐きながら、オズワルドはにやにや笑うザックに再び話を振った。

「村人を襲ったのは『器』になるかどうか確かめようとした、とお前は考えるんだな？」

「ま、そうだな」

　言いながら、ザックは不服そうに頬を膨らませるセシルの方を向く。

「君も大体同じ意見なんだろ？　セシル」

「ええ。これは驚くべき話だと思いますが、過去にこういった事例を見た、とザック様がおっしゃったので、間違いなく『乗っ取れる器』を探しているんだと思います」

　やはりな、というのがオズワルドの率直な意見だ。というか、ここまでセシルが知っているというのがオズワルド的には解せず、至極冷淡な顔つきで副隊長を見た。

「ザック。この魔獣の新たに解明された能力については、まだ第一聖騎士隊の中でもごく一部しか知らない事案だ。それを何故、この、部外者に漏らした」

「セシルはお前が連れてきた白魔導士で、お前のその傷をどうにかするのが使命だろ？　だとしたら隠しておくわけにはいかないだろ」

あっさり告げて肩を竦める男に、オズワルドは頭が痛くなる。確かにそうだ。そうかもしれない。わかっている。だがしかし。

「オズワルド様。あなたが受けたその傷の治療を私は承りました。でも、そのためには何故そのような邪気に溢《あふ》れた傷を負ったのか、知らなくてはいけません。それに、私は一般人ではありません。第一次・第二次魔獣討伐戦の折には選ばれませんでしたが、きちんと戦況や実態については説明を受けています。そこで見知った内容が極秘であり、口外が厳禁なことも。それらを踏まえて、私はザック様からオズワルド様が傷を受けた際の出来事と、今回の件に似通った部分があると考えます」

言い切るセシルを前に、オズワルドの金緑の瞳がきらりと光った。

「……それで？　お前は俺の身体の傷が、どうやってついたものだと聞いた？」

感情を抑え、静かに尋ねれば、セシルが少し驚いたように目を見張る。

「……部下が魔獣に襲われているところをオズワルド様が発見し、向かってきた魔獣を斬りました。だが魔獣側もその攻撃に耐え、自分の身にまとっていた邪気を鋭い爪に変えてオズワルド様に襲いかかったんだと。この邪気を鋭い爪に変える、という部分が重要で、そうすることで連中は自らの対外的な『獣』という器を乗り換えて、他の生き物に憑依《ひょうい》することができるのだと推察します。でもオズワルド様は聖なる力を持つ聖騎士団の、しかも隊長。他の方よりも魔耐性が高く、乗っ取りは不可能だった。だから一矢報いることができたと……そういうことなのでは？」

考え考え発せられたその台詞《せりふ》に、オズワルドはふうっと溜息を吐いた。

「それで、今回の魔獣も俺に襲いかかったのと同じように、通りすがりの村人を器に選んだとそう言うんだな？」

「選んだけれど見合わず、捨てられた、というのが正解かなと。ただ問題があります」

見詰める先で、セシルが自分とザックを交互に見た後、思い切ったように告げる。

「何故、魔獣が乗っ取りなんか始めたのか、ということです」

はっとするオズワルドとザックに気付かず、彼女は更に勢い込んで続けた。

「お二人は何かご存じなのではないのですか？　彼らが急に人間を『乗っ取ろう』と考え始めた理由について」

だとしたら教えて欲しい。もし何か精神干渉の特技を持っているのだとしたら、この傷から何か良からぬことがオズワルドの身体に起きるかもしれない。今のところ露見しているのは単なる体調不良だけだが、人格までオカシクなってしまうのだとしたら、もっと考えねばならない。

そうやって詰め寄るセシルの熱量とは反対に、オズワルドは冷静そのものといった表情で腕を組んで椅子に深く腰掛け直した。

「俺達が掴んでいるのは、一部の魔獣の中に、そういった動きをするモノがいる、というだけでその理由や行動理念はわかっていない」

素っ気ない言葉にセシルが口を噤《つぐ》む。オズワルドから溢れる、取りつく島もない、という雰囲気に、彼女はしぶしぶ元の席に戻ると、カップを取り上げて中身を一口飲んだ。

そんな二人の様子を見ながら、ザックが軽い口調で切り出す。

「とにかく、今までの戦闘経験上、こういった『乗っ取り』を企てたものは先の第二次討伐戦で初めて確認された事象だから、その個体が特殊だったのか違うのか、慎重に見定めてるってのが現状だ。そこにきて今回の村人の件だろ？　大騒ぎにするわけにもいかないから、副隊長権限で数名の隊員を派遣したってわけだ」

その言葉に、オズワルドが顔を上げた。

「うちの部隊が来てるのか？」

「ああ」

「逐一、俺にも報告を」

「わかってる。けど、だからと言って、お前が無茶をするのには反対だからな。今回の魔獣はその傷を負わせた個体と似たような力を持ってるかもしれない。そうなった時に、お前への影響がどれほどあるのか、まだわからないからな」

その台詞を聞いて、何か疑問が湧いたのか、セシルが挙手をした。

「ちょっと質問なんですけど、オズワルド様にこの傷を負わせた魔獣は本当に消滅したんですか？　オズワルド様の一撃の前に？」

そんなセシルの問いに、オズワルドはしばらく口を噤んだ後、溜息と共に前髪をかき上げた。彼の考えごとをする時の癖だ。

「俺を襲った魔獣の核は確かに破壊した」

この世に存在する生きとし生けるものは全て、「魔力核」と呼ばれる水晶のように透き通ったモノを身体の中に持っている。人間では心臓付近の一部の骨が結晶化して魔力核として存在しており、動物もどこかの骨が、植物に至っては根元のどこかが水晶のように透明になり、そこに多少の魔力を宿していた。

大抵の生き物は自らに宿る魔力に気付かず生涯を終えるのだが、強力な魔力を持つものも中にはいて、それが人間ならば魔導士に、動物なら幻獣に、植物なら精霊へと変貌する。

動植物が主体の幻獣や精霊は人を襲うことなく、異空間に独自の生息域を作るのだが、まれに狂暴化したものが生まれ、こちら側に現れることがあった。それが「魔獣」だ。

彼らが何故狂暴化するのか、その原因は現在、魔導士達が率先して研究していて、まだわかっていない。だが一つだけわかっているのは、魔獣だけは、核を破壊されると形を保てず消滅する、ということだ。

他の魔道士、幻獣、精霊は核を破壊されてもただの人や動植物になるだけなのに。

オズワルドはその退魔の力でもって、自らを襲った魔獣の核を破壊したという。だが次には予想外のことを呻《うめ》くように言った。

「その直後、奴は別の核を手に入れてその場から立ち去った」

苦々しいその一言に、セシルが仰天して目を見開く。

「別の……核？　そんなものが一体どこに？」

その疑問に肩を竦めたザックが答える。

「さあな。その辺も含めて調査中なんだが……よりによってその最中に似たような個体が現れるなんてな。この近辺を荒らしてるそいつが、オズワルドを襲ったやつなのか確認しないと」

「……別の核を持っているなんて……随分頭のいい個体がいたものですね」

渋面で告げるセシルの言葉に、真正面に座るオズワルドが片手を椅子の背もたれにかけ身体を斜めにして天井を見上げた。そのまま嘲けるように短く笑う。

「だな。俺も知りたいよ。何故急にそんな手段を取り始めたのか……何故その技を編み出せるまでに連中の知性が急上昇したのかをな」

その言葉は確かに、己の疑問を解決して欲しいような、そんな意味合いを含んでいた。だがセシルにはどういうわけか別の意味に響いた。

（むしろオズワルド様は……魔獣が急に知性を持った理由を知ってるような言い方なんだけど……そこを追及するのはもう少し後かもしれませんね）

そうと決まれば、とセシルが勢いよく立ち上がる。

「では魔獣の件はまるっとザック様に任せて、オズワルド様は治療に専念しましょう！　せっかく戻った体力を、こんな所に座ってるだけで消費するのは建設的じゃありませんからね！」

ぼんやりとした疲労感を覚えていたオズワルドが、近寄り手首を掴むセシルに目を見張る。

「さ、いよいよ傷の治療に入りますよ！」

「………なあ、お前なんで急にやる気になってるわけ？」

「三日も待たされたんですから当然です。これから私の本領発揮なのに、勝手に体力を消耗されては困りますからね」

「俺は別に平気だ」

「もうあまりうまく立てないくせに」

腰に手を当てて、にやにや笑いながら告げるセシルに、かっとなったオズワルドが勢いよく立ち上がる。そしてそのままセシルに向かって倒れ込んだ。

「!?」

「ほらね。一時的なものなんですって。さあ、全ての体力を消費する前にやることやりますよ！」

彼の肩を支えて立たせると、小柄なセシルが彼の手を引いて居間から出ていく。その後ろ姿にザックが声をかけた。

「今回の治療で、隊長はどれくらい昏睡する予定なんだ？」

「また昏睡するのか!?　冗談じゃないぞ!?」

「大丈夫ですよ～。三日も意識を飛ばすことはありません。ただ」

「ほーらきた、ほーらきた、お前のその『ただ』は普通の『ただ』じゃないんだ、何を俺の身に起こすつもりだ!?」

ぐいっと己の手を取り返す勢いで引っ張られ、思わずよろけたセシルがオズワルドの胸に背中から倒れ込む。頭一つ分、背の高い彼を、セシルはそのまま首を後ろに傾けて見上げた。不服そうにこちらを睨みつけるオズワルドに、彼女は口の端をにいっと引いて笑ってみせた。

「すこ～し、不便かもしれませんね」


本格的な治療と称してオズワルドに処置されたのは、傷跡に残る邪気の吸収である。

「とりあえず、私では届かない天井に、このフックを取りつけてください。あ、穴はあけなくて大丈夫です。魔力がこもってるのでぐっと押すだけでつきますから」

手渡された金色の鉤《かぎ》状のものを、ベッドに上がったオズワルドが手を伸ばし、低い天井に押しつける。これでいいかと、目だけで問えば、頷いた彼女が鞄《かばん》から取り出した石を掲げてみせた。

「ではこれから凶悪で害しかない邪気を除去します。そのために、まずこの魔石を使います」

ベッドから降りたオズワルドの手に、セシルが自ら持ってきたそれを手渡した。握りこぶし大の丸い石は無色透明で、オズワルドが目の前に掲げて中を覗き込むと歪《ゆが》んだセシルが映った。

「これをどうするんだ?」

「傷跡の上に乗せます」

「服の上からか?」

「服は脱いでください」

他にも何か要することがあるらしく、彼女はオズワルドの寝室に運び込んだ鞄を開けてせっせと何かを取り出している。

「それは？」

「その石を安置するための道具です」

「……安置？」

「ええ。そんな丸い石を胸に乗せて三時間も落とさずじっとはしてられないでしょう？」

「三時間!?　三時間も身動きが取れないのか!?」

思わず声を荒らげると、振り返ったセシルが「やれやれ」というように眉と目尻を下げた。

「これでも最速の方法なんですよ？　あ、ちなみにこれはれっきとした『白魔導士』界に伝わる邪気の除去ですので、安心してください」

怪しげなマルチ商法じゃないので。

にこにこ笑うセシルに閉口し、溜息を吐くとオズワルドは服を脱ぎ始める。途端、ひんやりした空気と、微《かす》かに感じる殺気に彼女の背中が粟立《あわだ》つ。『魔石安置装置』を手に振り返ると、そこだけ闇に包まれたような真っ黒な影がオズワルドの胸に絡みついていた。

これが魔獣が残した印というか、呪いというか……そういった類《たぐい》なのだとしたら、とてもじゃないが消えそうに見えない。この邪気を残した本体の魔力核は壊したということだが、別の核を手に入れたとも言っていた。

すたすたと近寄り、彼の胸元で渦巻く黒々とした影にじっと視線を注ぐ。

(そもそも新たな魔力核を手に入れた、っていうのが解せないのよね。そんなに都合よく他の魔獣から魔力核を取り出して自分の物にしたりできるのかしら？　核を壊したら消滅する、他と違う存在ということは『核』そのものが魔獣のアイデンティティで……ならそれを違う魔獣から奪ったら、もうそれは元の個体ではないんじゃないのかしら……？）

「おい」

ぺしり、と額を叩かれてはっとセシルが我に返る。顔を上げれば鼻先が触れそうな位置にオズワルドの呆《あき》れたような顔があった。

「そんなに長々と見詰めて、俺の身体は見惚《みと》れるくらいに魅力的か？」

その言葉に目を瞬《しばたた》く。それからようやく、この絡みつく影をオズワルドは認識できないのだと気付いた。つまり、彼からすれば、男の裸をじーっと見詰めるセシルとして映るわけで。

「そうですね……」

確かに、男性の裸をしげしげと見たことはない。そして相手は社交界でもっとも人気で、もてまくるイケメン公爵なのだ。そういった存在の裸を今後見る可能性はゼロだ。

そう気付いたセシルは、急にもったいないような気分になった。手を伸ばすとぺたり、と彼のお腹《なか》の辺りに掌を押し当てる。

「!?」

「ほほう……やはり割れてますね、腹筋。硬いし。さすが騎士様ですね。普通の公爵様だと、こうはいかないんじゃないんですか？　ああ、胸の傷はちょっと硬いですね」

肌に触れると、それを嫌がるように影がふわりと動く。初めて出会った時の服の上からでもわかるような攻撃性を感じないのは、恐らくオズワルドの体調があの頃よりは格段にましになっているからだろう。

セシルも一応は白魔導士だ。白魔導士は自分の中にある魔力のバランスが光の方に傾いている者が習得することができる。黒魔導士は闇の方。

邪気と呼ばれるものは闇の方に所属するものなので、たとえ白魔導士として落第点のセシルでも、その魔力に触れるのは嫌なのだろう。

自分が手をかざすと彼の肌が見えることに気が付き、面白半分に彼女は手を動かしてオズワルドの身体の部分、部分を確認する。

鍛錬の際に汗をかくからと上着を脱ぐのか、健康的に日に焼けている彼の肌に、微かに白く傷跡が残っている。

(上半身裸で剣を振るうって危なくない？　……ああ、だからこんな風に傷跡が結構たくさん……)

「おい」

自分の肌をぺたぺたさわさわする白い手を、オズワルドがぱしりと掴んだ。再びセシルが顔を上げると彼は何とも言えない表情でセシルを見下ろしている。

「なんです？」

「触るな」

「触らないと治療できませんよ」

「今のは俺でもわかるぞ、治療目的で触ってないとなッ」

目を三角にして怒るオズワルドに、「はあ、やれやれ」と視線を逸らしたセシルが肩を竦めた。

「ばれましたか」

「バレるわ！」

手を離したことで再び黒い影に覆われる胸元に改めてセシルが表情を引き締める。と、なんとも居心地悪そうな顔つきでそっぽを向くオズワルドが目に飛び込んできた。

むやみやたらと触った自覚はある。もしかして痛かったのだろうか。

「すみません、何か傷口にでも触れましたか？　でも大体は治った傷跡だったと思うんですけど。あ、もしかして過敏症かなんかですか？　アレルギーとか。触れたら痒《かゆ》くなるとかでしたら、皮膚病の薬を処方」

「違うわ！」

思わず突っ込み、オズワルドはベッドに腰を下ろすとばったりと倒れ込む。顔に腕を乗せて、彼は呻くように言った。

「もういいから、さっさと治療しろ」

「ええまあ、じゃあそうですね」

見慣れる、というほど見たことがあるわけではないが、治癒魔法を使う際に老若男女、色んな人の肌を見てきた。だからオズワルドの上半身裸をしげしげと眺めはしたが、見たり触ったりしてもセシル的には特にどうということもなかった。あくまで彼は治療を必要とする患者さんなのだから。

だが、手にした透けるほど薄く絹のような手触りの空色の天幕を、天井のフックを中心にベッドを覆うように被せて四隅の先端を固定する頃には、不貞腐《ふてくさ》れて寝っ転がり、更には不審そうな眼差しでこちらを見上げるオズワルドに興味が湧いて仕方なかった。

「これはなんだ、何かの手品か？」

　未だ胸の辺りには黒い霧が漂っているが、腰の辺りはよく見える。斜めに走っている筋肉の筋を知らずに観察していたセシルははっと我に返った。

「この天幕の天頂部から、オズワルド様の胸の辺りの邪気を吸収する魔石を吊《つ》り下げます。三時間ごとに交換しますので、その間、この機具から出ないでくださいね。あ、利尿作用はないのでトイレに駆け込むことはないと思います」

　きりっ、と真顔で告げるセシルにオズワルドはうんざりしたように枕に頭を落とすと、自分を覆う空色を仰ぎ見た。

「……他に注意事項は？」

　魔石を手によっこいせ、とベッドに上がったセシルが、足元から天幕の中に潜り込み、天頂部からそれを吊り下げるように糸を編んで作った網を下げる。

「特にないです」

「一切寝返りを打つな、とか喋《しゃべ》るな、とか動くな、とかないな？」

「ありませんよ～。これから出なければオーケーです」

はあっと溜息が聞こえ、無事に魔石を下げたセシルは三度彼に視線を遣《や》った。

空色の天幕が内部の邪気を周囲に拡散することを防ぎ、魔石がゆっくりと邪気を吸い込み始めている。オズワルドの脚の傍《そば》に腰を下ろし、狭く、天頂部がすぼまっている天幕の内側にいると、世界から隔絶された感じがする。

そんな中、彼の傷からゆるゆると立ち上り、魔石に吸い込まれていく邪気の隙間から無防備な腹筋が見え、気付けばセシルはその硬い皮膚に再び掌をぺったりと当てていた。

「!?」

ぎょっとしたようにオズワルドが上半身を起こす。

「おい!?」

「あ、お気になさらず。ここまで身体が硬くなるのは一体どういうことなのかと気になっただけなので。といいますのも、私が今まで治療した人の中に、これほど立派な筋肉をお持ちの人はいませんでしたので、なんとなく後学のためにも触っておきたいなっていうか」

言うや否や、セシルはオズワルドの腰を挟むようにして両手を当て、まじまじとへその辺りを覗き込む。眉間に皺を寄せ、怪訝な表情でじいっと硬くなっているお腹の辺りを見詰める。

そんな風に興味津々で見詰めていたため、オズワルドが苛立ったように身を起こしたことに気付かなかった。唐突に手首を掴まれて、そのまま引き倒される。突然ベッドに押さえ込まれ、セシルは驚いたように琥珀色の瞳を見開いた。

「オズワルド様?」

「い、い、か、な、お嬢さん。いくらお前が俺の好みじゃないとはいえ、こんな風に寝室で異性の身体に臥《ふ》せって裸の腹を撫でまくったら、相手が僧侶でもない限り襲われる可能性があることを自覚しろ」

額が触れそうな位置に顔を近寄せられて、脅すように告げられる。敷布に押さえられている手首に、反発しようと力を込めるが、びくともしない。むっと唇を引き結んで見上げれば、オズワルドがどこか好色そうな笑みを浮かべていた。

「このまま犯されても文句は言えないぞ？」

その瞬間、「あ」と口を開けたセシルは、目にも止まらぬ速さでオズワルドの顎に噛《か》みついた。

「痛ッ⁉」

腕が緩んだ瞬間、両手を伸ばして彼の頬を包み込み、親指の腹でぐいっと目の下を引っ張った。

「⁉」

（……眼球に異常はないですね。悪意ある存在に乗っ取られたのかと思いましたが……瞳は澄んだ金緑。でもこういった異常行動をとるということは、やはり抵抗力が低下してるのかも）

瞬時に判断し、セシルが真剣そのものといった表情で彼の耳元で叫んだ。

「聞こえますか、オズワルド様！　乗っ取られてますよ！　お早く身体の支配権を取り戻してくださいっ！」

「うるさいッ！　てか乗っ取られとらんわ！」

耳を塞いだオズワルドが間髪入れずに反論する。その様子にセシルは目をぱちぱちさせた。

「え？　乗っ取られた上の奇行じゃないんですか？」

ひき、とオズワルドのこめかみが引き攣るが、セシルは気付かず滔々《とうとう》と続けた。

「だとしたらおかしいですって。たとえどれだけ性欲が溜《た》まっていようとも、私相手に何かしようと考えるなんてあり得ないと、そうおっしゃったのはご自分ですよ？　私は散々言いました。何かされる！　って。それを否定しておいてこれはないですよ〜、オズワルド様」

はー、やれやれ。闇の眷属《けんぞく》に囚《とら》われたのかと思いましたよ。

そんなことをぶつくさ言いながら、面倒そうにオズワルドを押しのけて身を起こそうとするから。

いい加減、男が切れた。

「!?」

近すぎて焦点が合わず、ぼやけて見えるオズワルドの顔と、塞がれた唇の感触にセシルの目が皿のようになる。自身の口を塞いでいるのがオズワルドの唇だと、気付くのに三秒かかった。そして、痛いくらいに強く押しつけられたそれが、ふわっと柔らかく甘い……などととてもじゃないが表現できないほど熱くて硬いことに、セシルは更に更に驚いた。

(そんな！　ファーストちゅーはもっとこう、きらきらふわふわなイメージなのに！　あ、でもこれが人工呼吸とかならありかな？　焦って人助けしようと考えている人が空気を入れ込むのにふわっと柔らかなんてことはないもの)

なるほど、人工呼吸か。

そんな考えが伝わったのか、苛立ったオズワルドがセシルの顎の下辺りを撫で、頬の横までなぞる。その感触に思わず口を開けて反論しようとした瞬間、熱すぎるものが口内に侵入してきて彼女は仰天した。

さすがにこれは……人工呼吸じゃ済まない。

反論しようとするも頬を掴まれ、唇を離せない。彼の舌がセシルの口内のあちこちを攻め立て、辛うじて鼻で息をするのも限界で、彼女は必死にオズワルドの肩の辺りを叩いた。

だが相手は全く怯《ひる》まず、傍若無人な彼の舌に抵抗するように、セシルは自らも舌で彼を押し返そうとした。だがその傍から搦《から》め捕られる。その度に何とも言えない、むず痒いような痺《しび》れるような感触が背筋を走り、全身から力が抜けていく。押さえつけられた彼の手に反発するよう、力を込めて握りしめていた拳を解き、セシルはふっと身体から力を抜いた。

途端、キスが甘くなった。

激しく同調を促していたそれが、どこか……柔らかく、相手を求める感じに変わったのだ。

(あれ……?)

なんで急に、こんな風に変わったのか。わからないまま吐息を吐けば、漏れ出た甘い声に、はっとオズワルドが目を見張った。

光の速さで彼が離れる。がばっと身を起こし、「驚きました」という顔で見下ろされて、ぼんやりと何か、甘ったるいものを追っていたセシルは、全身が冷水を浴びたように冷えた。

自分は一体、何を考えようとしていた?

驚き、それと同時に胸の辺りに苦いものがこみ上げてくる。なんというか……なんというか……。

だがその感情に名前をつける前に、セシルは思考を凍結し、敷布に手を突いて起き上がった。

深追いしてはいけない。多分、深追いしたらろくでもないことになる。そう、自ら胸の裡《うち》に灯《とも》りそうになった明かりをへし折りながら、彼女は溜息交じりに告げた。

「オズワルド様が平気で好きでもない存在にキスができる、人間性を疑わざるを得ない人だということは十分に理解しました。これからは不用意に触れませんので。ていうか、そういうことですよね？」

乱れた髪を直しながらセシルが仏頂面で告げる。

(危ない危ない……これが社交界で黒豹《くろひょう》なんて呼ばれる所以《ゆえん》の手管なのね)

そこでふと考え込む。この黒豹さんは確かにセシルのことは好みじゃないし、手を出すほど困ってないと言っていた。だが、今回のキスのようにやろうと思ったらその先も可能ではないのだろうかと、そう思い当たったのだ。

だとしたら……。

「……オズワルド様が好みじゃなくてもキスができることは理解できましたが、その先はどうなんですか？　可能なんですか？」

「お前……今さっき襲われといて何を言い出すんだ」

呆れたような半眼で睨まれるも、セシルは綺麗な琥珀色の瞳を煌《きら》めかせてきっぱり告げた。

「なるほど、それは可能ということなんですね？」

「…………それを確かめてどうする」

その質問に、セシルはぱちぱちと目を瞬いた。

「それはですね…………………あ、魔石が濁り始めたので、さっさと寝てください」

謎の沈黙を残し、いい笑顔でオズワルドの肩に両手を当ててベッドに押し倒す。

「おい⁉」

「ま、それはいずれわかることだとして、とりあえず三時間、ごろごろしててください。あ、言っておきますが寝返りはオーケーですけど、うつ伏せに寝るのはダメです。うつ伏せになって本を読んだりとかダメですからね」

「お前、さっきそんなこと言ってなかっただろ⁉」

「聞かれなかったので。じゃ、三時間、よろしくお願いします」

「待て！　三時間後に魔石を交換すると言っていたが……三時間で終わるのか？」

不安げなオズワルドの台詞に、天幕から抜け出したセシルが超いい笑顔を見せる。

「神のみぞ知るですね、それは」

その瞬間、声なき悲鳴がオズワルドから漏れ出たのであった。

3　取りかかった矢先の事件

こうして本格的なオズワルドの解呪・解毒が始まった。結局魔石に邪気を吸い取らせるのに半日かかってしまった。そこから、綺麗《きれい》に見えるようになった傷跡の奥に潜む呪いの元を引き剥がす作業になる。

呪いや邪気、陰気の類《たぐい》はその元となる「術式」や「源」がある。それは目に見えるもの……例えば恨みが込められた宝石や魔法道具、邪神や悪魔の言葉が書かれたカードを持っていたり、身に着けていたり、埋め込まれていたりする場合と、目に見えない、呪いの鎖などがある。今回、オズワルドが受けた禍々《まがまが》しい呪いは、魔獣の攻撃によって与えられたものだ。

その爪か牙にあった邪気が、人の身体《からだ》に取り込まれて「術式」となって根を張り、呪いとなったと考えられる。供給元は消滅したかどうか不明。それにもかかわらず、呪いが次々と溢《あふ》れてくることから彼らが放った一撃に、元がなくても相手を呪えるだけの魔力が込められていたということになる。さすが、「魔」の力が具現化した「獣」というところだ。

とにかく、オズワルドを呪う相手が言語の通じない魔獣だとしても、解呪の方法は同じだ。源は既に断たれているため、込められた魔力の「術式」が傷の中にあるはずだ。

そこで彼女が次に使ったのは、銀製の「つむ」である。使い方は簡単。先端に平らな水晶がついていて、それを傷跡に当て、後はくるくる回転させるだけである。本物のつむには糸車が必要だが、これはコマのようなもので、一度回り始めると回収された目標物でいっぱいになるまで動き続ける。

　こうして、傷跡に残る呪いを徐々に巻き上げていくのだ。

　ただこれは魔石に溢れる邪気を吸い取らせるのとは違い、胸の上でくるくる回るつむを落とすわけにはいかない。そのため起き上がったり、寝返りを打ったりができない、体勢的には非常に厄介な術である。一日何時間も処置ができるわけでもなく、せいぜい一時間が限度だ。

　胸の上でくるくる回るだけの単なる棒状のものが、一体どんな効果を生むのか。魔力が少ないオズワルドは半信半疑だったらしく、治療が四日目になった頃、銀の棒を持っていつものように出ていこうとしたセシルは、名前を呼ばれて振り返った。

「毎回思うんだが、その棒は一体どうするんだ？」

「え？」

　巻き取られた「呪いの術式」は、白、黒、両魔導士の目には呪文の鎖のように見える。人を介せばそれは魔導士が使う呪文の古代文字の連なりとして読めるが、魔獣の場合はよくわからない記号のように見える。巻き取られた青黒く光を放つ文字列を眺め、セシルは肩を竦《すく》めた。

「ああ、この呪いの鎖ですか？　封印して師匠の所に送ります」

「それでどうするんだ？」

　怪訝《けげん》そうなオズワルドに、彼女は胸を張った。

「本来、人が関わる呪いの場合、呪いの源として使われたものには人の痕跡が残ります。魔導士なら誰でも習う、古代文字で呪いが書かれていたりするんです。なので、それを読み解けば大抵、呪った相手がわかります。でも今回は魔力を持つ獣なので、検出される呪いの言語が、よくわからないものなんです。なので、師匠の元に送って解析してもらってるんです」

「……お前にはその、銀の棒に巻きついているものが見えるのか？」

眉間に皺《しわ》を寄せるオズワルドに、ふむ、と天井を見上げると、にっこり笑ったセシルがすたすたと近寄りぎゅっと彼の手を握った。

「おい？」

「よーく、見ててくださいね。行きますよ～」

ふっと目を伏せて力の流れをイメージする。自分の掌《てのひら》からオズワルドの掌へ。自分の魔力が流れていく様を思い描く。瞬間、オズワルドがぎょっとしたように息を呑《の》むのがわかった。

「!?」

「見えるようになりました？　これが呪いの鎖です」

銀色の棒にはたっぷりと、青黒く輝く謎の物体が巻きついている。それは子供が文字を覚えるために使う、木でできたおもちゃのブロックのようで、それがひと塊になって蠢《うごめ》いていた。ただ、文字として認識できるものもあれば、よくわからない記号のようなものが連なっていて、判読は難しい。こうしたものが、セシルが魔力を送ったことでオズワルドにも見えるようになっているはずだ。

「本来、人が編み出した呪いなら読むことができるんです。呪いの呪文なら、それを解呪するための呪文が我々白魔導士にはありますから、それを使います。その人に対する恨みつらみが刻まれているのだとしたら、呪った相手を特定して説得するか、呪い返しをするか。とにかく、人が関わっている場合の対処方法は結構あるんです。でも、今回は魔獣なので見ていただいたように、読めないんです」

ふっとセシルがオズワルドの手を離した。途端、流れていた魔力が止まる。

「……あれが、俺の身体に？」

ぞっとした様子でオズワルドは自分の身体を斜めに走る傷跡を見ている。やや不安そうなその様子に、セシルは安心させるように笑顔で答えた。

「そうですね、まだだいぶ奥まで根を張ってますね」

「……あっけらかんと、どうも」

せっかく心配したのに人格を疑われてしまった。それを挽回《ばんかい》するべく、セシルは言葉を継ぐ。

「心配しなくても大丈夫ですって、オズワルド様には見えないんですから。見えないものを見ようとして不安を募らせるより、見えないことをラッキーだと思って体調が回復していく事実だけを享受すればいいんですよ。ね？」

にこにこ笑うセシルに、オズワルドは更に更に呆《あき》れ返ったように溜息《ためいき》を吐《つ》いた。

「お前には不安に思う人間に寄り添って共感する、とかそういう感受性はないのか」

その言葉に、セシルはどきりとした。

感情に寄り添うとか、相手の不安を思いやるとか、そういうのは確かに苦手だ。何故《なぜ》なら、彼女にとってそれは命取りになる可能性があるからだ。

「人を冷血人間みたいに言わないでくださいよ」

気付けば彼女はオズワルドの台詞《せりふ》を混ぜっ返していた。

「わかりました、気持ちに寄り添えばいいんですね？　辛《つら》かったですね～、もう大丈夫ですよ～、なんならオネーサンがなでなでしてあげましょうね～～～～」

「やめろ馬鹿ッ！　そういうことを言ってるんじゃないッ！　てか、勝手に触るなっ！」

それから更に数日、セシルとオズワルドは奇妙ながらも平穏な日々を送った。

セシルもオズワルドへの見方を変えざるを得ないなと思っていた。第一聖騎士隊隊長であり、フレイア公爵でもある彼は、戦場での強さと容姿の良さ、家柄と三つも人心を把握しやすい要素を持っており、それを本人が自覚しているためか、辺鄙《へんぴ》な白魔導士村にまで彼の浮いた話が流れ着くほどだ。

ゴシップ誌には数々の色恋沙汰が記載され、私こそが彼を射止めるのだと大勢の令嬢、貴婦人、未亡人が列をなす……――それが彼に対する世間の評判だ。

だが数日間彼と過ごしてみて、言うほど不真面目でも色恋に浮かれてもいないことがわかった。むしろ職務に対しては人一倍真面目なほどだ。

「あ、また起きてそんな無茶してる」

呪いとの戦いに必要なのは健全な心と体力だ、というのが持論のセシルは近隣の村や周囲の森から滋養強壮に良さそうなものを仕入れて戻ってきた。まだ日は高く、お昼を過ぎた頃合いで、空にはうっすらと雲がかかっていた。ぼんやりした日差しの中、つむによる治療を終えたらしいオズワルドが裏庭で重そうな剣を振るっている。

「お帰り」

一瞥《いちべつ》することなく、縦横に剣を振るうオズワルドがぶっきらぼうに告げる。それに、どっこいしょ、と背負っていた籠を降ろしセシルが膝を折って中身を取り出し始めた。

「体調はどうです？　だるいとか辛いとか痛いとか眠いとかないですか？」

「思ったほど剣が振れない」

一歩踏み込み、型通りに横に薙《な》ぐ動作をする。それから背筋を伸ばし、オズワルドは重さを確かめるように剣を振った。

「これは体力不足なのか、単に身体が鈍《なま》ってるのか……」

リンゴを手に顔を上げれば、彼が真剣な表情できらきら輝く剣を見詰めている。

「両方じゃないですかね」

思わずそう突っ込む。それからこれはちょっとかわいそうだったかな、と思わず空を仰いでいると、不意に男がじっとセシルを見詰めていることに気付いた。

「……な、なんですか？」

「多少は忖度《そんたく》とかお世辞を言うとか、そういう気遣いみたいなのはできないのか、お前は」

やっぱりあてこすられた。

だが日々彼と口論し続けたセシルは、持ち前のスキルである「空気読まない」を発動して再び籠に視線を落とすと豚肉の塊を取り出して見せた。

「できるから、こうして疲労回復によさげな豚肉を買ってきたんじゃないんですか。これで汁物と焼き物と煮物を作りましょう」

「……全部切って焼いて煮るだけじゃないのか？」

「そうとも言いますね」

途端、背後から笑い出す声が聞こえ、セシルはむっとして振り返った。

「一応、仕事内容として含まれているから私がご飯を作ってますけど、嫌ならご自分でどうぞ。豚肉のオーロラ風ソースがけステーキとか、ブロッコリーと白身魚の蒸し煮風とか。どうせ恋人宅とか愛人宅とかで振る舞われてたんでしょうから、是非、食べたことない私のために作っていただけませんかね」

「そうだな、いつか食わせてやるよ」

笑顔で言われ、セシルが再び背負おうとした籠を、オズワルドがひょいっと持ち上げ肩に担いだ。

「だが、今は身体は鈍って体力がないから、申し訳ないが俺の分も作っていただけるとありがたいのですが？」

斜めに顔を覗《のぞ》き込まれ、いたずらっぽくオズワルドが笑う。不意に見せられた屈託のないそれに、セシルは驚いた。驚いて心拍が上昇する。

「豚肉を焼いて煮るだけですけど」

「いいよ」

「文句言わないでくださいね」

「言わないさ。胸の裡《うち》にしまっておく」

「……それはそれでムカつきますね」

その後、件《くだん》の豚肉や買ってきた野菜や薬草を調理したり調合したりする横で、オズワルドが広いテーブルについてザックが持ってきた書類に目を通していく。考え込んだりサインをしたり、何かを書きつけたりする様子に、忙しいのだろうかとセシルは呆れたように溜息を吐いた。

本当はゆっくり寝ていて欲しいのだが、公爵でありながら騎士隊長を務めるような人間の辞書に、「ゆっくり休む」という語句はないのかもしれない。仕方ないな、とそう考えながら、セシル特製のお茶を淹《い》れて彼の前に置いてあげた。

途端、オズワルドに不審そうな顔をされてしまった。

「……これは飲んでも大丈夫なお茶か？」

怪訝そうに言われると、どうしても調子よく返したくなる。

「飲んでからのお楽しみですね」

にやにや笑ってそう言えば、彼は嫌そうな顔でお茶を遠ざけようとする。ソーサーごとカップを向かい側に押しやるのを見て、セシルは澄ました顔で告げた。

「飲まなくていいんですか？　私としては飲んだ方がいいような気がしますけど」

「…………再度問うぞ、セシル・ローズウッド。あの、お茶は、飲んでも大丈夫なのか？」

「ええ」

顎を上げ、背筋を伸ばして告げる。

「副作用はありませんよ。今、オズワルド様は書類仕事をなさってますから、疲れた脳を癒《いや》す効果のあるお茶です。身体同様、頭だって働かせれば疲れます。判断力の低下を招いても困りますからね。どうぞ、召し上がってください」

滔々《とうとう》と立て板に水の説明をするセシルを見詰め、それから自らが遠ざけたお茶を引き寄せる。

「……腹を下したり膝が立たなくなったり、全身から謎の汗が出たりしないだろうな？」

「しません」

きっぱりと告げると、オズワルドがオレンジがかった普通の紅茶と変わらない水面を覗き込み、匂いをかぐ。ふわっと普通のお茶の香りがして、オズワルドはゆっくりとそれを口にした。

「ただし、ゲロ甘ですけど」

ぶはっ、とお茶を吹き出す姿に、にこにこ笑いながらセシルは楽しそうに再び台所へと向かう。

「セシル・ローズウッド！　なんだこれ!?　死ぬほど甘いぞ!?」

喚《わめ》く声を聞きながら、彼女は丸椅子に腰を下ろすとインゲンの筋を取り始めた。

「そうですね、脳の疲労に効くお茶なので」

「飲めるか、こんなの！」

「飲んでください～。どんなのも、私が出したものは効果があったデショ？」

にやにや笑って告げるセシルを睨《にら》みつけ、オズワルドは再びカップに向き合うと半分青ざめながら胸焼けしそうな甘さのお茶を一気に飲み干した。

（そういうところが真面目なんですよね……）

なんやかんや文句を言うが、決して残したりはしない。その姿を感心したように台所から見ていると、ぎろっと音がしそうな視線を送られた。

「お前のこういう……人を食った行動は全部記憶しておくからな。後で覚えてろ」

★☆★

とっぷりと日も暮れ、例の豚肉の汁物と焼き物と煮物を出し、「ほんとにシンプルに作ったな」とやや呆れた調子で言われるのも無視し、二人で黙々と夕食をとっていると、不意にオズワルドがフォークを持つ手を止め、じいっとセシルに視線を注いだ。

「どうしました？　塩なら真ん中にあるから勝手に使ってください」

「見りゃわかるよ、そうじゃない」

「じゃあなんですか？」

もきゅもきゅしながら不思議そうにこちらを見るセシルに、はあっと一つ溜息を吐いたオズワルドが、行儀悪くテーブルの上に肘をついた。掌に頬を乗せて斜めに彼女を見る。

「なんというか……屋敷では一人で晩餐《ばんさん》か、たまに別邸の母と妹が来て一緒に食事か、後は晩餐会や舞踏会で食事をとることが多いし、それに遠征中は執務室で一人か、食堂でザックと簡単に済ませるかだからな」

言いながら、オズワルドは台所と一間続きの居間を見渡す。天井には太い梁《はり》が渡され、そこから数個のランプが吊《つ》り下がっている。その下の大きなテーブルには焼いた豚肉と、煮た豚肉と、豚肉の汁物が盛り付けもへったくれもなく乗っている。

石造りの壁にやや大きめの窓。暖炉には赤々と火が燃え、屋敷の食堂とは比べ物にならない質素さだが、なんとなく居心地がいいサイズ感だ。

「病気療養中の生活と普段の煌《きら》びやかでお金のかかった豪華な食事風景を比べられては困ります」

こういう雰囲気はどこか気が楽で落ち着くな、とそう考えていたオズワルドは、ややつっけんどんに返されて正面に座る女を見た。

橙《だいだい》色の柔らかな明かりの下で彼女の適当にまとめた髪が赤く煌めいている。マナーも何もなく、口にパンを放り込みもぐもぐする姿はなんというか……自分が相対してきた女性の誰とも違っていた。琥珀《こはく》色の大きな目が、溶けた蜂蜜のように濃く輝いていて思わずオズワルドはしげしげと見詰めてしまった。

確かに自分の好みではない。

もっと背が高くすらりとして、気品があって微笑《ほほえ》むと薔薇《ばら》の香りがするような……まあ、ありていに言えば慎ましやかで凛《りん》とした美人が好みなのだ。それと比べて目の前の女性は、小柄で華奢《きゃしゃ》……と言えば聞こえはいいが、ちんまりしたサイズ感によく喋《しゃべ》る唇と時折猜疑《さいぎ》心が滲《にじ》む、好奇心旺盛な眼差《まなざ》し。そして何よりも落ち着きがなく、凛とした雰囲気どころかどこにいてもその存在が検知できそうなある種、独特な「騒々しさ」を持っている。

今だって大人しく食事をしているだけなのに、何故か「もきゅもきゅ」という謎の擬音が聞こえてくる始末だ。

どこからどう見ても、自分の好みではない。……ないのだが。

「――……別に文句を言ったわけじゃない」

「へ？」

「さっきのだよ。豪華な食事風景と比べられても～、ってやつ。比べてがっかりしたわけじゃない。こういうのもいいな、って言おうとしたんだよ」

告げて、塩コショウで焼いただけの豚肉をナイフで切り分ける。口に放り込んで顔を上げると、唖《あ》然《ぜん》とした表情のセシルが視界に飛び込んできた。滑稽なほど目が丸くなっている。

「……なんだよ」

「いえ、そんな感性で公爵としてやっていけるのかなと一抹の不安を覚えたものでつい」

「お前、ほんっっっとうにいちいち失礼だよな」

「お褒めにあずかり光栄です」

「褒めてないッ」

だからどうしてこう話が横滑りしていくのか。この女は一体俺を何だと思っているのか。

額に手を当ててうんざりしながら、ふと彼女にキスをしたことを思い出す。あの時は、無謀な行動のせいでしっぺ返しを食らうこともあるのだから、もうちょっと考えた行動をしろと、そうわからせるためにキスをした部分があった。だが蓋を開けてみたら、触れた温かさと柔らかさに理性が消し飛び、最終的には理屈も何もなくただ口づけに溺れてしまっていた。

「お前さ……今こうやって結局二人きりでこの家にいるけど、女としての危機感とかないのか？」

あれ以来、セシルの態度は何一つ変わっていない。相変わらず無礼だし、やることも突拍子もなく、人を食った真似《まね》をする。

ややテーブルに身を乗り出し、意地悪く聞いてみれば、向かいに座るセシルが一切表情を変えることなくあっけらかんと告げた。

「だって私は趣味じゃないんですよね？」

まさかそのフレーズを返されるとは。

「……まあ、そうだな……」

「だったらなんで心配する必要があるんです？　ご自分でおっしゃったんですよ？　別に私に手を出さなくても十分間に合ってるって。なのに何故私が心配を？」

セシルが眉間に皺を寄せ、小首を傾《かし》げて真剣に問う。

「むしろ、私がオズワルド様を襲う可能性を重要視された方がいいと思いますが」

その発想はなかった。

「え？　何、お前が俺を襲うっていうの？」

「わかりませんよ？　何せオズワルド様は社交界で散々浮名を流した人ですからね。私が結婚を迫る目的で近づく可能性も無きにしも非《あら》ずですから」

にんまり笑って告げるセシルに、オズワルドは思わず笑い飛ばす。

「残念だが、お前に襲われる前にとっ捕まえるから無理だな」

それに、「デショ?」とセシルが混ぜっ返した。

「ね? こんな発言する男性が、私を襲うとは思えませんね。リスクが高すぎます」

「…………」

さらりと返され、オズワルドは一言も出なくなった。

確かにそうだ。確かにそうなんだ。自分はセシルを「対象外」として認定している。彼女に手を出さなくても、自分の好みの女性を手にすることができるくらい、容姿がいい方だと自負している。だから彼女の言うことはとても正論だ。一緒にいても何も起きない。その通り。間違ってない。

だが。けど。でも。

「……確かに対象外で、手を出す可能性はないかもしれないが、一晩の慰み者にしようとするかもしれないだろ」

我ながら下衆《げす》い発言だとそう思う。だがこの、何とも言えない「無関心」が気に食わずそう脅すように告げてみれば、彼女は眉一つ動かさずにあっさり答えた。

「慰み者にされた時点で契約不履行ということで、私は早々に村に帰ります。オズワルド様は解呪に失敗した挙句、私から盛大な暴露話が社交界に漏れ、『性欲に負けた!? イケメン公爵、トンデモナイちんちくりん女を襲う!』という記事が新聞に盛大に載ることになると思いますがよろしいでしょうか」

「お前はどうしてこう、そういう方向に考えるかな! キスされて何とも思わなかったのか!?」

「あれに関しては、その気がない女性とでも寝ることができるのだと確認できたので、まあ役には立ちましたね。それにしたってオズワルド様が私を慰み者にしようと考える材料にはなりませんよ。それほど性欲の権化には思えませんし。ああそう、つまりは、私はオズワルド様を信用してるってことですね」

　信用。

「それは……俺が異性として認識されていないということか？　キスまでしたのに？」

「だってオズワルド様にとってのキスは、犬猫になめられたくらいの感じでしょう？　なら性欲を煽《あお》る行為には当てはまりませんし、危機感はないですね」

「だがその気がなくても寝られるとお前が判断したんなら、警戒した方がいいんじゃないのか!?」

「……襲うんですか？　私を？」

「襲……わない、な……たぶ……ん」

　プライドが邪魔をする。彼女は自分のタイプではない、襲うわけがない、そもそもその気もない。だがなんだろう……この……胸の辺りがもやもやする感じは。

　そんなオズワルドの葛藤など露知らず、豚肉の汁物をすすったセシルが呆れたように肩を竦めた。

「何が言いたいのかさっぱりわかりませんけど、私とオズワルド様がどうこうなる可能性は十分に低いので安心してください。なんでしたらご自分の部屋に鍵をかけて、私の侵入を阻止してください」

「いやだからなんで俺が襲われる前提なんだ。危機感を持つのはお前の方で……」

　その時だ。

　誰かがノックと同時に転がり込んでくる。はっとした二人が立ち上がる。

「そうですね、私がオズワルド様を襲う前に、何者かがオズワルド様を襲う可能性がありますね、注意してください！　屈強な男に犯されたと社交界に知れ渡ったら……それはそれでありかもしれませんね」

「お前はその突拍子もない思考回路を封印しろ！　なんで俺が男に襲われるんだよ!?　逆だろ！　侵入者に襲われるのはお前じゃないのか!?」

「なるほど……その発想はありませんでした」

「なんでだよ!?」

そんな不毛すぎるやり取りを中断させたのは、侵入者のザックが全身汗だくで息を切らし「大変だ」と訴えたかすれ声であった。

「何があった」

オズワルドが急いで彼の傍に寄る。膝に手を当てて肩で息をする彼は、真剣な眼差しでオズワルドと、それからセシルを見た。

「また魔獣の襲撃があった。数名が怪我《けが》をしたんだが、うち一人が重傷で王都まで運ぶには厳しいかもしれない」

彼の瞳が真っ青に輝き、セシルに注がれる。言いたいことを察し、彼女は一つ頷いた。

「わかりました。応急措置に向かえばいいんですね」

暗い森の中には、何かが焼け焦げたような異臭と、血の匂いが漂っていた。ばたばたと走り回る足音と、あちこちで揺れるランタンの明かりを目に、近距離移動の魔法で現場にやってきたセシルはきゅっと唇を噛《か》んだ。

誰が見てもわかる戦闘の痕跡の他に、落ちこぼれ白魔導士の自分ですら検知できる瘴気《しょうき》が漂っている。その中に、オズワルドに害をなしているのと同じような痕跡がないかと、自らの感覚を解放してみるが殺気と血の匂いに紛れて掴《つか》み取れなかった。

件《くだん》の魔獣は村を襲う一歩手前で、駐屯していた第一騎士隊が気付いて迎撃したが、負傷者には残念ながら村人も交じっていた。夕飯時、山の仕事から帰る途中で襲われた者が数名いたのだ。だが彼らは軽症で、この辺り一帯を見ている医師が手当てをしていた。重傷者は実際に戦った騎士の一人で、村の診療所に運ばれているという。

周囲に気を配るセシルと同じように、森に漂う争いの香りにザックが眉を寄せた。

「仮にここを襲った魔獣が、オズワルドに害をなしたのと同じ個体だとして、アイツがここにいるのは大丈夫なのか？」

森の中を突っ切って歩きながら、肩越しにそう尋ねられ、セシルは後ろを振り返った。

そこには真っ黒なマントにフードを被《かぶ》ったオズワルドがいる。

現在、第一聖騎士隊の隊長は王命により特別任務に就いていると、表向きには発表されていた。彼が魔獣に呪われてしまったという事実は伏せられ、知っているのは治療に携わるセシルと師匠のカーティス、国王陛下と上司の騎士団総帥、それからザックだけだ。

なので、オズワルドが自部隊とはいえ、人前に姿を晒《さら》すのは好ましくなく、家で大人しく待っていてもらいたかったのだが。

「……そうですね、何らかの影響があるかもしれません」

頑固一徹に、部下の様子が気になるとついてきたオズワルドにセシルは呆れてしまう。一応、彼のお陰で移動魔法が使えたので良かったが（セシルは移動魔法が使えなかった）正体が露見する可能性があるのだ。それでもいいのかと確認したが、この男は「お前達二人に任せておけない」ときっぱり告げた。

確かに煌々《こうこう》と灯《とも》る松明《たいまつ》の中、人々が大慌てで走り回っているという状況では露見《ばれ》る恐れもなさそうだが。

問題は彼の体調で、セシルがことあるごとにちらちら振り返って確認する限りでは、普段とあまり変わりなく見えた。そんな彼に異変が生じたのは、魔獣が暴れた戦場を離れて村の診療所に向かい、搬送された隊士の一人と面会した時だった。

「これは……」

シャツを剥ぎ取られた隊士の一人が、背中に包帯を巻かれてうつ伏せに寝ている。じわじわと鮮血が滲むその傷に、慌ててセシルが治癒の魔法をかけた。暖かなオレンジ色の光が背中を包み込み、包帯の下の、切り裂かれた皮膚と肉を繋《つな》いでいく。しばらくそうやって治癒を与えた後、セシルはそっと包帯を解いた。

現れた背中の裂けていた部分は閉じ、もう血は滲んでいない。痛みが引き、呼吸が楽になった隊士にほっとしながら、でもセシルはすっと目を細めて背中に残っている黒い傷跡に顔をしかめた。範囲や濃淡からいけば、オズワルドの方が酷《ひど》いと言える。だが、魔獣の攻撃を喰《く》らっただけで、こんな風に肌が変色するなど聞いたこともない。

この傷を負わせた魔獣は、オズワルドが仕留め損ねた個体と同一なのだろうか。それとも魔獣の攻撃に異変が生じているのだろうか。

「……応急処置はしたのですが、私の力では浅い部分しか治癒されていないと思います。表面的な痛みはとれて、楽になったとは思いますが、無理に動けばまた傷が開きます」

顔を上げ、じっと部下の肌を見詰めるザックにちょいちょい、と指先で背中を指す。

「このことも含めて彼を白魔導士村のカーティス師匠の屋敷まで搬送してください。師匠には私から連絡しておきますので」

「わかった」

彼を運ぶ馬車を手配すべく、ザックが診療所を出ていく。傷跡が人に見えないよう、彼の背中に再び包帯を巻いていると、今までセシルの後ろにいたオズワルドが彼女の肩越しに身を乗り出した。

「この傷跡は……同じものか？」

慌ただしく出入りする医師や看護師、他の人間に聞こえないよう、そっと耳元で囁《ささや》かれる。不意に響いた甘い声音にびくりと身体を震わせたセシルが、思わず半歩横にずれた。

「い、いきなり耳元で喋らないでください！」

声を荒らげるわけにもいかず、囁き声で怒鳴る。だが、オズワルドはそんなセシルを一顧だにせず、じっと寝込む部下に視線を注いでいる。そんなに部下の様子が心配なのかと、少し感心しながら、セシルは気休めになればと安心させるように告げた。

「大丈夫ですよ。そんなに心配しなくても、きっとうちの師匠が何とかしてくれるはずです」

普段は外界の出来事に全く興味がないが、今回の件は少し興味深いだろう。そんなことを考えて、ふと、セシルはこの部下を襲ったのがオズワルドを襲った魔獣と同一個体なら、部下から放たれる邪気と彼が未《いま》だ身体に残している邪気が共鳴する可能性があることに思い当たった。

「オズワルド様、少し離れてください。今は何ともなくても、オズワルド様の体調に変化が出るかもしれませんから」

言って、オズワルドの手を掴んで引っ張る。だが、彼は目深にフードを被ったまま微動だにしない。

何かおかしい。

「オズワルド様？」

回り込むようにして彼の顔を覗き込んだセシルは、はっと目を見張った。頑として動かない彼の胸から黒く濃い霧がぶわりと広がり、セシルを避けるかのように、意志を持ってベッドに横たわる部下へと向かう。

その瞬間、セシルは悟った。オズワルドの身体に巣食う呪いは、セシルが何日もかけて減らした邪気を近くから補給する気なのだ。

横たわる隊士の包帯から、じわじわと滲み出る黒い鎖文字を見て咄嗟《とっさ》に危ういのがどちらかを判断する。

隊士の邪気を欲し、自ら触手を伸ばすオズワルドの傷跡の方がどう考えても危ない。

（ならっ）

彼の手を離し、セシルは力を込めて彼の肩を掴み床に押し倒した。どたん、と物凄《ものすご》い音を立てて倒れ込む。普段の彼ならこんな風に無様に床に倒されたりはしないだろう。彼の身体の上を這《は》い、セシルはフードの陰に隠れている彼の目を覗き込んだ。金緑の瞳の中に不可解な黒い煌めきが過《よぎ》る。
（ダメッ）
散々彼女が確かめた、魔獣の呪いに乗っ取られていないかどうかの兆候。それが今ここにきて表されている。

もう一刻の猶予もない。彼の傷から溢れる邪気を、例えば薬液で……あるいは銀製のつむで、回収していたのでは間に合わない。

飛び起き、セシルは隊士が寝かされているこの部屋のドアを閉め、鍵をかけた。それから大急ぎでオズワルドの元に戻ると意識のない彼のローブとシャツをまくり上げ、露《あら》わになった真っ黒な傷跡に顔を寄せた。蠢く真っ黒な鎖の文字を掻《か》き分け、彼女は彼の傷跡に口づけた。

ぶわっと黒霧と鎖が巻き上がり、渦を巻く。のたうち回るようなその様子に構うことなく、セシルは傷口に上から下へとキスを繰り返し、時折舌を這わせて肌を辿《たど》っていく。

そうやって彼女は、オズワルドの傷跡から溢れる邪気を、己の口を使って吸い取っていった。

これこそが、彼女がカーティス師匠から、「邪気や呪い、毒類の解毒・解呪が、ローレライよりも得意である」と言わしめる最大の理由であった。

彼女は白魔導士としては落ちこぼれだが、邪気や毒類のように身体を害する要素を己の体内に吸収することで分解できる、特殊な魔力を持った存在だった。

簡単なものなら触れることによって吸収し即座に分解できる。だが深くなるにつれて、セシル自身も対象者と深く交わらなくてはいけなくなる。

直接唇を押し当て、邪気を吸収するのは初めてだし、そこから先は……身体を交えるしかなくなる。だがさすがにそれは人としての尊厳が一番大事だと、カーティスからむやみやたらと使うなと厳命されていた。

だがセシル自身、今回初めて任されたこの大役で、「それ」をしないといけないだろうと、オズワルドの身体に口づけながら考えていた。思った以上に、彼の傷に根を張る邪気の源は深い。確かにつむを使った治療は効果を発揮していたが、それは氷山の一角を削るだけで、根本的な解決には繋がらないと、彼から溢れる邪気を吸収してわかったのだ。

ゆらりと揺れ、立ち上る黒霧が徐々に薄くなっていく。彼の胸から顔を上げ、セシルは寝台に横たわる意識不明の隊士を見た。

彼の背中からはもう、邪気は立ち上っておらず、鎖文字も見えない。共鳴が止まったのだろう。ほっと息を吐き、いよいよオズワルドにあの薬を使う時がきたかと、何ともいえない複雑な顔で彼を確認したセシルはぎょっとして目を見張った。

彼の金緑の瞳が真《ま》っ直《す》ぐにセシルを映している。咄嗟に彼女は彼の頬に手を当てると下瞼《まぶた》を引っ張った。

彼の瞳の中を這っていた、黒く蠢くものは消滅している。ほっとして思わず彼の首筋に伏せると、頭の上の方から低い声がした。

「お前……」

言葉と同時にぐいっと肩を押され、顔を上げる。

「あんな真似しておいて、その気はなかったとか言うなよ」

そのまま引き寄せられ、セシルはオズワルドの唇によって唇を塞がれてしまった。

「!?」

驚いて身を引こうとするも、いつの間にか彼の両手に後頭部と腰を抱き寄せられて逃げられない。更に、慌てる彼女の唇を割って舌が侵入し、セシルは目を見張った。前回と同じように、彼女の口内を熱くて不思議な感触を持ったものが縦横無尽に動き回る。

あまりにも傍若無人で、彼女はそれを押し返そうと、彼の舌に舌を添わせてみた。

途端、ぞくりと甘いものが下腹部を刺激し、反射的に舌を引っ込める。だめだ、これでは攻撃にならない。

必死に身体を離そうとするが、ますますオズワルドはセシルを抱え込み、時折首筋や腰を柔らかく撫《な》でるので、身体の芯が震えて力が入らなくなる。

逃げ回るのも抵抗するのもいよいよ疲れてきて、セシルは目を閉じると力を抜いた。途端に前回と同じように攻め立ててるだけだったキスが優しくなり、濡《ぬ》れた音を立てて離れたオズワルドの唇が、今度は角度を変えて触れてくる。

何度も何度も、求めて柔らかく塞がれる。

（こんな風にされると……）

身体から力が抜け、気付けばセシルはくったりと彼の身体の上に伏せていた。舌先で促され、彼女自身も彼の舌に思うまま、自らの舌を絡めている。意識がぼんやりし、感触も全てオズワルド一色に染まっていく。自分の五感が彼で満ち、それ以外の世界が急速に消えていく。

ただただ甘い感覚に夢中で溺れていると、不意に唇が離れ、そっと耳朶《じだ》を食《は》まれた。

「んっ」

びくりと身体が震え、甘い声が吐息と共に鼻から漏れる。荒い呼吸がすぐそこで聞こえる。

「――……セシル」

深く、熱い吐息が名前を囁き、ずきりと下腹部が痛んだ。もどかしさに思わずオズワルドの首筋にしがみつくと、彼の腕が腰から背中へと持ち上がった。

「どういうつもりで、あんな真似を？」

その低い囁きが、鼓膜を震わせ脳を直撃する。その瞬間、彼女の全身から血の気が引いた。

どういうつもりで、あんな真似を。

彼の掌がセシルの腰の辺りをなぞり、彼女は弾《はじ》かれたようにオズワルドの身体から自らを引き離した。

どういうつもりであんな真似をしたのか。

それは、こんな風にオズワルドの劣情を掻き立てるつもりでしたことではない。純粋にオズワルドを助けるための手段《キス》だった。ああでもだけど……。

（……こういった……愛情からの行動と見分けのつきにくい方法をとるのは……本当に気を付けないと）

そうでないと、いとも簡単に、あっさりと別の感情の海へと叩《たた》き落とされる。セシルが決して踏み込んではいけない、その海に。

「そ……それはもちろん治療ですよ、治療」

今のキスで目覚めそうになった何かに必死に蓋をして、セシルはゆっくりと身を起こすと、彼の身体から降りた。じっとこちらを見詰めているであろうオズワルドと何故か、視線を合わせることができない。そのまま乱暴な手つきで彼の胸元を整え、すっくと立ち上がる。

「――……今のが……治療？」

ようやく我に返ったのか、床に起き上がったオズワルドが低い声で尋ねる。間髪入れずにセシルが答えた。

「ええまあそうなりますね」

「……どこが？」

「す、全てですよ、全て」

不審そうな声を無視して、セシルはへらりと笑うとようやく彼を見た。オズワルドはくっきりと眉間に皺を寄せ、今にも喚き散らしそうな顔で彼女を睨んでいる。思わず後退《あとずさ》り、それから彼女は誤魔化すような笑顔のまま、必死に言いつくろった。

「治療であることに間違いはありません。じ、実際、オズワルド様は正気を取り戻されたでしょう? ほら、この診療室に入ってからのこと、どこまで覚えてますか? ほとんど覚えてないでしょう?」

そう畳みかけられて、オズワルドが目を伏せる。視線を逸《そ》らす彼に、やっぱり覚えてないんだと確信した彼女は尚《なお》も言い募った。

「オズワルド様はあの部下の方から溢れる邪気に当てられて正気を失いました。それを元に戻すにはああいう………払いの儀式が必要なんです」

「……あれを他の人間にもやっていると?」

ゆっくりと立ち上がった彼が、一歩セシルに近づく。更に更に低い声で言われ、冷や汗が背筋を伝った。

「ほ、他の人間に試したことはありません。今回が初めてです。つまり、それだけオズワルド様の身体の内側に巣食う邪気が強く、部下の方から漏れ出た同等の邪気を吸って更に強化するように見て取れたのでやむなく使いました」

一気にまくしたてると、目を伏せて考え込んでいた彼の、金緑の瞳が持ち上がり、真っ直ぐにセシルを映した。

「本当か?」

「ええ、本当です! 実際、例の呪いの鎖がオズワルド様に向かって伸びてましたし、部下の方を救うよりは先にオズワルド様を治療した方が早いと判断するくらいには、オズワルド様の方がそれはそれは大変――」

「違う」

更に一歩詰め寄り、強い口調で言われてセシルが目を見張った。瞬《まばた》きする彼女を覗き込むオズワルドの瞳がどこか……揺れて見えて、セシルはぴたりと口を閉じる。違うとはどういうことだ？

「……本当に俺が初めてだったのか？」

彼の手が持ち上がり、そっと頬に触れる。じわりと熱く、硬く乾いた掌の感触に、思わずセシルの身体が震えた。気付かないくらいの小さなそれ。だがオズワルドは更に一歩、近づくと額が触れそうな位置からセシルと目を合わせた。

「他にやった人間はいない？」

金緑の瞳の奥で、ゆらゆらと光り輝く何かが揺れている。それを見上げながら、セシルはこっくりと一つ頷いた。

「そうか」

かすれた囁き声が唇に触れる。あと少し。ほんの少しで二人の熱が重なる……その予感に再び身体が震えたその瞬間、どんどんどん、と診察室の扉が叩かれた。ぱっとオズワルドが身体を離し、くるりと背を向ける。一瞬呆気《あっけ》にとられたセシルは、「おーい、大丈夫か!?」というザックの声を聞いて我に返った。

「は、はい！　すみません、処置の最中でした」

歩き出せば、足がふらつく。転びそうになった腰をオズワルドの腕が支え、背中に彼の身体が当たる。触れる手も、背中に当たる胸板も衣服越しなのに何故か熱く感じる。

（それは私が発熱してるからでしょうか……ッ）

「お前が転んで怪我をしたらシャレにならない」

　耳元で呆れを含んだ声がする。

「おっしゃる通りでございます」

　脳を通さず、反射的にそう返し、セシルは腰を抱く腕もそのままに扉へと前進を続けるから。

「おい、こら！」

「手を離してください一人で進めますので」

「今手を離したらお前、つんのめってまた転ぶだろ⁉」

「大丈夫ですよ、問題ありません、だから離して」

　鍵が外れ、扉が外側に開く。

「搬送の準備ができたから、セシルには白魔導士村に連絡――……」

　開いた扉の先。ザックの視界に飛び込んできたのは、セシルを後ろから抱きしめるオズワルドの姿で。

「……お前な……この状況でよく」

「違う！　この粗忽者《そこつ》が手を離すとすっころぶから」

「人を足腰立たない老婆みたい言わないでくださいー。自分で立てるって言ってるのにっ！」

　そのまま身をよじるセシルと、しかめっ面で彼女を抱えるオズワルドを呆れたように交互に見詰め、ザックが感心したようににやりと笑った。

「やっぱり二人とも仲がいいな」

「どこが！」

「どこがですか！」

★☆★

屋敷の窓から、星が煌めく夜空を見上げていた彼女は、一条の光がそこを横切って飛んでいくのを見た。それは真っ白な光で、流れ星のように見える。だが、彼女の目にはそれが確かな「証《あかし》」に見えた。

「……あれは……」

ガラス窓を押し開けバルコニーへと出る。それから流れていった方向を確認した。

冷たい風がふわりと髪とローブを撫でて膨らませる。

すっと、彼女は美しい瞳を細めた。

あの光は間違いなく、自分がよく知るもので、そして緊急事態を示すものだ。

手すりに置いた手を握りしめ、目を伏せると色々なことを考えた。

これまでのこと。

これからのこと。

「……行かなくてはいけないかしら」

そっと手すりから身体を離し、彼女はゆっくりとバルコニーから部屋の中へと戻る。そろそろ王都を離れるべきだ。そして……。

まずはあの光の「内容」を確認しなくては。

全ては、それから。

4　事件発生

魔獣の襲撃から数日が過ぎた。

二人の間には特に変わったことはなく、日々は淡々と過ぎていった。ただ何となく、二人の間の空気感のようなものが変わったと、セシルは感じていた。いや、むしろ変わったと感じているのはセシルだけかもしれない。向こうはゴシップ誌を賑《にぎ》わせるほどの、色恋の多い相手だし。

色恋。

（あ～……失敗したかもしれませんね……）

あの日から、彼女はどこか視線の端でオズワルドを追いかけるようになってしまっていた。それが何に起因しているのかはわからないが、気付けば彼が剣の修練をしたり、ザックが持ってくる騎士隊に関する報告書に目を通したり、領地管理の書類にサインしたりしているのを見ていた。

意外と真面目で、意外とおおざっぱで、そして意外と思慮深い。あと変わったことといえば、彼との距離が近いことだ。心理的な意味でもそうだが物理的にも。

「今日は何を買ってきたんだ？」

背負っていた荷物を台所のタイルの上に降ろして、中身を確認していると、背負子《しょいこ》の縁に手が置かれた。背中と首筋が粟立《あわだ》ち、彼の熱を敏感に感じ取る。

ぱっと振り返ると至近距離にオズワルドの端正な顔がある。身を引こうとするも後ろには竈が鎮座し、前にいる彼は微動だにせず、彼の腕と身体《からだ》の間に挟まれてしまった。

「今日はお魚ですよ。旅の行商人が村に来ていて、なんでも魔法が使えるのだとか。氷の魔術で新鮮なお魚を海から直送してきたそうです。一緒にスパイスも売ってたので、村のハーブと共に買ってきました。今日はこれに小麦粉をつけてソテーにしますね」

彼の顔を直視できず、うろ〜っと視線を彷徨《さまよ》わせてそう言えば、彼女の背後にある籠の中身を見下ろしていたオズワルドが感慨深く呟《つぶや》いた。

「戦場にも彼らが来たことがある。魔術に長《た》けている者はそういった場所でも商売ができるからな。商魂たくましいと思ったよ」

(近い近い近い〜〜〜)

すぐ傍《そば》で、何でもないことを話しているのだが、それだけでも心拍数が上がる。同じ場所で生活をしているというのに、彼からは石鹸《せっけん》と何か別の香りがして、それが何かわからない。だが興味を惹《ひ》かれるような、微《かす》かに甘い香りのため、セシルは彼の方に無意識に身を倒したくなるのを必死に堪《こら》えた。

「……どうかしたか？　顔が赤いぞ」

早くどっかに行け、と胸の裡《うち》で叫んでいたセシルは、揶揄《からか》うような口調に思わず顔を上げて睨《にら》みつけた。余裕ありげに片眉を上げるその表情にむかっとする。

「ものが赤く見えるのはもしかしたら先ほど差し上げたクッキーのせいかもしれませんね、記載しておきます」

「おい……」

やっと彼の胸を押してどかせ、くるりと背を向けると籠の中の物をせっせと取り出し始める。

どうして彼と過ごす時間が眩《まぶ》しく感じられるのか。たかがキスだけでそうなるのかと頭を抱えたくなる。それともっと前からこの人のことが気になっていた……？

（でも……それが一番ダメなのよね……）

セシルが今後身を立てていく中で、もっとも不要でもっとも慎重にならなくてはいけないのは「恋愛感情」だ。

対象者が持つ邪気、毒気、負の呪い……それを触れることで体内に取り込み浄化するという特殊能力は、「手を触れて癒《いや》す」「唇で痕跡に触れて吸収し、癒す」「身体を繋《つな》いで深い所から原因を排除する」と段階がある。最後のものは異性にしか使えないが、手を触れる、以外は自分にとって大切な人ができてしまった際に、他の人に対して使うには心理的負担が大きくなる。

更に他人に知られれば身に危険が及ぶ可能性も出てくるため、セシルの能力は師匠や両親以外には知られていない。

故に、感情に押し流されて適切な判断がつかなくなること……そう恋愛感情のようなものが、一番セシルが気を付けなくてはいけないことなのだ。

気付けば深い溜息《ためいき》を吐《つ》いていた。これからどうしようか。オズワルドに巣食う物は最終手段を使わないといけないと、先の事件で実感した。そのために必要なものも師匠から貰《もら》っている。問題は自分だ。

そんな風にぐるぐると考え込む彼女は、自分のことをじっとオズワルドが見詰めているなんてこれっぽっちも気付いていないのだった。

★☆★

「まずいな……」

「何がだ？」

「色々だ」

裏庭での鍛錬を終え、剣を腰に収めるとオズワルドはしかめっ面で壁際のベンチに腰を下ろした。

正面には定例報告をしにきたザックが立っている。

その彼に視線を合わせることなく、オズワルドは両膝の上に肘をつき、組んだ両手に額を押し当てた。

ここ数日、暇さえあればセシルにちょっかいを出している自分がいた。気付けば彼女の言動を目で追っているし、ちょっとした仕草が何とも言えず可愛《かわい》く見えることがある。そしてそんな自分に、なんでこの俺があのちんまいのに!? と愕然《がくぜん》とする。

「……まさか欲情してるのか……？」

だとしたら大問題だ。

相変わらず生意気で、振り回されっぱなし。一言えば十返ってくる。だがその反応を心地よく思っている自分もいたし、振り回されるのも悪くないとさえ思うようになっていた。それで済めばいいのだが、診療所で意識を取り戻した時、自分の上でほっとしたように笑った琥珀《こはく》色の瞳が、見たこともないほど澄み、深いオレンジ色の光を宿していて胸の奥と腰の辺りが鋭く痛んだ。

彼女があんな風に柔らかく、可憐《かれん》に笑うとは思わなかった。しかも自分の傷跡に口づけを繰り返し、肌に舌を這《は》わせていたと気付いてからは我慢ができなくなった。

キスをして……なのにあれは治療だと言われて頭にきて……──。

黒豹《くろひょう》なんて渾名《あだな》に相応《ふさわ》しい、唸《うな》り声がオズワルドから漏れ、腕を組んでその場に立っていたザックが「珍しいものを見た」と言わんばかり目をむくとにやにや笑う。

「なんだなんだ、欲求不満か？　身体の傷が良くなってるんなら、俺と一緒に一旦王都に戻るか？」

「ああ？」

不機嫌です、と顔面にでかでか書かれた状態で顔を上げたオズワルドは、隣に座って肩を組むザックの提案に更に眉間に皺《しわ》を寄せた。

「今まで禁欲生活してきたんだから、溜《た》まってるんだろ？　王都に戻れば恋人や愛人の一人や二人、すぐ見つかるだろう」

確かにそうかもしれない。そもそも胸に黒い傷があるために女も抱けない、というのが不満の一つだったのだ。だが今、王都に戻って街屋敷《タウンハウス》に山と積まれている招待状や意味深な手紙の中から一人を探し出して逢《あ》いに行くことを考えると……何故《なぜ》か自分自身が萎えていく気がした。

意味深なやり取りと、じらして愛を乞わせる行為に魅力を感じない。それならあの手この手で屁理《へ》屈を言い続け、自分を翻弄する女を甘やかす方が興味をそそられる。

日差しに透けると赤くなる髪が、真っ白なシーツの上に広がって、その中で半分慌てたような、半分恥ずかしそうな顔をしたセシルが、あわあわしながら自分を押しやろうとするのだ……。

「あり得ない」

ぐいっとザックの腕を持ち上げて肩から外し、立ち上がるとオズワルドは腰に手を当てて深い溜息を吐く。

「なんであんな小娘に……」

違う。小娘だと思い込もうとしているだけだ。自分があんなちんまいのに心惹かれるわけがないから、彼女は対象外に認定したくてあがいているだけだ。

あがいてる。

(そう……あがいてるっていう時点でもう……)

オズワルドが怒りにも似た感情から、奥歯を噛《か》み締める。

「へ～え。隊長殿にそんな顔をさせる小娘がいるんですか～。誰かな～それは」

にやにや笑っていることが丸わかりな口調で言われて、じろりとザックを睨みつける。

「気を付けるんだな、副隊長。まだ二本足で歩きたいだろ？」

「こっわ」

ワザとらしく身を引いたザックだったが、不意にごく真剣な表情でオズワルドを見た。

「けどまあ、実際はどうなんだよ？　彼女はお前が今まで相手にしてきたような恋愛の達人というか、後腐れない関係を楽しめる人間じゃないぞ？　それを今までの相手と同様に扱う気なら……」

少し目尻の垂れたザックの、ひやりとした冷たい眼差《まなざ》しにオズワルドが映っている。

「わかってる」

そんな彼に、うるさそうに手を振った。

「彼女は対象外だ」

そういう、身体だけの付き合いの対象にはならない。彼女相手にはもっと……ちゃんと……。

（ちゃんとってなんだ……彼女を公爵夫人にする気か？　そんなの……）

――……いや、ありかもしれない。

公爵夫人になったセシルを想像して、少し笑いそうになっていると、軽い調子でザックが告げる。

「ま、お前がセシルのことを対象じゃないって理解してるんならそれでいいさ。あとは傷を治してから考えればいいしな」

言いながら、彼は立ち上がった。そろそろ任務に戻らないと、部下達が大騒ぎし始める。そうして振り返った先、家の角にぼんやりと立つセシルを見つけて一瞬で凍りついた。

彼女は琥珀色の瞳を丸くして、大きな小麦粉の袋を両手に抱えていた。日陰にいるために顔色はよくわからない。だが、ふっくらした薔薇《ばら》色の唇が微かに震えたように見えた。

「あ～……ええっと、セシルじゃないか……その……いつからそこに？」

乾いた声がザックから漏れる。それに彼女がはっと身体を震わせた。

「――……対象外からですね」

凛《りん》とした声が空気を震わせ、オワルドがはっと顔を上げた。

栗《くり》色の髪を赤く輝かせながら、重い小麦の袋を抱えたセシルがのろのろと日向《ひなた》に出てくる。

「セシル……」

思わず零れたオズワルドの声に、だが構うことなく、彼女は家の裏手にどさりと袋を置くと、ゆっくりと腰を伸ばした。

「オズワルド様の傷はまだ完治してはいません。欲求不満で大変かと思いますが、もうしばらくお待ちください。完全に治らないと、オズワルド様と肉体関係を結んだ相手に悪影響が出るかもしれませんし」

早口でそう告げ、彼女がくるりと彼を振り返る。日差しの下で、彼女の琥珀色の瞳がオレンジ色に煌めく。

「あと大丈夫ですよ、私もこの間のことは単なる治療だと考えています。なので私がオズワルド様の負担になるようなことは全くありませんし、対象外なのは十二分に承知してますので、悪しからず」

そのまま踵《きびす》を返し、大股でその場を辞するセシルの様子に、オズワルドは驚くと同時に誰かを深く傷つけたような、雨に打たれた子猫を追い払ってしまったような、そんな言葉にならないざわめきを覚えた。

それと同時に微かに……胸の奥に何か変化が生まれる。

彼女は何故あんな態度を取ったのか。単に呆《あき》れられただけなのか。それとも……？

（まずい）

あのまま彼女を違う意味での「対象外」と認定させておくわけにもいかず、オズワルドは大急ぎでセシルを追いかけた。彼女の誤解をどうしても解いておきたい。

それから……それから……。

「セシル」

名を呼びながら彼女の背中を追う。だが、オズワルドが追いつくより先に、数歩前にいる彼女の頭上に、天から何かが飛来するのが目に留まった。

それは真っ白い光に黒い邪気が絡みつき、ばりばりと何かを引き裂くような音を立てて落ちてくる。

はっと彼女が顔を上げた。周辺の景色が白一色に染まる。稲妻のような、火球のような、当たったらただでは済まないと思われる「それ」が今まさにセシルにぶつかる！

「セシルッ」

足が縫い留められたように動けない彼女に向かって、オズワルドが身体を投げ出した。両腕でしっかりと彼女を抱きしめ、その場から遠ざけるように押し倒す。勢いよく地面に倒れ、衝撃が襲ってくるのに備えてオズワルドは身を固くした。

だが、天を切り裂いて落ちてきた火球による衝撃はいつまでたっても訪れない。顔を上げ後方を確認したオズワルドと、腕の中で身をよじり、彼の身体の隙間から顔を出したセシルは信じられないものを見た。

飛来した火球を咥《くわ》えた、真っ黒な狼《おおかみ》のような存在を。

「な……なんだあれは……!?」

目を見張るオズワルドの囁《ささや》きに、セシルが震え声で返す。

「魔獣ではないのですか？　あんな……光の珠に齧《かじ》りついて咥えることができる存在なんて、魔獣以外いないんじゃないんですか⁉」

「いやしかし……」

ふさふさした尻尾と耳を持つ「それ」は、魔獣のように理性のない目をしてはいなかった。それに、大抵魔力を取り込んだ生き物は、輪郭が炎や陽炎《かげろう》のように曖昧になることが多い。だが日差しの下に四本足で凛と立つ「それ」は明らかに実体としての骨格を持っていた。だが、きらきらと輝く赤い瞳が抱き合ったまま転がる二人の方に向くと、二人の全身が粟立った。

とてもじゃないが、ただの狼とは思えない。

狼モドキは口に白い光を咥えたまま、ゆっくりと足を踏みかえてこちらに向き直る。すっと細くなったその目に、二人の緊張感が高まる。庇《かば》うようにセシルに腕を回し、オズワルドはゆっくりと身を起こした。

座った体勢から剣を抜くのは非常に困難だ。だが、できないことはない。

こちらにヤツが突進してきた際に、斬り殺せる確率は半分以下だとしても、後ろにいるセシルに傷を負わせるわけにいかない。

狼モドキがぐっと上半身を伏せ、お尻を高く上げた。飛びかかってきそうな姿勢だ。

果たして、斬り伏せることができるか。

ぎりぎりまで緊張感が高まったその瞬間、狼モドキが口に咥えていた光の珠《たま》をばりっと噛んだ。驚くオズワルドの前で、狼モドキは何度かばりばりと噛み砕くと、何かをぺっと吐き出した。半分以上壊れた、水晶のようなものがぽとりと地面に落ちる。それからぐいっと顔を上げると。

「！」

くるりと身を翻し、勢いよく後方の森へと駆け込んでいった。

「追え！」

唐突にオズワルドが命令する。

「りょーかい！」

天を切り裂く光の珠を見た時から、機会を窺《うかが》うべく、家の陰に潜んでいたザックが命令と同時に走り出す。

あれは一体何なのか。間違っても普通の動物ではないし、かといって魔獣の類《たぐい》でもなさそうだ。そして奴が噛み砕いた光の珠は何故、セシルに向かって落ちてきたのか……。

「オズワルド様」

かすれた声が背後からして、彼ははっとして振り返った。身を起こしたセシルが、琥珀色の瞳をきらきらさせて、真《ま》っ直《す》ぐに狼モドキが吐き出したものを見ている。

「あれは何でしょうか」

「……わからん」

よろけながら立ち上がったセシルが、オズワルドが止めるのも振り切って近づいていく。

「おい、勝手に触るな」

「大丈夫ですよ、こういった魔道具のようなものには慣れていますから。それより、取り扱いを知らないのはオズワルド様の方なのですから、あまり近づかないで」

心配そうに近寄る彼を片手で追い払う仕草をする。もう既に普段の彼女のような振る舞いをするセシルに、何ともいえない気持ちになりながら、それでも彼女の身を案じて、背後に立つ。

セシルは指を組んで印を結ぶと、低く呪文を唱えた。青白い魔法陣が現れ、ゆっくりと狼モドキが吐き出した「欠片《かけら》」の上に下りていく。ブルーの光が欠片に触れると、ぱりっと静電気が弾《はじ》けるような音がして黒っぽい影がぶわりと湧き立った。

「気を付けろ！」

慌てたオズワルドが彼女を庇うように前に出る。だが印を結んだまま、セシルは首を振った。

「大丈夫です。浄化の魔法陣に触れてあぶり出されただけですから」

横目でセシルを確認するオズワルドに、彼女は笑ってみせる。

「でもお気遣い感謝します」

そういうことではないのだが、と喉元まで出かかる言葉を飲み込み、大丈夫だという彼女を信じて待つ。やがて溢れ出ていた邪気は全て吸い取られ、後には狼モドキが噛み砕いて吐き出した、透明な「何か」が現れた。

「……これは、この間私が飛ばしたのと同じ、伝令用の宝珠です」

「え？」

怪訝《けげん》そうな顔をするオズワルドの目の前に、拾い上げたそれを差し出して見せる。

「この魔石は、オズワルド様の治療に使ったものと同じで、任意のものを吸収することができるんですが、これに魔導士達は自らの言葉や特殊なペンで書いた文字を封じ込めることができます。受け取った側はそれを解放して伝令を受け取る仕組みです」

「……中を見るのは初めてだが……」

半壊したせいで伝令が読み取れないのはわかったが、黒い邪気が絡まっている理由が不明だ。

「黒魔導士が使えば濃い赤に。算術師が使えばオレンジに……でも、これは真っ白なので我々の伝令です」

この地に伝令を飛ばしてきたのは、セシルが吸着した邪気を分析に回しているカーティスだろう。師匠からの言伝《ことづて》が入っていたはずだ。だが邪気のせいで運搬に支障が起き、挙句謎の狼モドキに破壊されるという結果となった。

「伝令は目立ちますからね……誰かに目をつけられていた可能性は十分にあります」

「……お前を狙った攻撃ということか？」

更に一本、眉間に皺を刻んでセシルを見れば、彼女は何か考え込んでいるようだ。

「私を狙った……というよりはオズワルド様の方でしょう。飛来する伝令を見て、これに邪気を絡め、それをたどってオズワルド様を探し出す気だったのかと」

「――……何のために？」

自分を探し出すためにこんな方法を使わなければならないほど……オズワルドに用事のある人物に心当たりなどない。

「オズワルド様に心当たりはなくても、そう感じてる人間はいるものですよ。例えば……過去にお付き合いされていた方が、唐突に心変わりをしたオズワルド様を恨んで、今こそその恨み晴らすべし！　と魔獣達が使う禁断の邪術に手を出し、ちょうど運良く見上げた空の先に連絡用の宝珠が飛んでいて、『あれは！　オズワルド様の元へと飛ぶ宝珠！　彼の居場所が掴《つか》めるかもしれない！』って邪気を纏《まと》わりつかせそれで――」

「……なあ、言ってて破綻してるってわかったろ？」

呆れたようなオズワルドの口調に、セシルは肩を竦《すく》めた。

「はい。そもそも空を飛んでいる連絡用の宝珠とオズワルド様を結びつけるのが困難です」

「だろ」

しばらく黙り込んだ後、セシルは壊れた宝珠を耳に当て中の伝令が聞こえるかどうか試してみる。

「聞こえるか？」

「残念ながら無理ですね」

ふうと溜息を吐いて宝珠を降ろし、セシルが考え込む。難しい顔で「一体誰が何のためにこんなことをしたのか」と仮説を立てていると、不意にオズワルドがそっと背を屈《かが》めて彼女の額に自分の額を押し当てた。驚いたセシルがぱっと後ろに下がった。

「な、なんですか!?」

「いや、普段おしゃべりなお前が急に黙り込むから熱でもあるのかと」

「あ、ああ、ありませんよ、平熱です」

「ちょっと高かった気がしたが？」

「普通です、普通」

「どれ……」

「なんでデコ直当てで測ろうとするんですか⁉　掌《てのひら》でもいいでしょう⁉」

「なるほど」

言うが早いか、オズワルドは両手でふわりとセシルの両頬を包み込んだ。そのまま肌の感触を確かめるように親指を滑らせ、そっと唇をなぞる。

「⁉」

「熱いな」

「それは、オズワルド様がそういうイヤラシイ触り方をするからで」

「俺は熱を測ってるだけだ。ほら、大人しくしろ」

「いーやーでーすー！　離してください、まだこの伝令について考えることがあるしやることも」

「熱がなかったらな」

にこにこ笑ってそう告げ、オズワルドは素早く身を屈めると彼女の唇にキスをした。セシルが目をまん丸にし、身体を硬直させる。固まる彼女の唇をそっとなめ、怯《ひる》んだ隙に舌を押し込む。

あっという間に言葉による会話は止まり、甘い口づけと漏れる吐息だけが世界を占めていく。好きに舌を絡め、彼女の身体から緊張感も警戒も消えたところで、オズワルドがゆっくりと顔を離した。

それから未《いま》だにぼうっとしている彼女の琥珀色の瞳を覗《のぞ》き込んで掠《かす》れた声で囁いた。

「さっきの対象外だが、お前は誤解している。あれは俺に相応しくないという意味ではなくて――」

後半の言葉は、「いや～まいったまいった。完全に逃げられたな、あの狼に」というのんきなザックの声で遮られた。

どん、と突き飛ばされ、体勢を立て直す前に、オズワルドは真っ赤になったセシルに睨まれた。

「私ッ！　師匠に連絡してきますッ！」

言うとくるりと身を翻してどこかに駆けていく。その後ろ姿を見送った後、前髪をかき上げながら、オズワルドはぎろりとザックを見た。視線の先のザックは数度瞬《まばた》きした後、気まずそうに笑う。

「あ、もしかして俺、タイミング間違った？」

★☆★

結局彼女が飛ばした邪気は、飛来先で展開し居場所を知らせることはなかった。恐らくは気付いた何者かが、捕まえた伝令を壊したのだろう。

そうでもない限り、カーティスから放たれた伝令に絡みついた邪気は取れることはない。

そしてカーティスはもう、どこかに伝令を飛ばす際に、防御陣《プロテクト》を付加することを忘れないはずだ。

そうなったらオズワルドの行方を捜すことはできない。

きりっと細く整えられた爪を噛む。彼女にとって一番厄介なのはオズワルドなのだ。むしろ憎んでいると言ってもいい。

フレイア公爵家は代々、魔獣の討伐に絶大な力を振るってきた。初代フレイア公爵が持っていた退魔の血が受け継がれているからだろう。

そうして彼女は遠い昔、当時の公爵令嬢によってとある土地に封印された。

暴虐の魔女・オルテンシアとして。

それから長い年月が経《た》った。一組の若い魔導士夫婦が、名を上げ職を得るために、古い伝説の残る封印領へとやってきた。彼らは生きていくために、封印を破った。現れるであろう怪異を退治し、名声を得ようとしたのだ。

だが封印されていたオルテンシアは、これを好機ととらえ、彼らをあっという間に昏倒《こんとう》させると、妻が宿していた胎児の身体を乗っ取ることに成功した。新たな肉体を得て、ようやく……あのいまいましい令嬢に復讐《ふくしゅう》する時がきた。今はその血を引く者は公爵だが、関係ない。

そうしてオルテンシアは復活した。まだ暴虐の魔女と言われた頃と比べて力弱く、二度の魔獣討伐戦を引き起こして奴との接近を図ったが、美貌と清廉な導師として被《かぶ》っていた猫を外し、世界を破壊するには十分ではなかった。魔獣をようやく操れるようになった程度では、煩わしい他の英雄や、騎士団、魔導士団全てを相手にはできなかったのだ。

「これは復讐だよ、フレイア」

それでも。どこにいても、にっくき令嬢の血を引く者を見つけ出す。

今は手段がなくても、必ず。

もし伝令を捕まえることができていれば、こんな真似《まね》はしなくても済んだ。だが、仕方がない。オズワルドの行方がわからない以上、次の手に出るだけだ。

彼女はゆっくりと歩き出し、自らの家を出た。それから日差し溢れる長閑《のどか》な「白魔導士村」をゆっくりと見渡す。

「あら、お出かけですか？」

通りをのんびりと歩き始めると、村人の一人が笑顔で挨拶してきた。それに彼女は清廉すぎて怖くなるような笑みを返してみせた。

「はい。少し、王都へと向かおうかと」

それに村人は驚いたように目を見開いた。

「あら……先ほど戻られたばかりなのにまた王都ですか？」

「ええ」

そこで彼女は黒く美しい目を伏せ、効果的に悲しげな表情をしてみせた。

「近々……とても強力な魔獣が現れる……そんな予知夢をみてしまったのです」

5　発生した感情は暴露《バレ》てはいけないのです

もういよいよ猶予がないのかもしれない、とセシルはアルコーブにあるベッドの、枕元に置かれた鞄《かばん》をじっと見詰めた。この中には、「最終手段」を使うのに有効なものが入っている。師匠から渡された二つの瓶だ。彼女は意を決して、鞄を取り上げるとベッドに腰を下ろした。

付近の村に魔獣が現れた。オズワルドを襲った個体と同一かはまだ不明だが、乗っ取れる器を探していたことや、オズワルドの傷が相手の傷から邪気を補給しようとしていたことから、たとえ同一個体ではなくても、厄介な存在であることに変わりはない。そして未《いま》だ、魔獣は討伐されていない。

加えて真昼の光の中に現れた謎の狼《おおかみ》。あれは、セシルの元に届いた師匠からの情報を食い破った。

(伝令に纏《まと》わりついていた邪気が気になるところではあるけど……)

あの邪気が、伝令を飛ばした先にいる「誰か」を探すために纏わりついていたのだとしたら……？

(やっぱり探してる相手はオズワルド様じゃないでしょうか)

王都ではオズワルドが王命を受けて特別な任務に就いていると言われている。誰も行方を知らない。

そんな中で、白魔導士村の高位魔導士カーティスが伝令を飛ばした。魔獣討伐のような大きな戦は起きておらず、代わりにオズワルドが特別任務に当たっている。その二つを知る人物が、カーティスが特別任務に関わっていると考え、伝令の宛先がオズワルドかどうか確かめようとしても何らおかしくない。

（邪気は展開する前に消滅した。奇《く》しくも狼のお陰だけど……でも、誰かがオズワルド様を探している可能性は否定できない）

ならばやはり、オズワルドに万全の態勢を取ってもらわなければいけないだろう。

膝の上にある鞄を穴があきそうなくらい眺める。それから顔を上げて振り返り、窓の向こう、暮れていく日の光に目を細めた。金色の夕日が赤く色味を変えていく。

セシルが頼まれているのは、オズワルドの解呪・解毒だ。それができなければ意味がない。

（……大丈夫）

昼間言われた台詞《せりふ》が脳裏を過《よぎ》った。ずっと前から言われていた。セシルは「対象外」なのだ。それを心に刻んでおけば、きっと大丈夫。

諦めればいいのだ。期待しなければいい。オズワルドが自分に恋愛感情を抱くことはない。絶対に。

（だいじょうぶ）

胸の奥とお腹《なか》の奥が震える。緊張感に鼓動が速まるがぐっと彼女は奥歯を噛《か》み締めて堪《こら》えた。

だいじょうぶ。きっとうまくいく。

（忘れなければいい。私が愛されることは絶対にない）

ぱしぱし、と両頬を叩《たた》き、彼女は考え込む前にと鞄から青色の小瓶を取り出して握りしめると、勢いよく立ち上がった。そして自らの思考を閉ざし、機械的に動き始めた。

最終手段を用いて、オズワルドを回復させるために。

すっかり日も暮れ、窓の外には星が輝いているかと思いきや、西の空を端から侵食していた黒い雲が辺りを覆い、冷たい風が時折唸《うな》り声を上げて周辺の木々をざわつかせていた。

月明かりはおろか、星明かりすら期待できそうもない夜。

（……私の愚かな初夜に相応《ふさわ》しいかもしれませんね……）

心の一部を凍結させ、機械的に羊のスパイス煮を作ったセシルは、取り分けたオズワルドの皿に、例の小瓶の、青い方の中身を入れた。複雑な味がするそれが、きっとあの薬の味を消してくれるはずだ。まあ、薬自体がどんな味がするのか見当もつかないから、もしかしたら勝つかもしれないが、その時は変わった薬草を入れたと言えばいい。

セシルが見たところ、テーブルの正面に座るオズワルドは、普段と変わりなく見えた。だが、時折何かを考え込んでいるようで、ぼんやりと羊肉をフォークでつついていることがあった。それでも彼は、一口、二口と皿の中身を食べていく。

薬の効果が出るのは数時間後。緊張からか、セシルの手は冷たくなりきーんという耳鳴りがしていた。彼は食事を黙々と食べている。もう後戻りはできない。窓の外で唸る風の音が大きくなるにつれて、セシルの緊張感もどんどん高まっていった。

自分もスパイス煮を食べたはずだが、全く味がわからない。気付けば二つの皿が空になり、オズワルドが席を立つところだった。食事の支度はセシルが担っているが、後片付けはオズワルドの仕事だ。彼の金緑の瞳がふと、凝視するセシルの琥珀《こはく》色の瞳に気付いた。

「なんだ？　妙に大人しいと思ったら俺の顔をじっと見て」

　気になることでもあるのか？

　片方の眉を上げて尋ねられ、びくりとセシルの身体が震える。気になることならある。物凄《ものすご》くたくさん。だが、まだそれを言うわけにはいかない。ごくりと唾を飲み込み、彼女はどうにかこうにか平常心を保ちつつ切り出した。

「今日は色々やることがあるんです」

「色々って……これからか？」

　流し場についたポンプを動かして、タライに水を溜《た》めながらオズワルドが呆《あき》れたように告げる。

「それは俺の治療か？」

「そうです」

　間髪入れずに答えると、こちらに背を向けたままオズワルドが首を振った。

「まだやることがあるのか。ここ最近はあの、例のつむで調子よくいってたんじゃないのかよ」

「そうですけど、あれでは根本的な解決に繋《つな》がらないと本日と先日の出来事で理解しました」

「……へえ」

　気のない返事をする彼は、きっとまた不思議な道具を使って治療をするのだと考えているのだろう。ぞくぞくするような、お腹の奥が震えるような、どこか寒気にも似たものに身を震わせながら、セシルがぎこちなく立ち上がった。

「そのための準備をしますんで」

「風呂にでも入るのか？」

彼の台詞に、セシルは目を合わせることなく頷いた。

「多分……身を綺麗《きれい》にしておいた方がいいと思うので」

「ふーん」

「もちろん、オズワルド様もですよ」

粉状の洗剤とへちまを使ってせっせと皿を洗っていた彼は、ははっと短く笑った。

「治療を受けるのは俺だから俺が身を綺麗にするのはわかるが、お前はなんでだ？」

それはもちろん、自分の身体《からだ》を使うからだ。だがそれを言うわけにもいかず、セシルは短く答えた。

「血行を良くするためです」

「…………へぇ」

台所の隣、木製の扉を開けた先に浴室がある。公爵家所有の小屋だけあって、お湯を温める鉄製のパイプがついた浴槽が置かれていた。竈《かまど》から燃える薪をパイプに詰めてお湯を沸かし、セシルはオズワルドに先に入るように促した。深く考えることもなく、さっさとお風呂を使うオズワルドとは対照的に、セシルは自分の指がうまく動かない始末。どうにかこうにか服を脱いで大急ぎで身体を洗う。

本当は何か香油とかいい香りがするものを身にまとった方がロマンチックなんだと思うが、それは世間一般の「初夜」であり、心から結ばれる恋人同士の特権だと諦める。

あくまで自分が行うのは「治療」なのだ。

(でもまあ……考えようによっては……王都で一番人気の方に純潔を貰《もら》ってもらえるんだから、これ

からの長い人生それをよすがに生きていけばいいだけの話ですしね）

お湯に浸《つ》かりながらそんなことを考え、どうにか腹を決めると、再び余計なことを考えそうな思考回路を閉ざして立ち上がる。身体をぬぐい、服を着ようかどうしようか悩んだ末に、木綿でできた頭から被《かぶ》るタイプの夜着を着る。下はシュミーズ一枚で、ドロワーズは穿《は》かないことにした。

せっかく身体を温め血行を良くしたというのに、セシルはお腹の辺りに鎮座する氷山のような冷たさに、その熱量が全て奪われていくような気がした。でも後戻りはしない。

（何が起きるのかはわかってる……ていうか、恐らくオズワルド様が万事わかってると思うし。それに彼の恋人達は身体を交えたからといって死んだり、動けなくなったりしてるわけじゃないし！　身体の作りは女性と男性では違うかもしれないけど、大体同じだし。彼女達のようなか弱いレディが耐えられるんだから、頑丈さが取り柄《え》の私が耐えられないわけない）

だいじょうぶだじょうぶ。ちょっと異物が混入するだけだから。こわくないこわくない。

それよりもむしろ、「そういった手段」を取ることで、相手の邪気を吸収した後の自分がどうなるかがわからない。

キスによって緊急的に邪気を吸収した際は、普段の倍くらいはご飯を食べたと思う。それも一回にたくさん、ではなく、間食が増えたという感じだ。そのせいでオズワルドに気付かれないように食料を買い足しに行ったくらいだ。

だがそれよりも段階が上の解呪・解毒を使うと一体どうなるのか……。

（さ……三倍くらい食べるようになるのかな……）

それならまだいいが、他に何か支障が出る可能性もあるし……。

そうこうしているうちにオズワルドの寝室へと辿り着き、セシルの全身が震えた。恐らく、師匠から貰った薬がそろそろ効いてくる頃だろう。この扉を開け、中に入ったら最後、元の自分ではいられないはずだ。

でも。

ひと際大きな雷鳴が鳴り響き、びくーっとセシルが身体を強張《こわば》らせる。とうとう雨が降り出し、静かな家の中を雨音が埋め尽くしていく。足元から冷たいものが忍び寄ってくる気がして、着ていた夜着の前をぎゅっと握りしめると、セシルは深く考えて動けなくなる前にと、大急ぎで扉を開けて中へと踏み込んだ。

「治療に来ました」

酷《ひど》く緊張したせいか、来ました、の部分がひっくり返ってしまった。ランプの明かりが一つだけ、ベッド脇のテーブルでゆらゆら揺れて、周囲を丸く照らしている。部屋の主はベッドの上に横になってじっと天井を見ていた。

彼はゆったりしたシャツとズボンを身に着け、これから起きることが何なのか、全く気にした様子もなかった。まあ、今までの経緯を考えると、あれこれ推察したところでどれも当たりっこないと諦観しているのかもしれない。

そんなオズワルドの視線がこちらに向く前にと、セシルは大股で彼に近づき、ベッドの上に膝をついて乗り上げ、もう片方の膝を相手の腰の向こうにつくと彼の上にまたがった。

「あ？」

しばし考えごとをしていたオズワルドは、ほんの数十秒の間に彼女にまたがられて、思わず怪訝《けげん》そうに眉を寄せる。揺らめく灯火の元、彼女が酷く緊張した様子で自分を見下ろしていて、更に眉間の皺《しわ》を深くする。

「ええっと……？　これはどういう？」

そう尋ねるオズワルドの目の前で、セシルは着ていた夜着を脱いだ。薄いシュミーズ一枚になった彼女に、男が金緑の瞳を大きく見開いた。

「え⁉」

「これからオズワルド様に行うのは……私ができる、最大限の治療法です。ただこれは……あの……両者の精神的負担が大きいので、申し訳ないのですが、オズワルド様には一服盛らせていただきました」

「はあ⁉」

早口で告げられた内容に、更に更に彼が目を大きくする。いっそ零《こぼ》れ落ちそうなくらいだ。だが、自分の勇気が緊張感に負ける前にと、セシルは彼のシャツの裾に手を伸ばすと「えいやっ」と引っ張ってまくり上げる。

さっと男の顔が強張った。だが、構うことなく身を伏せるとやや薄くなったが、未だ黒く痕を残す傷に唇を寄せた。

「おい！」

非常に焦った声が頭上から降ってくる。それと同時に、オズワルドが身をよじり、腹の上にいるセシルをどかそうとする。だが、彼の腰がセシルのお尻の辺りに触れた瞬間、オズワルドは全身から力が抜けて仰天した。

「お前!? さっき一服盛ったと言ったな!? 俺に何をした!?」

「しばらくの間身動きができないだけです。でも快感が一定量に達した時、薬の効果が第二段階に突入し、たとえ親の仇《かたき》であってもその身体が欲しくなるくらいの催淫効果が表れるはずです」

「おま……それって媚薬《びやく》か!?」

やや青ざめて声を荒らげるオズワルドに「そうとも言います」とセシルは落ち着いた声で答えた。

「でも大丈夫です。明日には全部忘れてますから」

「はあ!?」

仰天するオズワルドを無視し、淡々と続ける。

「申し訳ありません、オズワルド様。これが解呪に必要な究極の手段なんです。直接、身体の内側に対象者を受け入れることで、その人にかけられた呪いや邪気を私自身が引き受けます。私の身体には、呪いや邪気を相殺する魔力が宿っています。全て取り込んで吸収・分解すればそれで終わりになるんです」

「それでセックスするっていうのか!?」

「セッ……ち、ちが…………いや、そうですね……ええっと……ま、交わりです。身体の交わり。そういうなんというか、恋人達がお互いの感情を確かめ合うようなロマンチックなものではなくて、施術の一種となりますので……性交とはちょっと違うというか……義務的な感じでしょうか？」

「同じだろうが！」

オズワルドのツッコミを綺麗に無視し、セシルは彼の力の抜けた身体をあちこち撫《な》で、震えを隠すように口づける。媚薬の効果が徐々に表れているのか、彼から呻《うめ》くような声が漏れ聞こえてきた。

「やめろ、馬鹿ッ！」

振り絞るように告げられるが、「治療を全うする」ことしか頭にないセシルはきっぱりと答えた。

「我慢してください。対象外に犯されるのは屈辱かもしれませんけど、私だって失うものがあるんですからお互い様です」

「失うものって……」

絶句するオズワルドに、セシルはふっと胸の裡《うち》が熱くなるのを覚えた。大丈夫だ。自分は彼に純潔を奪われたからといって、責任を取って結婚しろと迫る気はない。それにオズワルドだって望まぬ行為を強いられることになるのだから、責められるのはむしろセシルの方なのだ。

「――……やめろ、セシル・ローズウッド」

はっとして顔を上げれば、金緑の瞳をぎらぎらさせたオズワルドが射貫くような眼差《まなざ》しで彼女を睨《にら》んでいる。

「俺が処女を抱くとしたら、それは公爵夫人だけだ」

つまりは、彼の奥さんになる人ということだ。

真《ま》っ直《す》ぐに、目を見て放たれたその一撃に、セシルの身体が震える。

ああ、本当に良かった。師匠が渡してくれた薬に、今ここで感謝することになるなんて。

ランプの明かりに赤く透ける髪をゆっくりと背中の方に払い、セシルは震えながら微笑《ほほえ》んだ。

「大丈夫です、公爵閣下《ユアグレイス》。先ほども言いましたが、盛った薬には身動きを封じる効果、催淫効果の他に、記憶封じの効果もあるんです。よって今日のこの治療は、明日には綺麗さっぱり忘れることとなります」

はっとオズワルドの身体が強張った。それを見逃さず、彼女はゆっくりと自らが身にまとっている薄いシュミーズを頭から脱いだ。

柔らかな黄色の灯火の下、彼女の細く、しなやかな身体と肌が、はちみつ色に光る。お尻が何か……非常に硬いものを感知するが、それが何かわからない。確かめようと振り返った瞬間、惜しげもなく晒《さら》された彼女の裸体に、とうとうオズワルドに与えられた薬の効果が第二段階へと発展したようだ。

きつく二の腕を掴《つか》まれ、あっという間に体勢を入れ替えられる。

シーツの上に縫い留められたセシルが、琥珀色の瞳をオレンジから金色へと輝かせながらオズワルドを見上げた。彼は、彼女の両腕を枕の辺りに押さえ込み、かなりの怒りの表情でセシルを見下ろしていた。

「全く……お前は本当に……腹の立つッ」

揺れる灯火が作り出す不規則な影。それが見上げるオズワルドの表情を変化させる。

愛《いと》しさと嫌悪と、優しさと怒りと。

二律背反する感情がせめぎ合っているようで、セシルはお腹の中の氷山が再び冷気を放つような気がした。

「ごめんなさい」

気付けばセシルは、そんな言葉を口にしていた。途端、胸の奥がぐっと痛くなり、目頭が熱くなって急速に視界がぼやけていく。

きっと彼はこんな風に望まぬ形で望まぬ人を抱くのが嫌なのだろう。それはそうだ。セシルだって望まぬ相手と望まぬ状況でこんなことをしたいとは思わない。それは浮名を流し、数多くの女性と恋人関係になってベッドを共にしてきたオズワルドだってそうなはずだ。

彼があっさり抱いてくれる、なんて考えていたセシルが浅はかだった。

でももう遅い。彼を救う方法をもう一度師匠に聞けばよかったが、これしかないと判断して彼に迫ったのだから、責任を取るのはセシルなのだ。

「ごめんなさい……」

目尻から透明な、丸くて熱い雫《しずく》が零れる。一粒溢れると、それは堰《せき》を切ったようにぽろぽろと珠を結んで転がり落ちていく。

「こんな手段しか取れなくて……でも……明日には忘れてますから……だから……」

自分を押さえつける男の掌《てのひら》が熱く、震える。きゅっと唇を噛み、揺れる視界の中、セシルは冷たい唇を必死に開いてゆっくりと告げた。

「対象外でも……明日にはなかったことになりますから……今だけは……」

抱いてください。

その言葉は落ちてきた口づけの前に飲み込まれた。


「ん……ふっ……」

過去に三度、口づけた時よりももっと深く、もっと激しくキスをされて、セシルは目の前が真っ白になる気がした。余裕なく、セシルの口腔をまさぐる舌に甘さよりも苦しさが募る。性急すぎるオズワルドの行為に、不意に思考の端が冷える気がした。

このまま、外の嵐と同じくひたすらに強引に奪われたら……。

(ダメッ……これは私が望んでこうしてるんだから)

優しくして欲しい、なんて望むべきではないのだ。だが、こういったことをすると決めた時に生まれた、お腹の奥の氷山が胃の腑《ふ》を押し上げ、身体を明け渡す行為への恐怖が身を固くさせる。

途端、セシルの首筋に顔を埋め、耳元に齧《かじ》りつこうとしていたオズワルドがはっと顔を上げた。

灯火に照らされたオズワルドの輪郭がぼんやりと滲《にじ》んできらきら光って見えて、セシルはようやく自分が涙ぐんでいることに気が付いた。

「すまない」

オズワルドの震える熱い手が頬をかすめる。見上げる彼の金色の瞳の中に、消せない欲望の炎が宿っているのが見えた。

「――……怖い……よな？」

セシルの頭の横についた、オズワルドの腕が震えている。精一杯理性的に振る舞うべく、セシルが飲ませた薬の効果に抗《あらが》っているのだろう。それが、セシルが触れれば一気に瓦解してしまうもろい理性だということも察せられる。

そんなもろい理性に縋《すが》りあらん限りの自制心を総動員して、オズワルドはセシルに訊《き》くのだ。

怖いだろう、と。

（ああ……この人は本当に……）

全ての女性に対して、こうやって紳士的であろうとする人なのかもしれない。セシルだけじゃなくて、身体を交えた相手には気持ちよくなって欲しいと、そう願う人なのかもしれない。

それでも今、オズワルドは自分のものだ。どんな理由であれ、どんな状況であれ、今ここにいる彼は自分だけのものだ。

その彼に愛しそうに気遣ってもらえていることに胸が震えた。とんでもなく嬉《うれ》しい。

「大丈夫です」

気付けばそう、セシルは口にしていた。

「責任は全部、私が取りますから」

きっぱり告げて腕を伸ばし、オズワルドの首筋に抱き着く。びくりと大きく彼の身体が震える。その彼の、激しく脈打つ首筋に頬を寄せ熱く湿った肌の感触に必死になって力を抜く。

「それに、私は頑丈さだけが取り柄なんです。そこら辺のレディとは違いますから」

その台詞が終わるか終わらないかのところでぎゅうっときつく抱きしめられ、あっという間に性急で強引なキスに襲われる。

吐息を奪われ、唇を噛まれる。それでもセシルは、先ほど感じたような恐怖を今は感じないことに気付いた。解いた掌を彼の胸に置けば、自分と同じくらい速く、鼓動を刻むのを感じて嬉しくなる。硬くなっていた身体が全てを食らうようなキスを前に解け、お腹の奥にあった氷山が少しずつ溶けていく。

オズワルドの理性は既に風前の灯《ともしび》だと、柔らかなセシルの胸に押しつけられた熱い唇と、飢えたように胸をまさぐる彼の手に察せられた。丸い胸の先端を食《は》み、舌先で転がされ、もう片方の手がやや乱暴に胸を掴む。優しさとはかけ離れた手つきに、しかし腰からぞくりとした甘い疼《うず》きが這《は》い上がってきて、思わず彼女は身をよじらせた。

「セシル……」

熱すぎる声が耳を打つ。その低く甘い声に、再び腰の奥から突き上げるような震えを感じて、思わずセシルの唇からかすれた吐息が漏れた。

「あ」

「セシル」

オズワルドの乾いて熱い手に柔らかな胸の果実がやわやわと形を変える。先端を親指の腹でこすられて、「ああ⁉」とセシルの喉から悲鳴が漏れた。

仰《の》け反《ぞ》るセシルの細い首筋に彼がすかさず噛みつき、更なる刺激がセシルの身体を走った。

「やっ」

識《し》らない快感に突き動かされ、あられもなく身体を捩《よじ》るのが恥ずかしく、セシルが制止する。だがオズワルドは止まらず、身体のあちこちを撫で、セシルの快感を引き出していくのだ。

首筋から鎖骨、胸、脇腹、お腹とオズワルドの掌がくまなく肌を撫で、その後を追うように、唇が辿《たど》っていく。彼から与えられる感触に、なすすべなく震えるセシルは太ももを持ち上げられてはっと我に返った。

確かにそういうことをするには、脚の間が非常に重要な役割をすることは理解している。実際、なんだかよくわからない、痛いくらいの熱い欲求は、腰の奥、脚の付け根から生まれているし。

待って、と声を上げるより先に、オズワルドが力の入らないセシルの膝を割った。そのままぐいっと押し開かれて、彼女は真っ赤になった。

知識として知っていても、実際に体験すると顔から火が出そうだ。

「あ、あの！」

「なんだ」

理性の吹き飛んだ、余裕のない声が鋭く返ってくる。

硬いものが脚の間に触れて、セシルは眩暈《めまい》がした。

大丈夫だ、なんでもない、今この場で起きていることは明日にもオズワルドは忘れてしまう、と何度も心の中で訴える。

あの青い小瓶によって『閉じられた記憶』は対になって渡された赤い小瓶を使わなければ『開かれる』ことはない。師匠が作ったものだから、絶対だ。だから、オズワルドは今、これからここで起きることをすっかり忘れてしまう。セシルによって強制的に劣情を掻《か》き立てられた挙句、望んでいない女性と関係を持ってしまったという罪悪感を抱くこともないだろう。

あとはセシルの問題だ。

セシルだけが……耐えられればいい。

ただ、その覚悟をするために、ほんの一、二秒待って欲しい……そうどうにか告げようとして。

「くそっ」

「……え？」

短い悪態と共に、こつん、と彼の額が自分の額に触れた。焦点の合わない位置に彼の顔がある。だが、何故《なぜ》か酷く辛《つら》そうだと彼女にもわかった。

「何故そんな顔をする。そんな……今にも泣き出しそうな顔を」

たまらない、というようにオズワルドがキスをくれ、震える手が必死にセシルの耳元を優しく撫でる。欲しくて欲しくてたまらないのに、それでも尚《なお》、彼は耐えようとするのだと、彼の唇が耳たぶをかすめ、食いしばった奥歯の奥から漏れる吐息にセシルは気付いた。

（それでいいじゃないか……）

その優しさだけで十分だ。

自分はもう二度と、こういうことはしない。この治療方法はセシルの負担が大きすぎる。でも、オズワルドとなら、自分の感情も伴っているのだからきっと大丈夫だ。

（私は忘れない……）

苦しむことはない。だって……見上げる彼の瞳にただ一人自分が映り、そしてその自分を、強制的に欲望を高められているにもかかわらず、こんなにも気遣ってくれるのだから。それなら、この一夜を、自分は大事にしよう。

「オズワルド様」

喘《あえ》ぐように、セシルは告げる。耳の後ろ、丸くなった辺りに口づけられて、身体がぞくぞくと震える。足のつま先に力を込めて、シーツを蹴ると、彼女は両膝でそっと彼の腰の辺りを挟んだ。

「全力で私を愛してください。きっと受け止めますから」

その刹那。三度、激しいキスが降ってきて、今度こそセシルは自分から彼の舌に舌を絡めた。

彼女の理性が、荒波に乗り出した小舟のように翻弄される。実際、セシルは自分の内側に巨大な海があって、それが高く低くうねるような気がした。突き上げては引くような、嵐のような快感。気付けば割り広げられた両脚の間に、オズワルドの掌が触れ、固く閉じられたつぼみの奥に何かが侵入してくるのがわかった。

引き攣《つ》るような痛みが走り、微《かす》かに太ももが強張った。それに気付いたのか、オズワルドが慰めるように頬に一つキスを落とすと、持ち上げた太ももに唇を寄せた。

「あっ」

薄暗がりを丸く照らすランプの明かり。その中で火影にちらちらと揺れるオズワルドの姿が、あまりにも扇情的で、セシルは真っ赤になった。

白く細い自分の脚に、彼が口づけている。

「や、やめ……」

恥ずかしくてそう言えば、こちらに視線を落とした彼が、ふっと小さく笑った。どきりとセシルの心臓が高鳴る。これ以上ドキドキすることはないと思っていたが……違ったらしい。

「やめないよ」

酷く低い声がきっぱりと告げ、差し込まれた何かが、セシルの膣内《なか》を掻き回す。それが彼の指だと気付いた瞬間、きゅっと身体の奥が緊張するのがわかった。それが彼の手にも伝わったのだろう。

切羽詰まっているはずなのに酷く意地悪く笑う男が、徐々に蜜を零し濡《ぬ》れていくそこを攻め立て、セシルの柔らかな胸に唇を寄せた。

「ひゃ」

舌先が尖《とが》った先端をいじめ、蜜壺《みつつぼ》の奥を攫《さら》う指と、秘所を覆う掌が快感を煽《あお》るように蠢《うごめ》く。溶けて雫を零す泉の入り口、花芽を掌で押されて、悲鳴のような声がセシルから漏れた。

「やめるわけない」

白く柔らかなセシルの胸を食んだままオズワルドが告げる。その甘やかな声に、セシルは一気に身体の内側から押し寄せる大波に自分が飲み込まれるのを感じた。

「あああっ」

震えるような声が喉から漏れ、目の前が真っ白になる。咄嗟《とっさ》に瞑《つぶ》った瞼《まぶた》の裏に銀色の星が散り、セシルは切れ切れの吐息を繰り返した。徐々に身体から力が抜けていき、シーツに沈み込みそうになる。その細い脚を再び持ち上げられて、セシルはぱっと目を開けた。

「悪い」

熱く震える声が、セシルが何かを問うより先にそう告げ、熱く硬いものが未だ溶けて蜜を零す入り口に触れる。ぐ、と押しつけられた感触に再びセシルの身体が震えた。

「オズワルド様」

喘ぐように名前を呼ぶ。それを制止と取ったのか、見上げる視界の先、汗に濡れた前髪の下で炯々《けいけい》と光る金緑の瞳がセシルを捉えていた。そして飢えたように告げた。

「やめるのは無理だ」

「あっ」

きりきりするような鋭い痛みが走り、身体が強張る。溢れる蜜に楔《くさび》を絡めたオズワルドがゆっくりと彼女の身体を押し開いていく。

「あっあ……ま……」

思わず制止を促す声を上げそうになり、セシルは歯を食いしばった。確かに引き攣れたような痛みがあるし、これ以上進むと何が起きるのかと怖くなる。だが、ここで引くわけにはいかない。もう止まれない。思わず唇を噛むと、そこに熱すぎるキスが落ちてきた。

「セシル」

唇を触れ合わせたまま囁かれる名前の、なんと甘いことか。オズワルドの熱く、汗の浮いた背中にセシルはおずおずと手を伸ばして抱き着く。ぎゅっとすれば、微かに彼の身体が強張った。

次の瞬間、唐突に身体の奥まで彼の楔が打ち込まれた。

「ああっ」

甲高い声が漏れ、鋭い痛みが熱さへと変わったことに驚く。自身を満たす、硬く大きなものを受け入れようと、セシルの蜜壺がゆっくりと脈打つ。じわりじわりと腰の奥から広がる、痛みと甘い疼き。痺《しび》れるようなそれは、どうやらオズワルドのなけなしの理性を崩壊させたようだ。

いっぱいに満ちていた楔が引き抜かれ、続いて激しく突き入れられる。

「ひゃ」

セシルが喉を反らし、嬌声《きょうせい》を上げた。

その後はオズワルドのみならず、セシルも全く余裕がなかった。

身体の内側を暴く、彼の楔の激しい動き。それは初めは違和感と痛みを伴っていたが、気付けばもどかしい熱がお腹の奥に溜まり、例の氷山を溶かすと、緩やかに彼女を解放へと誘っていく。

「あっあっ……あんっ」

ぎりぎりと何かが巻き上がり、追い詰められていくその感触に、セシルは知らず首を振った。露《あら》わになる真っ白な首筋に噛みつかれ、まるで己の所有物だと表明するようにきつく吸い上げられる。

「セシル」

苦しげな声が名を呼び、打ち付けられる腰の速度が上がっていく。硬く熱いものに追い立てられ、

攻め上げられ、セシルはただ喘ぐだけしかできなかった。

だが、今の二人にはそれで十分だった。

雨の音、風の音、雷の音。不穏なものが世界を包み込んでいるのに、ランプ一つで押し広げられた小さな丸い空間だけは、何故か甘ったるい幸福が満ちている。

彼がいて自分がいる。

彼女がいて自分がいる。

繋がる箇所からほどけていき、互いの耳にこだまする鼓動が同じだと二人は確信した。やがて積み重なった快感が行き場をなくして膨れ上がり、セシルのつま先がきゅっと丸まると、震え始めた。

「あっあっあっああ」

身体の奥がきつく締まり、オズワルドの楔を捉える。それに抗うよう、最奥を突くように彼が腰を打ちつけ、とうとうセシルの快感が爆発した。

がくがくと震え、視界が真っ白になって嬌声を上げる。そのセシルをオズワルドが夢中で掻き抱き首筋にキスを落とした。

互いの熱が混じり合い、柔らかな吐息が周囲を満たしていく。

高みから飛び降りたセシルがふわりと着地し、その先のぬくもりに目を閉じた。

その瞬間、セシルは悟った。自分の初夜はこれで十分、完璧だと。

6　暴露《バレ》てはいけない　知らなきゃいけない

ふっと目を覚ました時、セシルは自分がオズワルドにしっかりと抱きしめられていることにふんわりとした幸福感を覚えた。だがそれも一瞬で、今が一体何時で、夜が明けたのかどうなのかを確認しなくてはと焦りが生じる。何せセシルとオズワルドの間にあったことは、彼の中から消えてしまう。

目覚めた際に、隣にいきなり裸のセシルがいたらきっと死ぬほど驚くだろうし、何らかの責任を感じてしまうかもしれない。

ゆっくりと身を起こし、セシルは周囲が薄暗く、雨の音がすることに気が付いた。そっとベッドから抜け出し床に放り投げたシュミーズと夜着を身にまとうと窓辺に寄る。カーテンを開けると、嵐の名残の黒雲が木々の隙間から見え、細い雨が未《いま》だに降り注いでいた。だが視界全てを遮る暗さではないため、夜が明けていることはわかった。

日の高さから時刻の判断はつかないが、恐らくオズワルドはもう、昨夜のことを覚えていないだろう。師匠が作った青い小瓶の中身は、効果絶大なのだから。ぎゅっとカーテンを握りしめ、セシルは踵《きびす》を返すと、ベッドに横になる彼に視線を落とした。彼は微動だにせず、ぐっすりと眠っている。

記憶を閉じるのみならず、媚薬《びやく》としての効力があった薬だが、彼の鍛え上げられた鋼の自制心は、強制的に高められた欲望を抑え込み、初めてだというセシルを精一杯気遣ってくれた。もっともその後もう一度求められてしまったし、肉体的にも精神的にも疲弊しているのだろうけれど。

彼の前髪が額から目元へと落ちていて、セシルはそっと手を伸ばすとその髪を払ってあげる。すっかり安心しきって眠る顔は、普段の厳《いか》めしげで、それでいて大人の色気が漂うような表情がそぎ落とされ、普通の青年のように見えた。物凄《ものすご》くイケメンの。

しばらくベッドの脇に座り、じっとその横顔を眺めた後、セシルはのろのろと立ち上がった。これで見納めだ。

（まあ……いい初夜だったと思いましょう）

ゆっくりと彼に背を向け、歩き出す。脚の間に何かが挟まっているような違和感と、どこか濡《ぬ》れたような感触がして、顔をしかめる。あっちこっちに筋肉痛のような痛みがある。とりあえず強張《こわば》った身体《からだ》をほぐすためにと、彼女はお風呂を沸かした。

ようやく湯船に浸《つ》かれるまで温まった頃には外はだいぶ明るくなり、白っぽい光が辺りに満ちていた。だが浴室は明かり取りの窓から差し込む外光だけではまだ薄暗く、彼女は台所で使っていたランプを持って中に入った。オレンジの明かりの下、服を脱ぐ。そして、ぼんやりと浮かび上がった己の肌にはっと目を見張った。

自分の能力は対象の邪気や呪い、毒気を体内に取り込んで浄化する力だ。だが今までは手を添えるだけで癒《いや》せる範囲でしか使ったことがなかった。だが昨日は口づけて、身体を交えた。深い所で彼を受け止めた。そうして彼の邪気を引き受けた結果、彼の胸から脇腹へと走っていた魔獣の一撃による黒い傷跡が、その黒さを失い、代わりに濃い赤の痣《あざ》となってセシルの胸から脇腹へと走っていた。

その大きさに、思わず絶句する。だが直感的に、彼女はこの痣は治るのだろうと理解した。取り込んだ邪気を自分の中で分解していけば、恐らくこの痕は消える。

「見えない位置でよかった……」

　これがもし、オズワルドの顔に付いた傷が原因の邪気だったら、突然セシルの顔に痣が現れることになる。急にそんなものが現れたら、オズワルドは驚くと同時にやきもきするだろう。彼ならきっと、自分のせいだと不要な心配をするに決まっている。

「一つ勉強になりましたね」

　ぽつりと零《こぼ》し、セシルは湯船に浸かる。身体に残る愛された痕跡を丁寧に落とし、起きてきたオズワルドと何事もなく接するための準備をする。もう二度と、彼との間にあんなことは起きない。というか、今後誰かとああいうことをする気にセシルはなれなかった。

（この力は使わないようにしよう……本当にその人のためになりたいと願う場合以外は……負担が大きすぎる）

　相手の傷を引き受け、代わりに癒す。聞こえはいいが、引き受けるための行為とそのリスクを考えれば二の足を踏む事態だ。それに……。

　ばしゃばしゃとお湯で顔を洗い、湯船から出る。乾いたリネンで身体を拭きながらセシルはぎゅっと目を閉じた。

　自分は誰とでも寝られるような神経は持っていないことがわかった。これから先、自分が身を捧《ささ》げてもいいと思える相手に出会えるかどうなるかはわからないが、とにかく今は……オズワルドが触れてくれた感触だけを覚えておこう。

こうして彼女は何度か頬を叩《たた》いた後、感情に蓋をする。

途端空腹を覚えて、余計なことを考える前にと朝食を作り始めた。だがここで困ったことが起きた。

彼の邪気を引き受ける行為は身体を繋《つな》げることで成功したが、その自分に取り込んだ邪気を分解するのに恐ろしいまでのエネルギーが必要だったらしく、気付いた時には三日分の食料をたった一人、更には二時間足らずで消費してしまったのである。

「……まずいわね」

作っては食べ、食べては作りを繰り返していたため、空になってしまった貯蔵用の木箱を見下ろし、セシルは溜息《ためいき》を吐《つ》いた。明るくなったはいいが、未だ雨が降り続ける外を見て呻《うめ》く。

「買い出しに行かないと、ですよね」


何かとてもいい夢を見ていた。それとなんだかとても……エロい夢だった気がする。

ゆっくりと意識が浮上し、目を開けたオズワルドは鈍色《にびいろ》の光が満ちた部屋の天井を見上げ、自分の体調が物凄くいいことに気付いた。

どこかが痛いとか、関節が軋《きし》むとか頭痛や眩暈《めまい》、吐き気がするという不調が一切ない。

驚いて飛び起き、その動きが「軽い」ことに更に目を丸くする。こんなに調子がいいのは、夜会でセシルに薬をぶっかけられた、あの一刻以来だ。

（一体どんな治療をしたっけ？）

ふと自身の剥《む》き出しの太ももが見え、一糸まとわぬ姿でベッドにいることにぎょっとした。

（これは……どういうことだ？）

焦って周囲を見渡すも、情事の痕跡は一切見当たらない。……というか、自分が服を脱いで全裸で寝ている、という事実と、異様に身体が軽い、という事実以外見つけられないほどに……いささか不自然なほどに部屋もシーツも綺麗《きれい》に整頓されていた。

眉間に皺《しわ》を寄せて考え込む。昨日、自分に何があったのかを思い出そうとする。そして、夕食をとって風呂に入ったところから先が一切思い出せないことに気が付いた。

これはどう考えても不自然すぎる。

（セシル・ローズウッド……ッ）

ぎり、と奥歯を噛《か》み締める。一体彼女がどんな治療を行ったのかはわからないが、その副作用で記憶が飛んでいるという事実を教えてやらねばならない。

大急ぎでベッドを降り、服を拾って何気なく鏡の前に立った彼は、その瞬間はっと目を見張った。

慌てて駆け寄り、そこに映し出されている自らの裸体に信じられない思いが強くなった。

ここ数か月、自身をさいなんでいたあの黒い傷跡が消えていた。多少の痕跡として、うっすら肌が赤みがかっているが、それ以外にあの傷を示すものは何もない。

確かに彼女は「根本的な解決をしなければいけない」と言っていた。呪いが引き起こす厄介な事態が生じていると。

だからといって、たった一晩でこれほど綺麗に傷が治るなんて。

（あの女……隠し玉みたいに、最終手段を持っていたってことか？）

どこか苛立《いらだ》ちながら、彼は拾い上げた服を着る。こんなにあっさり解決するのなら、最初からこの手段を使ってくれれば良かったのだ。それをもったいぶって隠し通すなんて。

（俺を翻弄して楽しんでたのか？　あるいは人体実験に利用してたのか？）

あり得る。あのセシルという食えない小娘は、白魔導士としては生きていけないながら、解毒・解呪には特化していたからその技を磨くために、オズワルドを実験体にしていた可能性もある。

（全く……見つけ次第、文句を言ってそれから……）

いつもの通りの簡素な格好で扉を開け、廊下を階段に向かって歩きながらオズワルドはふっと楽しそうに目元を緩ませた。

恐らく、どんなにオズワルドが文句を言っても、あのちんまい女は百倍にして言い返してくるのだろう。それからあっさりと隠し玉を持っていた事実を認め、「でも治ったデショ？」としれっと答え、「記憶がないのは残念ですが、こうして元気になったし、私もデータが取れたし万々歳！　両者共にいいことだらけでハッピーじゃないですか」とか言うのだ。

堂々と胸を張って笑うところまで想像し、オズワルドは小さく笑った。

そうしたら引き寄せてキスをして、あのよく回る口を封じて、驚いたところで舌を……。

そこで不意に脳裏に可愛《かわい》らしく喘《あえ》ぐセシルの姿が閃《ひらめ》き、オズワルドは階段を踏み外しそうになった。

（なんだ!?）

慌てて最後の数段を飛び降り、一階の端に立って額に手を当てる。瞼《まぶた》を閉じれば、その裏に暗がりの中、ぼんやりしたランプの明かりに照らされたセシルの、小柄で白い裸体が妙にくっきりはっきり浮かび上がる。

驚いて目を開け、オズワルドはその場に呆然《ぼうぜん》と立ちすくんだ。

一体あれは何だ。

そのシーンが何に起因しているのかと深く考え込むが、何も思い出せない。その映像の前後を考えてみるが、該当するようなものは何一つなかった。例えば夢で見た光景だ、とか。自分がどこかで妄想したシーンだ、とか。ただ一枚の絵のようにそれが脳裏に閃くのだ。

すうっとオズワルドの顔から血の気が引く。

こんなオカシナ状況は、まず間違いなくセシルが使った「治療」が引き起こしたものだろう。全裸で寝ていた自分と、妙に綺麗だった室内。それから風呂に入った時から朝までの「記憶喪失」と、脳裏に閃く官能的なシーン。

一体彼女はどんな解毒・解呪を行ったのか。

もし……自分が考えていることを彼女が行ったのだとしたら……。

「セシル・ローズウッド！」

何か、よくわからない怒りの滲《にじ》んだ声を上げ、オズワルドは一間続きの居間と台所を見渡した。外はまだしとしとと雨が降り、部屋の中はやや薄暗い。鈍色の外光が差し込む部屋をぐるりと大股で歩きながら、オズワルドは彼女が寝泊まりしているアルコーブを覗《のぞ》き込んだ。

きちんと整えられたベッドと彼女が持っていた鞄《かばん》が足元に置いてある。舌打ちし、狭い一階をくまなく探して、ようやく彼女がいないことに気付いた。

唸《うな》り声を上げ、彼はどっかりと椅子に座る。片肘をテーブルについて額を掌《てのひら》に押し当て、ぎゅっと目を閉じて昨日のことを思い出そうとした。だが、真っ白で柔らかそうな彼女の肢体以外、頑固にも自分の中の記憶のページはめくれてくれない。苛立たしげに空いている手の指でテーブルの上を叩きながら、オズワルドは言いしれない怒りと不満で爆発しそうになった。

そりゃそうだろう。

もし……セシルが取った「解毒・解呪」が身体的触れ合いを主とするものだったとして、その時に果たして自分がどういった心情で、どうやって相手に触れたのかが全くわからないのが思いっ切り不満で不服で、そして不安だった。

そう……不安。

（まさか……嫌がる彼女を犯したりしてないよな……？）

そんな状態に自分が陥ったことはない。嫌がる女性を手籠めにする趣味ももちろんない。では何故《なぜ》セシルが今ここにいないのか。

じわりと胸の奥に影が差し、今度は怒りを押しのける勢いで焦燥感が押し寄せてくる。もし彼女に望まぬ行為を強いて、そのために彼女が出ていったのだとしたら？　酷《ひど》く傷ついて、心の底から落ち込んで、ここにいたくないと泣きながら村に助けを求めに行ったのだとしたら？

（そんなわけあるか……ッ）

どん、とテーブルを拳で叩き、オズワルドは椅子を倒す勢いで立ち上がった。そのまま深く考えず出口へと突進する。

そんなわけない。今までの情事で、女性を傷つけたり怖い目に遭わせたり、暴力を振るったことなど一度もない。そういう交わりを自慢する馬鹿は確かにいたが、聞きつける度に同じように殴りつけて「相手の女性は同じくらい痛かったはずだし怖かったはずだが？」と制裁して回った。そういう行為が一番嫌いなのが自分だ。

だから多分大丈夫……のはずなのにでは何故、今ここに彼女がいないのか。

記憶がないことが全てを不安定にしている。外は雨だというのに上着も着ず、オズワルドは玄関から飛び出そうとした。そして唐突に開いた扉のせいで正面にいた人間に激突しかけた。

「ッ⁉」

「ほえぇ⁉」

扉を開けたゼロ距離に人がいるとは思っていなかったらしい、その人物が間抜けな声を上げる。ずぶ濡れのコートと同じく濡れた傘を手に、紙の袋を抱える彼女にオズワルドが目を見張った。

「セシル・ローズウッド！　お前、どこに行ってた⁉」

思わず詰問するように鋭く訊《き》けば、ぽかんとこちらを見上げていたセシルが、ようやく事態が飲み込めたように「ああ」と小さく呟《つぶや》いた。

「どこにって……食料の買い出しにですよ」

「昨日買い出しに行ったのに、また行ったのか？」

彼女の手から紙袋を取り上げ、中を覗き込む。多少雨に濡れてはいるが、油紙に包まれた食材がぎゅうぎゅうに詰め込まれて重かった。よく見れば、びしょ濡れのコートの上に鞄を背負っている。背嚢《はいのう》とも呼べそうな大きさのそれをどっこいせ、と床に降ろし、首の辺りを回しながらセシルはひらひらと手を振った。

「買い忘れたものに気付いたんですよ。それに昨日買った食材は……――」

そこでセシルがふっと言葉を切る。それから探るような眼差《まなざ》しでオズワルドを上から下までとっくりと眺めた。

「といいますか、オズワルド様はどうなんですか？　今日のご気分はいかがでしょう？」

じっと琥珀《こはく》色の瞳が下から彼を見上げてくる。その様子に、オズワルドは口を噤《つぐ》んだ。

不安と焦燥感はあるが、気分はすこぶるいい。ここ数か月で味わったことがないくらいの元気さだ。

「……身体の傷跡による不調を言ってるのなら、問題ない」

やや視線を逸《そ》らし気味に告げれば、まじまじと彼の顔を見詰めていたセシルがほうっと溜息を零した。

「ならよかったです。私の最終的な治療が功を奏したというわけですね」

「それだ、セシル。お前、一体俺に何をした⁉」

相手の口から「治療」の単語が出た。この機会を利用する手はない。持っていた袋を台所の棚の前にどさりと降ろし、オズワルドは振り向きざまに尋ねる。

「朝起きて見たら胸の傷跡は消えている、体調はここ数か月の比ではないほど順調。ほぼ治ったといっても過言ではない。だがその治療のために何をしたのか一つも覚えてないんだが⁉」

苛立たしげに、声を荒らげて訴える。自分が知らないことを相手が知っているという何とも気まずい状況には居心地の悪さしかない。

何があったのか話せ、と言外に訴えるオズワルドを琥珀色の瞳が真っ直《ます》ぐに捉えた。それが蜂蜜色に蕩《とろ》け、懇願するように自分を映していた気がする。慌てて目を逸らし、再び脳裏に浮かぶ動かないイメージに舌打ちをする。

この惜しげもなく裸体を晒《さら》す彼女は果たして自分の妄想が生んだものなのか。それにしてはあまりにも……リアルすぎる。大切にしまっておきたい、重要な記憶のように。

「覚えていなくて正解ですよ」

そんなオズワルドの葛藤など全く知らないセシルが、肩を竦《すく》めながら答えた。

「それが治療の副作用ですから。今回は今までと違います。根本的な治療をします、と言ったのは覚えてますか？　覚えてる、じゃあそのままですね。今までのつむを使ったものや、魔石を使ったものでは負担は少ないですが時間がかかります。ですが副作用は少ない。今回のは威力甚大のために記憶を喪失する、という代償が発生してるんです」

ぺらぺらと立て板に水……というか、何度も練習した口上を述べるようなその口調に、オズワルドは口の端を震わせる。しゃがんで鞄の中身を取り出す細く白い手が震えているようにも見えた。

「どちらにしろ」

その震えに自分でも気付いたのか、それともオズワルドの視線を感じたのか、彼女はぱっと手を引っ込めて握りしめる。それから立ち上がると腰に手を当ててぐいっと胸を張った。

「オズワルド様の傷が消え、体調もすこぶるよくなり、元気になられたというのなら治療は完了です」

それから彼女はにっこりと……張りついたような、仮面のような笑顔を見せた。

「つまりは何の気兼ねもなく女性とベッドを共にできるということですね」

晴れやかに言われたその言葉に、オズワルドは思っていた以上のダメージを負った。鋭い一撃が胸を貫いたような、そんな感触。そして、今告げられた台詞《せりふ》全てを撤回してもらわなければ気が済まない、という怒りにも似た感情がこみ上げてきた。

「今日は雨降りですが、実は村で――」

「……認めないぞ」

不自然なまでに明るく話すセシルの、その言葉を遮るように、オズワルドが低く唸るように告げる。

「オズワルド様？」

「俺は認めない。こんな……これで治療が終わりだなんて、おかしいだろ。それに、お前は俺が記憶を喪失しているというが、全部忘れたわけじゃない」

一部……しかもワンカット……扇情的な画《え》が脳裏に刻み込まれているだけだ。だが九割はったりを込めて言えば、微《かす》かにセシルの顔に動揺が走った。追い詰めるように彼女に近づくとその細い手首を掴《つか》んで引き寄せ、更に逃げられないように腰にも腕を回す。

「オ、オズワルド様⁉」

「言え、セシル・ローズウッド。お前は一体どんな治療を俺に施した」

「そう問いかけるオズワルド様こそ、一体どんな治療をされたと考えているのですか？　まずはその記憶が正しいかどうか確認してからでないと」

「確認作業は俺がする。お前が何をしたのか、話せばいい」

「患者様からお話を聞いて、それから事実かどうか検証します」

「人を散々実験台にしておいて、その説明もないなんて、お前は藪《やぶ》医者か？」

それに何か返そうとする彼女の、柔らかく甘い唇を己の唇で塞ぐ。びくりとセシルの小柄で華奢《きゃしゃ》な身体が震え、掴まれた片手がぎゅっと握りしめられるのが、手首を掴むオズワルドの掌に伝わってきた。逃れようと身を反らす彼女の、その腰を鋼のような腕で押さえ込み、噛みつかれるのがわかっているので、唇は割らない。何度も斜交《はすか》いに、角度を変えて口づけ、相手がどうやっても逃れられないと気付いて力を緩めたところで、オズワルドもキスを緩めた。

「……セシル」

そっと唇を離し、彼女の細い首筋に顔を埋める。触れる柔らかく熱い感触が、覚えていない何かを刺激する。手首を離し、両腕で抱きしめ、彼は生まれて初めて懇願するような、切なくなる、かすれ声で訴えた。

「……俺に何をした？　頼むから……本当のことを話してくれ」

微かに彼女の身体が強張り、ゆっくりと濡れたセシルの唇が開きかかる。

だが、答えは返ってこなかった。

何故なら勢いよく外から扉が開けられたからだ。

ばん、という音と、飛び込んできた声にオズワルドがはっと顔を上げた。

「いや〜まいったよ。さっきまでは小降りだったのに、今じゃバケツをひっくり返したような雨になってる。セシル、大丈夫だったか？　俺なんか馬車からここまで来るほんの二十秒足らずでもう、髪も服もべっしょべしょ……」

濡れた前髪をぬぐい、顔を上げたザックは、尻餅をつくオズワルドと左足と両手を前に突き出した格好で固まるセシルを見て目を瞬《しばたた》いた。

「……あれ？　俺、またしても絶妙なタイミングでやってきた？」

「………………ザック・リード……」

地獄の底から響いてくるような、我が隊長の声に、一瞬でザックは事態を把握する。馬車に戻ろうかと背を向けかけるも、それをセシルの明るい声が遮った。

「本当にいいタイミングですよ、ザック様。あ、食料を運んでくださってありがとうございます。それから村で話した通り、オズワルド様は趣味じゃない、興味ない、手を出すはずがないちんまい女性にも手を出しそうになるくらい元気になられましたので、この超絶迷惑な性欲を先に発散するためにも今すぐ荷物をまとめて帰られるのがよろしいかと思いますが、いかがでしょうか」

言いながら、彼女は雨に打たれたザックを通り越し、彼が乗ってきた馬車に近寄っていく。一瞬で、彼女はずぶ濡れになる。

「あはは〜、ほんとですね、これ、集中豪雨ってやつでしょうか。物凄い勢いで降ってますね。タッチの差で小雨の時に帰ってこられてよかったですよ。あ、でも今ずぶ濡れになったら意味ないか〜」

扉の向こう、不自然にはしゃぐようなセシルの声がする。床に座り込んだまま、オズワルドは両手を握りしめた。

——どうしても……ど～～～してもあのちんまい女は俺を追い出したいらしい。

（ならこっちにも考えがある）

厳しい表情でゆっくりと立ち上がるオズワルドと、外で荷物を降ろすのに格闘するセシルを見比べ、ザックが冷静に告げた。

「何故この辺りを魔獣がうろうろしてるのかわかった。ここの領地は封印領で、山中に暴虐の魔女が封印されていたと、報告が上がってきた。どうやらお前のご先祖の公爵がその魔女を封印したらしい」

「……破られたのか？」

「多分」

曖昧なのは、自分達が調査をしたわけじゃないからだ。

「魔女の封印が解けた、となると俺達騎士団の……それも精鋭とはいえ数名では対処が難しい。魔女の行方や、封印の術式、解けた時期なんかは白黒両魔導士じゃないと判断できない。だからお前には悪いが、先に報告と救援を要請させてもらった」

なるほど。本当にいいタイミングではないか。

「黒魔導士からはリンゼイが。白魔導士からはローレライが、それぞれ精鋭を連れてくる」

ローレライ。

その名にオズワルドがふっと目を伏せる。

「……カーティスを呼び寄せることはできなかったのか？」

「導師の引き籠《こも》りは健在だよ」

「なるほど」

ゆっくりと歩き出し、オズワルドはそのままの格好で外に出た。一瞬でずぶ濡れになる。そんなオズワルドを呆れたように見つめ、戸枠ぎりぎりに立っているザックが声を荒らげた。

「お前の傷が治ったんなら、今すぐ野営地まで来て欲しいんだが。聖騎士隊も魔導士達の調査の護衛と、暴れてる魔獣の討伐、それから謎の黒い狼《おおかみ》モドキの捜索で増員を検討してるし」

至極まっとうな意見だ。それを右から左へと聞き流しながら、オズワルドは何故こんなに貰ったんだと首を捻《ひね》りたくなるくらいの大量の食糧を、一人で降ろそうとするセシルの背後に立ち、後ろから手を伸ばした。

そのまま身を屈《かが》め、冷たく濡れた彼女を両腕と馬車の間に閉じ込める。そうしてゆっくりと……目の前に立つセシルと、背後にいるザックに返した。

「もちろん、俺も指揮に戻る。だが、申し訳ないが、野営地には行かない」

彼の唇が、冷たく冷えた耳殻に触れ、びくりとセシルの身体が震えた。凍えるような世界で、唯一の温度を持ったものが、音を伴って彼女の耳を犯していく。

「今俺は、病み上がりの状態でこの驟雨《しゅうう》に打たれた。よって恐らく明日には発熱するだろう。だが、後ろにいる副長殿は傷が治ったんなら戦場に出てこいという」

くすっと小さく笑う声を聞きながら、セシルはのろのろと振り返った。

「一体どこの世界に明日の発熱を予見する病人がいるんですか、完全なる仮病じゃないですか」

見上げる彼女の、その不服そうに尖《とが》った唇と柔らかそうに膨らんだ頬に目を落とし、我慢できずに目元に流れ落ちていく雨粒をそっと手の甲でぬぐってやる。それから身を屈めて、真正面から真っ直ぐに告げた。

「それは明日になってみなくちゃわからないだろ?」

その言葉に、何か言いたげにセシルの目が大きくなる。それを遮るように、オズワルドは馬車から降ろした荷物を担ぎ上げてセシルに背を向け、戸口で目を眇《すが》める副長に笑ってみせた。

「俺の体調は万全じゃない。だからセシルがいるここから通ってここに帰る。文句があるやつは俺の元に連れてこい。相手になってやる」

7　知らないことと隠しごと

フレイア公爵領デルアルト。急峻《きゅうしゅん》な山の麓に位置するこの領地が実は霊峰の力を借りた「封印領」だと代々の公爵達は自覚していなかった。だがそれも仕方のないことだと、領地の屋敷から取り寄せた多くの歴史書や権利書、先祖の日記や覚書を前にオズワルドは溜息《ためいき》を吐《つ》いた。

デルアルトが封印領である、という記述は四代前のフレイア公爵の登山日誌に記されているだけだった。山登りが趣味だった彼は、自領にそびえる霊峰の中腹辺りに、何か不可解な封印跡を見つけたという。

オズワルドもそうだが、フレイア公爵家には退魔の血が流れている。初代は、当時の王へと謀反を企てた臣が魔の物に取りつかれていたことを見破り、退魔の宝刀でそれを斬り伏せた遍歴がある。そんな一族だから、四代前の公爵は直感で「この地を荒らしてはいけない」と悟ったそうだ。彼は直ちに霊峰を下り、村の老翁から話を聴き王都の文献、領地の記録などを調べて、どうやらここに何かが封印されていることを知った。

フレイア公爵令嬢レスカーダ・クリーヴァ。

どうやら彼女が何かの封印を施したらしい……彼はそこまで調べることができたが、その時点で興味を失い、人の立ち入りを禁じる目くらましの陣と、屋敷を中心に広く、防御陣を敷いて保護を図り、以降この話題は公爵領の歴史に上ることはなかった。

だが、封印された何かの話は、色々と形を変えて噂《うわさ》として生き残った。

ザックがセシルに語ったように、山の中腹に聖女が修業をした泉がある、とか。禁呪を修業した黒魔導士の住処《すみか》があった、とか。竜が棲《す》む泉があり、そこに足を踏み入れた者を喰《く》らい尽くすとか。

それらの噂は、登山家の公爵が山に施した目くらましの陣と相まって、確認しようとする連中の侵入を防いできた。

だが。

「数十年前、とある夫婦が、この地に厄介な化け物が住んでいるという話を聞いて、倒して名を上げようとやってきたらしい」

「……へぇ」

「そいつらが何か知ってるかもしれない、というのが今日の俺の戦果だな」

「何と戦ったんですか？　イマジナリー魔獣？　それともイマジナリー魔女？」

「お前ね……言葉の綾《あや》だよ、言葉の綾」

「ていうか、邪魔なんですけど!?　手伝う気がないならあっちに座っててくださいッ」

「手伝う気はある」

台所スペースで椅子に座ってじゃがいもを剥《む》いていたセシルは、背後から手元を覗《のぞ》き込んでいたオズワルドを振り返って睨《にら》みつける。

「これ……全部剥くのか？」

セシルの細い首筋に触れそうな位置から顔を出して、未《いま》だ半分以上残っているじゃがいもを見下ろしながら告げるオズワルドだが、絶対にわざとだとセシルは実感していた。

あの忘れたい初夜からずっと、彼は宣言した通り魔獣・狼《おおかみ》モドキの探査、封印領の調査、自らの隊の指揮をこなした上で、この家に帰ってくる。

雨の日の翌日、びしょ濡れになったこともあって泊まっていった副隊長と共に、彼は調査隊がやってくる村へと向かった。やたらと長々自らの不調を訴えていたが、セシルは熱を測り白目を確認し、シャツの下の傷跡を診《み》た後、オズワルドをザックに引き渡した。

連れていって酷使してくれて構わないと。

移動魔法を使うほど緊急ではないので、乗ってきた馬車で彼らは村へと出発する。

「行ってくる」

そう言った彼が不機嫌面で馬車に乗り込み、走り出したそれが森の木陰に消えるまでセシルは目が離せなかった。

きっとこれで終わり。彼が彼の日常に戻り、何もかも元通りだと悟ったら、きっともう戻ってこない――……と、セシルは本気で思っていたのだ。

それなのに、それなのに。

出ていったその日の夜に、彼は帰ってきた。自身が請け負った彼の邪気を回復すべく、ひたすらに食事をとっては寝落ちするを繰り返していたセシルは仰天した。なんで戻ってきたのかと問えば、戻ってくると言っただろ、と怪訝《けげん》な顔で言われてしまう。

そしてあの手この手で『あの夜の治療法』を聞いてくるのだ。一体何をどうやってあの呪いを解いたのか。全く覚えていないが副作用はないのか。そもそも全裸で寝ていたのは何故《なぜ》なのか。矢継ぎ早に聞かれるそれに、セシルはとてもいい笑顔で、「大きな温石のようなもので温める治療です。暑かったからご自分で服を脱いだんですね」と適当に答え続けた。当然、オズワルドは納得せず、以降、やたらとセシルとの距離を詰め、何かと触れるようになってきた。接触によって失った記憶を取り戻そうとしていると、セシルは勝手に思っていた。

そんな日がもう、五日は続いている。

「俺とお前しかいないのに、一山のじゃがいも剥くなんて正気の沙汰じゃないぞ？」

「これは一種の薬みたいなものだからいいんです」

自分の回復速度を上げるための薬なのだから、間違っていない。服用はオズワルドがいない時だが。

胸の傷痕はだいぶ薄くなっているとはいえ、まだ完治には程遠い。気長に、身体の内側から消化していくしかないのだ。

「さあ、剥かないのならどっかで遊んでてください。ていうか、こんな森の中にいて何が楽しいんですか……」

村には一応、酒場や食堂があるし、そもそも彼の仲間もいる。

今回はあの、ローレライ様も一緒なのだ。

「連中とは昼間、嫌ッてほど顔を突き合わせてるんだから、家に帰ってくつろぐ時くらい忘れたい」

じゃがいもの籠をひょいっと持ち上げ、オズワルドが居間の方に歩いていく。仕事を取り上げられ、仕方なくついていくと、そのまま彼は暖炉の傍《そば》にあるソファに腰を下ろし、足元に籠を置く。そうして笑顔で自分の膝を叩《たた》くから。

「何する気ですか」

「何もしないよ」

「何もしないんですか⁉」

「何されると思ってるんだよ、てか、いつかの会話と同じだなこれ！　いいから座れ！」

ぐいっと手を掴《つか》んで引っ張られる。仕方なく隣に腰を下ろせば、すかさず彼女の腰を掴んだオズワルドが、ひょいっと自らの膝の上に座らせた。

ひいいいいいい、と幽霊にでも出会ったような声が彼女から漏れた。

「……膝の上に座らせて絶望的な声を出されたのは初めてだよ」

「貴重な体験を提供できて光栄です」

「褒めて……るかどうなのかわからんがとりあえず」

腕を回されぎゅっと抱きしめられて、お腹《なか》を押されて鳴くぬいぐるみのようにひいいいえええええ、という声がセシルから漏れる。

「お前……それやめろ……」

笑いを堪《こら》えるように言われるが、セシルとしてはそれどころではない。横向きに膝の上に抱きかかえられ、彼の頭が肩口にあるのだ。囁《ささや》く唇が耳やら頬やらに触れてくすぐったいし、何よりこんなに密接接近されて、あの夜のことを思い出すなという方が無理なのだ。

「離してください、オズワルド様。さっき言いましたよね？　手伝う気がないのならどっか行ってくれって。私はこれからじゃがいもをまるっと茹《ゆ》でてつぶしてバターと牛乳と塩コショウで味付けした、いわゆるマッシュポテトをボウルいっぱいに作るお仕事が残ってるんですから、邪魔する気なら今すぐ私特性の例の緑の下剤飲ませますよ!?」

「マッシュポテトなんぞ、後でいくらでも作れるだろ。てかさっき夕飯食べたばっかりだろうが。なのにまだ料理する気なのか？」

「他に何するって言うんですか」

セシルにとっては重要なエネルギー源なのだ。確かに今は……オズワルドがいたから普通量の食事で我慢したが……明日にはまたエネルギー切れで作っては食べて、食べては寝て、と回復を促す努力をしなければいけない。そのための準備が必要なのだが……それはオズワルドにとって直接関係ないことでもある。

ふと、セシルの身体《からだ》を離したオズワルドが、そっとその頬を彼女の額に押し当てた。熱い感触に、どきりと胸が鳴る。そのまま彼は、セシルの手を取ると、撫《な》でたり、指を絡めたりぽんぽんと上に放り投げては受け止めたりし始める。その様子に、セシルは唐突に思い当たった。

「――……もしかして何かありました？」

恐る恐る切り出すと、彼が微《かす》かに眉間に皺《しわ》を寄せた。

過剰に触れるのも、口論をどこか楽しげにするのも、二人の間ではこの五日間でだいぶ日常になりつつあった。だがここまで……膝の上に抱き上げられて、何の目的もなしに触られるのは……今までとは一変している。

「ちょっとな……」

珍しく歯切れが悪い。どことなく嫌そうな顔をするオズワルドを下から見上げて、セシルはこんな表情をどこかで見たなと首を傾《かし》げた。そう……嫌そうな顔でそっぽを向くことが……。そこで彼女はハタと気が付いた。

「……ローレライ様ですか？」

それへの返答は唸《うな》り声だった。

あからさまに不機嫌な様子の彼が珍しい。もちろん、自分に見せられる不機嫌面と怒った顔は見慣れているから問題ないが、他の人間に対してこんな表情をするなんて。

一体二人の間に何があるのか……。

そういえば、とふと思い出す。初めて彼に会った時、ローレライ様と愛し合っていて心配をかけまいと傷のことを伏せているのでは？　と告げたことがあった。だが今彼の表情を見ると何となく違うことが察せられた。というか、あの時は何の気負いもなくその言葉を発することができたのに、恋心を自覚した今は、そうも言っていられず、苦い物さえ感じてしまう。

（恋……心）

そう、紛れもなく。こんな風に触れられて、どこか嬉《うれ》しくてくすぐったくなるこの感情はまず間違いなく、それなのだ。好きなのだ、オズワルドが。キスされても触られても嫌じゃないくらいに。もっと触れて欲しいと望むくらいに。

「おかしなこと考えてないか？」

不意に顎の下辺りをくすぐられてはっとセシルが顔を上げた。おかしなことなら考えていた。

「そ、そんな卑猥《ひわい》なことなんか考えてませんよ!?」

「…………へえ」

ちらりと金緑の瞳に炎が差す。近寄せてくるオズワルドの唇に慌てて掌《てのひら》を押し当て、セシルは自分の失態をカバーするようにことさら笑んでみせた。

「前々から気になっていたのですが、オズワルド様は一体ローレライ様と何があったのですか？　告白して振られた？　それとも押し倒そうとして逃げられた？　あるいは」

口を押さえていた手を取られ、立て板に水で話すセシルは今度こそキスをされる。耳まで真っ赤になって黙れば、彼女の肩を抱いて自分の方に寄りかからせたオズワルドが酷《ひど》く言いにくそうに口を開いた。

「……お前達が崇《あが》め奉るローレライ・コンラッドだが……どうも……清廉潔白すぎないか？」

「え？」

驚いて目を見張るセシルの、その額に頬をこすりつけながら、オズワルドは伏し目がちに続けた。

「それに……どうも……」

考え込み、それからゆっくりと口を開いた。

「あれは、第二次魔獣討伐戦の三日目か四日目だった」

オズワルドはその日、仲間と共に魔獣が潜んでいると思われる地域の偵察をしていた。索敵を担当するのは白魔導士で、隊長であるローレライがある特定地域に強力な魔獣がいると警告を発した。討伐をする前に、その個体がどれくらいの力を持ち、どのような位置のどんな地形に潜んでいるのか把握するべく、オズワルドと部下二名がその任務に当たった。

雨の降る暗い森。そこで異変が起きた。

「……俺達は昼間なのに真っ暗な森の中を進み、魔獣の色濃い邪気と踏みつぶされた草やなぎ倒された木々を見つけた。ローレライ達が見て取った魔獣の気配は正しかった」

オズワルド達はそのまま駐屯地まで戻ろうとして。

「――……見間違いだとは思えない」

オズワルドの言葉には、あやふやな感じは一切ない。見たと、確信している口調。話の流れから、ぞくりとセシルの背中に寒気が走った。

「何を見たんですか？」

歯切れの悪くなるオズワルドにそっと尋ねると、彼はゆっくりと口を開いた。

「雨が間断なく降っていて、暗い森が作る影の中に、真っ白なローブが翻った」

裾に施された豪華な銀糸を見て、オズワルドはそれがローレライだと思ったという。だがこんな場所に、どうして白魔導士の隊長がいるのか。視界と思考の端をかすめた疑問を確定させるべく、彼は視線を転じた。だがその先に見えたのは、ただの雨にけぶる木立で。

「戦闘中、見間違いを起こすのは致命傷になる。俺は目の端に確かに白いものがかすめたと断言できる。そして、その白いローブの裾が翻って見えたそこから数メートル先で警笛が鳴った」

緊急事態に、騎士達が鳴らす警笛。

「俺は、ローレライがやられたのかと、咄嗟《とっさ》にそう思って彼女がいたと思《おぼ》しき場所に向かって走った」

だがそこにいたのは、黒い魔獣に覆いかぶさられ、逃げ道を失い、取り込まれようとしている部下の姿だった。

「この事態を察知したローレライが助けにきたのかと、一瞬思った。どこかから魔法の光が走り、巨大な体躯《たいく》を持つ奴に攻撃が繰り出されるんじゃないかと」

しかし、部下を助けるべく応戦に走ったオズワルドは終《つい》ぞ、飛来する魔法の光を見なかった。

金緑の瞳をぎらぎらと光らせて、彼にしか見えない過去を見詰めるオズワルドに、セシルは何と言っていいかわからなかった。オズワルドは「見間違いじゃない」とそう言うが、そもそも敵がどこにいるのか把握できる白魔導士が、その地へと自ら足を進めるだろうか。ましてやあの、聖女とも名高いローレライだ。

だがセシルを腕に抱き、沈思黙考するオズワルドを見上げていると、そんな言葉をかけることができなくなる。現場を見たのはオズワルドだ。その場にセシルはいなかった。そのため、彼女にはそれを否定するだけの根拠も何もないのだ。ローレライか、別人か、見間違いか……。

「それにあの女はどうも好きになれない。ろくに話したこともないが、あのローレライ・コンラッドは欠点がない」

考えながら話すオズワルドの手が、セシルの頬をなぞり、耳の辺りをくすぐる。思考の半分をその感触に持っていかれ、ともすれば、硬い掌に頬をすり寄せそうになりながら、彼女はお腹の奥に力を込める。

「欠点とは……？」

「前線には率先して参加。負傷者を一人も出さないよう防御陣を自ら張り、怪我人《けが》一人一人の手を取って励ます。自分の手柄を誇らず、彼女が話すのは他人のいいところばかり……社交界では一部令嬢達が嫉妬に狂ってあらぬ噂を流すが、それを誰一人として信じない。逆にローレライを悪く言った人間の方が社交界での評判を落とす始末だ」

あの、ゴシップと悪口ばかりが横行する社交界でだぞ？

真顔で、しかも近距離から顔を覗き込まれ、セシルは全身の血が顔に上ってくるような気がした。慌てて肩を押す。

「それがローレライ様の良い所ではないのですか？　彼女は白魔導士村でもとても慕われています。幼い子供からご老人まで。なのに彼女は偉ぶらず、誰とでも気さくに言葉を交わし、優しく慈愛の眼《まな》差《ざ》しで人を見てます」

ぐいっと顎を上げて訴える。そのセシルをオズワルドが冷ややかな眼差しで見下ろした。何故彼女を庇《かば》うのか、とその目に訴えられて、セシルはきゅっと唇を噛《か》んだ。

「お前もあの女と話したことがあるのか？」

低い声で問われ、セシルは目を瞬《しばたた》いた。話したこと……ローレライ様と。

眉間に皺を寄せて考え込み、それから彼女は緩く首を振った。

「私は落ちこぼれだったので……いつもカーティス師匠と一緒にいて……」

だから話したことはない。遠くから、彼女が歩いている姿を見たことがある程度だ。同じ村に住んでいて、同じ白魔導士の学校に通っていたにもかかわらず、だ。

それだけ自分は落ちこぼれだったのだなと、がっくり肩を落としながら、ふとセシルは思い当たる。そういえば、自分はいつも師匠と一緒だった。それはセシルが持つ解呪・解毒の力が珍しく、新たな研究対象になるからだと思っていたが、もしかしたら違うのだろうか……？

考え込むセシルを他所《よそ》に、オズワルドがきっぱりと告げた。

「とにかく、あの女に関する真偽は後で考えるとして、そういう理由から俺はローレライ・コンラッドを信用していない。だからあの女が今回も出張ってきて気を張ってるんだよ」

疲れたように告げるオズワルドを、セシルはじっと見詰めた。それから自然と彼女の視線が、彼の胸の辺りに向く。

「もしかしてその時に胸の傷を負ったのですか？　魔獣に襲われている部下を助けようとして」

教えてもらった話では、そういうことだった。彼女の視線の先に気付き、オズワルドは「ああ」と静かな声で相槌《あいづち》を打つ。

「部下の方は助かったのですか？」

話では、部下を襲っていた魔獣を斬ったが、奴は壊された核を捨てて別の核を得て逃走したということだったが……。そこで不意にセシルは悟る。斬られた時に都合よく、奴の傍に別の核があるものだろうか。というか……最近この辺りに出没する魔獣は人間を襲い、その身体を乗っ取ろうとしていて……。

「……まさか」

琥珀《こはく》色の瞳が徐々にオレンジ色に染まっていく。驚愕《きょうがく》、と顔全体で表現しながらセシルはオズワルドを見上げた。すかさず、オズワルドが答える。

「……そのまさかだよ。自分の核が壊された魔獣は、俺の部下の胸の中にあった魔力核を強引に奪おうとした」

ぞくりとセシルの身体を冷たい戦慄が走る。魔力核は心臓付近の骨が結晶化したものだ。それを奪い取ろうとするとなると……。

「だが俺の部下は魔獣に全てをくれてやる気は毛頭なかった。それと俺の攻撃が魔獣を斬り裂くのが同時だったのが功を奏した」

魔力核は半分を魔獣に取られ、半分は部下に残ったのだという。

「ではその方は助かったのですか？」

かすれた小声で尋ねると、両腕をセシルに回したオズワルドがそのままぐいっと持ち上げてソファの上に押し倒すから。

ひいいいいいいええええええええ。

「…………お前ね」

首の辺りに顔を埋めて、オズワルドが必死に笑いを堪える。硬直し、オズワルドの背中付近にある、浮いたセシルの手の指先、十本が、あわあわと空を掻《か》くように動く。

「もっとこう、色っぽい声は出ないのか」

「ご期待に沿えず申し訳ありません」

含み笑いと共に、オズワルドがそっと耳の下辺りに口づけるから。

ひょえええええええええええ。

「…………お前」

今度こそぶるぶる身体を震わせて笑うオズワルドに、セシルが情けない声で訴えた。

「し、仕方ないじゃないですか！　こ、ここ、こういうのに慣れてないのですから！」

セシルにしてみれば、こんな風に温かな両腕に抱きしめられるのは、あの初夜以外経験がないのだから。

頬を膨らませて睨みつければ、彼女を見下ろすオズワルドが再び同じ箇所に口づけようとして不意に固まった。それからぱっと身体を離す。一体どうしたのかと、セシルが琥珀色の瞳にゆっくりと彼を映した。強張《こわば》って……表情の抜け落ちたオズワルドの顔を。

「…………あの？」

彼は視線を逸《そ》らし、何かを考え込んでいる。

「オズワルド様？」

身を乗り出し、下から覗き込むセシルから逃げるように、オズワルドは勢いよくソファから身を起こすと、足元の籠に向き直る。中のじゃがいもとナイフを取り上げて一心不乱に剥き始めた。

「……この芋、全部剥くんだろ？　早くしないと夜が明ける」

唐突に態度が変わったオズワルドに、セシルは不思議そうに目を瞬く。離れたぬくもりが何故か喪失感を煽《あお》り、もっと抱きしめていて欲しかった、と心のどこかが落胆の溜息を吐く。だが初夜の記憶がないオズワルドが、セシルにこれ以上触れることはないと断言できる。

今はあの手この手であの夜のことを思い出そうとしているのかもしれない。そのためにセシルに触れるということはセシルが行った治療がどういうものか、多少なりとも見当がついているのだろう。

(何か思い出したのでしょうか……)

閉じる方の薬がどれくらいオズワルドに効いたのかはわからない。それでも身体を離されたということは何か……セシルに触れていたくない、そんな嫌悪感が過《よぎ》ったのかもしれない。

もともとセシルは対象外で、薬に混じっていた媚薬《びやく》効果がなければ抱いてくれなかったはずだ。

(……それでも、触れてキスをしてくるのは何故なんでしょう……)

そこまで欲求不満が限界なのかもしれない。じゃがいもの皮を剥くことに、突然専念し始めるくらいに、何かしていないと対象外のセシルを襲ってしまうほどに。

「あの……」

「なんだ?」

いつもと変わらない、セシルが何かを提案する度に警戒する金緑の瞳が彼女を映す。その彼に心からの同情を込めて、セシルがゆっくりと切り出した。

「もう傷は良くなったのですから、一度王都に戻って恋人さんにでもお相手してもらった方が良いのではありませんか？　できる限り欲望は発散した方がいいと思いますし、じゃがいもの皮剥きにエロい妄想をするくらい深刻なら、やっぱり」

「誰がじゃがいもをふしだらな目で見るかッ！　違う！　ていうか、もうほんとお前……」

喚《わめ》いた後、がっくりと肩を落とすオズワルドに、セシルは更に同情的な眼差しを向けた。

「わかります。辛《つら》いですよね？　でもきっと乗り越えられますから」

「何もわかってないし、何もわかってないことが辛い」

「？」

首を傾げるセシルに、オズワルドは無言でじゃがいもを放り投げると半眼で告げた。

「いいからお前も芋を剥け。あと恋人も愛人もいないし勝手に俺の夜の事情を慮《おもんぱか》るな」

★☆★

「リンゼイ」

「これはクリーヴァ隊長」

封印跡の探査が着々と進められる中、この地の歴史が知りたいと言われたオズワルドは、フレイア公爵として屋敷から持ってきた資料をまとめ、報告書として黒魔導士隊隊長のリンゼイ・クロードに渡す。

「言われた通り調べてはみたが、それほど魔女に関する記載は残っていなかった」

「まあ、当てにしてたわけではないですから……」

白魔導士とは対照的な、真っ黒なローブに金糸で刺繍《ししゅう》が施された法衣を着る彼女は、顔の半分を覆うほどに深くフードを被《かぶ》っている。肩口から銀色の髪がひと房零《こぼ》れ落ち、細い顎の辺りでゆらゆらと揺れている。

黒魔導士の中でも一部しか彼女の顔を知らないのには理由があった。彼女の魔力は強すぎて、目が合った者は、風水火土、光闇、そのどれかの攻撃を受けてしまうという。そのため、彼女はいつも特製の黒いローブのフードを被り、耐性のある部下にしか顔を晒《さら》さないのだという。

手渡された書類を眺める小柄なリンゼイを見下ろし、セシルよりもリンゼイは小柄だなと思い当たる。セシルはこの両腕にちょうどよく収まる感じで……でも触れると柔らかくて……。

唐突にリンゼイにセシルの姿を重ねていたオズワルドは、ふとセシルの耳の下についた赤いうっ血の痕を思い出して歯噛みする。虫刺されや打撲の跡……とはとても思えない、扇情的な痕が、白い肌に赤く映えていた。あれはいつどこで、誰がつけたのか。自分以外の誰が……それとも、自分が？

「――……リンゼイ」

「なんでしょうか」

書類から目も上げず、黒魔導士は答える。周囲を見渡し、更に警戒しながらオズワルドがそっと低い声で尋ねた。

「お前に少し頼みがあるんだが、構わないか？」

★☆★

じゃがいも事件から数日が過ぎた。セシルに残る身体の痣はだいぶ薄くなったとはいえ、まだ全てを消化しきったわけでもない。今日も朝早くからオズワルドが封印地へと出かけ、家に一人残されたセシルはいつものように料理を作って消費する、を繰り返していた。食べた後に眠くなるのも同じ。

ふわあ、と欠伸《あくび》をし、そういえば薪が空っぽだったことを思い出した彼女は、大急ぎで家の裏に積まれた薪《まき》山へと向かう。早くしないと急激に意識を失う形で眠りに落ちてしまう。

急げ急げ、と家の外に走り出て、セシルははっと目を見張った。裏手に広がる雑木林。その入り口に黒く、ふさふさした尻尾を持つ狼がちょこんと座っている。

（……またきた）

あの黒い狼モドキに関しても調査しているとオズワルドは言っていた。だがそれを知りながらもセシルは初夜以降、時折現れるあの狼モドキについて話していなかった。初めて見た日の翌日、大雨の中買い物に出かけたセシルは、今と全く同じ位置に腰を据えている狼モドキを見た。ぎょっとして家に取って返そうとしたが、狼は雨に打たれてそのつやつやした毛並みをぺったりと身体に沿わせつつも身じろぎ一つしなかった。

腐ってもセシルは白魔導士だ。相手が一体どういうものなのか、多少なりとも調べることができる。魔のものならば更に。だが雨の中幾ら目を凝らしても、その狼から感じるのは、獣でも魔物でもない不思議な煌《きら》めきばかりだった。生命力と魔力が混じっているような……何とも言えない感じ。

その狼がじっと家を見上げているのを見て、この場を離れるのは得策ではないとセシルは唇を噛んだ。今ここで自分が離れたら、傷は癒えたとはいえ未だ目を覚ましていないオズワルドを護《まも》る者がいなくなる。あれが生き物と魔物の中間のような存在だということしか掴めなかった状態で、完全に放置するわけにもいかない。

湿った秋の冷たい空気の中、狼とセシルは睨み合う。

だがくるりと踵《きびす》を返したのは狼の方だった。そのままとことこと森の中を進み、少し離れた所で再びこちらを見るとすとんと腰を落とした。ぱた、と揺れた尻尾が自分に敵意のないことを訴えているようで、セシルは逡巡《しゅんじゅん》する。そして思い切ってそれに声をかけたのだ。

ここにいられると迷惑だから一緒にきなさい、と。

言葉が通じるとは思っていなかったが、その狼は一定の距離を開けてセシルの後ろをついてきた。時折名残惜しそうに家の方を振り返っていたが、あそこに置いてはいけないセシルが、時折声を掛けてとうとう村まで一緒に来てしまった。

村で出会ったザックに馬車で送ろうかと言われたが断り、代わりに自分では持って帰れない荷物の買い出しと運搬を頼んだ。そうして自分は雨の中荷物を背負って歩き出し、ちゃんと狼がついてくるかどうか、確認し続けた。

そんなことがあってからずっと、真っ黒な狼はセシルの前に姿を現し続けている。オズワルドが襲われることはないようだが、調査隊はまだこの狼モドキを探している。そんな中、他の人間に見つからないよう、うまく身を隠してセシルの前に現れるのは何故なのか。

「ねえ、ずっとこの辺りをうろうろしてるけど、一体何が目的なの？」

秋の日差しの下、柔らかな風にふわふわした毛並みが揺れる。じっとこちらを見詰める黒い狼に、セシルは思わず声をかける。これも見かけると毎回やっていることだが、狼は答える代わりに、ぱたりと尻尾を一振りするだけだ。

ふうっと溜息を吐く。まあ、放っておいても害はないことは何となくわかっているし、そのうちこの狼モドキが現れる理由もわかるだろう。それとも師匠に連絡をした方がいいだろうか……。そんなことを考えていたセシルは、薪の山から必要な分を抜き取り、家に戻ろうとした。

そして、ぴくりと狼が震えて空を見上げるのを視界の端に捉え、つられてセシルも顔を上げる。

木々の間に見える空の切れ端を、赤く光る球体が勢いよく横切るのが見えた。黒魔導士の伝令だ。

「まさかまた飛びつくわけじゃないわよね⁉」

飛来した白魔導士の伝令を咥《くわ》えて噛みつぶしたのは記憶に新しい。両手に持った薪を眉のように構えて睨みつければ、じっとその伝令を見送った狼がのそりと立ち上がった。それからちらりとセシルを見ると、その伝令が飛んできた方向へとたっと走り出した。

かさかさと枯れ葉を踏みしめる音と共に、疾風のように黒い影が去っていく。しばらく呆然《ぼうぜん》とその様子を見送っていると、不意に一陣の風が吹いた。突風のようなそれが巻き上げたひやりとした冷気に身体が震える。

顔を伏せてそれをやり過ごし、セシルはもう一度空を見上げた。伝令が飛んでいった先は王都の方だが、恐らくは黒魔導士村に向かったのだろう。見た感じで、この間の白魔導士の伝令とは違い、何かが纏《まと》わりついている様子はなかった……と思う。

しばらくじっと、色素が薄い秋の青空を眺め、それからセシルは狼モドキが消えた森の方へと視線を遣《や》った。

何を追いかけていったのか。何を確かめに行ったのか……。

じわりと胸の奥に不安が兆す。それを払しょくするように首を振って、セシルは再び薪を抱えると急ぎ足で家へと向かった。

★☆★

赤い光の玉が遠く、南へと飛んでいくのを見やったオルテンシアはすうっと目を細めた。色合いから黒魔道師の伝令だとはわかる。一瞬、捕獲しようかと手を上げかけるが、周囲には人が大勢いるし、恐らく防御陣がかけられているだろう。

何をどこに知らせたのか、多少は調べる必要がある……と、彼女は伝令を飛ばしたと思われる黒魔導士の方に、真っ白なローブを翻して近づいた。

目的の人物は封印地へと続く山道の入り口に立っていた。そこに柱のように立つ、真っ白な岩を上下左右から眺めている。

「リンゼイ導師」

彼女の呼びかけに、フードを目深に被った頭がこちらを向く。異質な「瞳《め》」を持つリンゼイの魔力は、どちらかというとオルテンシア寄りの力だ。もっと深く濃く、闇色に染まれば黒魔導士という、人を護るための導師としての存在より、魔女や魔術師として、より害を及ぼす魔物に近い存在になれるだろう。

オルテンシアが世界を見限り、人を見限った理由は、もう覚えていない。ただ暴虐の魔女として君臨した実績があるだけだ。

だが、彼女はリンゼイを魔女にする気はさらさらなかった。魔女と呼ばれる存在は七名ほどいたが今はもう誰もが封印されている。目覚めた自分こそが最強であり、それは自分一人で十分だ。

「ああ、ローレライ殿」

彼女の姿を認めて、リンゼイがその名を呼ぶ。

オルテンシアが奪った器の名前。胎児の頃に乗っ取ったというのに、光の魔力を持つために本来のオルテンシアの力の発動を阻み続ける、いまいましい存在。

だがそんな悪感情を見事に隠し、オルテンシアはローレライとしてにっこりと微笑《ほほえ》む。

「今、伝令が飛んでいくのを見ましたが……何か進展があったのですか？」

微笑むだけで周囲に花が咲くとさえ言われる、ローレライの笑み。それは清廉潔白すぎるが故に、誰もがそこに混じっている小さな「魔力」を見落とす。人を誘惑し口を軽くさせる、黒魔法の力を。

「ああ、あれですか」

ローレライの微笑を前にリンゼイがフードから覗く艶やかな赤い唇を弓型に引いた。

「二、三確認したいことがありまして」

にこにこ笑うリンゼイは、そこから先は何も言わない。それでも綺麗《きれい》な笑顔を張りつけたまま、心持ち威厳を滲ませてローレライは続ける。

「その内容はどういったものなのでしょうか」

「確認事項なので、確認して確定したらお教えします」

「……でも、わたくしの部下も同じような問い合わせをしては、二度手間になりませんか？」

「そうかもしれませんね」

　では内容をお教えいただきたい……と期待を込めて見つめるが、リンゼイはそう言ったっきり何も返答してこない。

「……あの、リンゼイ導師？」

「はい？」

「二度手間になるので確認事項をお教えいただきたいのですが……」

　やや圧を込めてそう言えば、彼女はこてっと首を傾げてみせた。表情は見えないのに、何故か馬鹿にされたような気になる。

「そうですか」

「…………」

「…………」

　なるほど。二度手間になって構わないとそういうことか。

「わかりました」

　とても悲しそうな顔で、ローレライが溜息を吐く。内心はどうやってこの女の口を割らせようかと、それればかりを考えていた。

　ここにいる魔獣の大半を彼女にぶつけようか。ずたずたに引き裂かれ内臓が飛び出した時にはきっと今の態度を後悔するだろう。それとも、例の騎士のように、その魔力核を乗っ取らせようか。ああ、それがいいかもしれない。前回は失敗したが今回、本来の姿で魔獣を作ることができれば、きっと他の何よりも強くなるに決まっている……。

　優雅に会釈をし、ローレライは枯れ葉を踏んでその場を辞する。苛立《いらだ》ちを示すように、その靴が微《かす》かに強く大地を踏んだことに当の本人は気付いていなかった。

　それに気付いたのはリンゼイの方で、遠くなるローレライの背中を眺めながら細い顎に手を当ててふむっと考え込んでいる。

　後にリンゼイが誰かに「報告」をしに行くのを、ローレライは知らないし、警戒することもなかった。ただどうやってあの黒魔導士に害を与えるべきかと、その清廉潔白な装いの中で思考を巡らせるばかりであった。

8　包み隠さず正直に過ごす夜

暖炉の前のソファの上でまどろみ、身体《からだ》が再び正常に動くための英気を養っていたセシルは、どん、という何かがぶつかった音で目を覚ました。

今のは一体……？

続いてまた、どんどん、と音が響き、今度こそセシルは身を起こした。辺りはまだ明るいが、秋の日暮れは早い。もう空の一端に濃い藍色が忍び寄っているのが、窓の外から感じられる。どんどん、と三回に増えたその騒音に、慌てた彼女が扉に近寄り引き開ける。

そこには今にもこちらに飛びかかろうとしている黒い狼《おおかみ》がいた。

「お前……」

ぐいっと顎を上げた狼がじっとその瞳にセシルを映す。ゆらりと、知的な真紅に光るそれを思わず覗《のぞ》き込むと、奴はくるりとセシルに背を向け、たっと走り出した。

「え」

昼間に出会った時と同じように、同じ方向に駆けていこうとする。それを見詰めていると今回、狼はこちらを振り返った。扉の前にいた時のように、やはりじっとセシルを見ている。恐らくはついてこい、ということなのだろう。

何故《なぜ》かとても……嫌な予感がした。

「待ってて」

慌てて狼にそう言い、セシルは家の中に取って返すとアルコーブから自分のローブを引っ張り出した。大急ぎで羽織って狼の元へと向かう。

「どこに……」

行くの？　という後半の言葉は、狼が駆け出したことで遮られる。大急ぎで獣の後を追って走りながら、つるべ落としと言われる速度で落ちていく日に、唇を噛《か》んだ。

秋の夜は暗い。白銀に染まる冬の夜は明るく、春や夏は日差しがいつまでも残るので闇が深い青になる。だが、そのどれでもない秋は……黒いヴェルヴェットが世界を覆うように真っ暗になる。

森の中を大急ぎで行きながら、セシルは自分の中の不安がどんどん膨らんでいく気がした。

何故この狼モドキは自分を呼びにきたのだろうか。昼間に飛んでいった黒魔導士の伝令はどこに何を伝えたのだろうか。

（……オズワルド様……）

彼はローレライがどうも怪しいと、そう言っていた。狼が走っていく先は例の封印地の方向だ。調査隊が滞在する村の方だ。この狼はオズワルドに害を及ぼすことはない。

（黒い邪気が纏《まと》わりついた白の伝令を……壊して結果的にオズワルド様の位置を特定させなかったのもこの狼だわ……）

セシルにその姿を見せ、オズワルドとはつかず離れずな距離感を保つ存在。どちらかといえば、彼に害をなす者から護《まも》っているような……。

不意に風に乗ってざわめきが聞こえ、セシルの胸が不安に高鳴った。山間の村は日が沈むのが早く、空にはまだ残照があるが、燃え盛る松明《たいまつ》がその微《かす》かな明かりを押し返して闇の中に溶け込ませている。

狼に導かれて村へと飛び込んだセシルは、それとほぼ同時に騒々しい音を立てて反対側から村の広場へと突入してきた荷車を見た。操っているのは。

「ザック様!?」

とっとっと、と速度を落として足元に絡みつく狼をそのままに、セシルが夢中で荷車の方へと向かう。

「セシル？」

驚いたように目を見張るザックが、「良かった」と荷車から降りるより先に、低い呻《うめ》き声がして荷台から誰かが身を起こす気配がした。

「セシルだと？」

村で待機中の騎士達が掲げる松明の下、炎が作る陰影に揺れるオズワルドの顔色は真っ青だ。大急ぎで荷台に近寄り改めてオズワルドを見たセシルは、隊服が裂け、覗くシャツが白さの欠片《かけら》もないことに息を呑《の》んだ。それと、ゆらゆらと蠢《うごめ》く、影よりも濃い闇。

「これは……」

「セシルからも言ってくれ。こいつ、こんな酷《ひど》い傷を魔獣から受けたのに、白魔導士隊の治療は受けないって言うんだ」

呆《あき》れを通り越し、怒りに任せて訴えるザックをちらりと見やり、それからセシルは苦しげに呻くオズワルドに視線を転じた。乾いて冷たい彼の手がゆっくりと伸び、自らの血に濡《ぬ》れた指先がセシルの頬を撫《な》でる。

「理由は……お前ならわかるだろ」

きゅっと彼女は唇を噛んだ。

「だから来たんだろ？」

ここに。

足元にいる黒い狼がすとん、と腰を落とす。周囲の、待機中の騎士達の視線がその獣に向き、不審そうに眇《すが》められる。もしかしてあの狼は、自分達が探している狼モドキなのではないかと……。

そのことに気付いたセシルが、ぽんぽんと、初めて狼の頭に触れた。

「いい子にしててね、ポチ」

ひと際はっきりと、誰にでも聞こえるように声を上げる。

ポチ。

咄嗟《とっさ》に出た名前だ。

答えるように、わん、と一声鳴く。ぎょっとしたようにザックがセシルの足元に座り込む黒い毛玉を見やり、何か言いたげな視線をセシルに向けるが、彼女はそれどころではなくオズワルドを降ろそうと荷台の後ろに回った。

「とにかく治療が先です。私には……」

この出血を止めるだけの力が果たしてあるだろうか。だが、ローレライには任せられないというのならやるしかない。激痛に呻く彼に肩を貸し、反対側をザックが受け持つ。

いつぞやと同じ診療所に彼を連れていき寝かせると、ザックと暫定ポチが治療室から出て扉の向こうに待機し、セシルは彼の服と応急処置の包帯をハサミで切った。開けたそこに覗く傷を診《み》る。

深く抉《えぐ》れた胸の肉と、裂けた皮膚。そこから溢れる鮮血にセシルは身体が冷えていく気がした。

骨まで達するほどの傷を癒《いや》す力をセシルは持っていない。

（人を……）

呼ぼうとして、それはダメだと悟る。この地にいる白魔導士は全て、ローレライの配下だ。誰を呼び出したとしても、これだけの重傷で、更には七英の一人が傷を負ったと知れば、ローレライ自らが出張ってくるに決まっている。

医者では傷口の縫合や適切な処置ができるかもしれないが、回復は魔法の倍以上かかる。そうなった時に、彼の身体を蝕《むしば》む邪気の解呪・解毒が遅れてしまう。それより何より、悠長にしているうちに、出血と邪気によって彼がもたなくなってしまう。意識があって立って歩けたことが奇跡なのだ。

どうしたらいいのか。

ひたひたと身体を満たしていく冷気を無理やり払いながら、セシルは自らのありったけの魔力を込めて掌《てのひら》をかざした。口の中で回復魔法を唱えると、温かく黄色い光がオズワルドの胸を覆う。だが目に見える回復量では到底癒しきれないと、溢れる血潮に絶望がこみ上げてきた。

駄目だ。これでは何の意味もない。

（私じゃ無理だ……白魔導士見習いの……この力では……）

魔力がない。自分には、彼を適切に癒す能力も才能もない。命の火が小さくなっていくのをただゆっくりと「遅らせる」しかできない。かざすセシルの掌が震え始め、背中を冷たい汗が伝う。

何か手はないだろうか。彼を回復させる手は。確かにたくさん薬を作った。治療薬もその中にはある。だがセシルの行う白魔法と効力は大差ない。ここまでの重傷は……癒しきれない。

何か何か何か。

「……セシル」

ぼんやりと目を開けたオズワルドが、その血まみれの手を再び持ち上げる。何かを唇が告げ、慌てた彼女が顔を近寄せると、彼はふっと小さく微笑《ほほえ》んで彼女の頬を掌で包み、親指で目尻をぬぐった。

「泣くな、馬鹿」

その時初めて、セシルは自分が泣いていることに気付いた。後から後から、涙が溢れて止まらない。彼女の内側から零《こぼ》れるそれが、再びついた胸の傷の邪気に触れると片っ端から払っていく。その様子に気付いたのか、オズワルドがぽつりと零した。

「……嫌だな……」

「な……何がですか？」

このままでは死んでしまう。オズワルドが消えてしまう。焦燥感に駆られながら、セシルは必死に彼に魔力をつぎ込む。ぐるぐると頭の中で打開策を探しながら、それでも視線は柔らかく穏やかになる彼の金緑の瞳に注がれた。

「お前が泣かなきゃ、傷が癒えないなんて」

再び手を伸ばし、オズワルドがセシルの頭を引き寄せる。彼女の唇の端に溜《た》まった涙ごと、彼はキスをした。かざしたセシルの手が震える。無理な体勢を強いられているというのに、セシルは身体が溶けるような気がした。

（ああそうだ……一つだけあった……）

自らの生命力も魔力も、その全てを癒しの力へと変える、白魔術最大の奥義。自己犠牲の集大成。その呪文を、唱えれば。

たとえ癒しの力が低いセシルでも。オズワルドを救うことができるのではないか。

自分よりもずっとずっとオズワルドの方が生きていくのに相応《ふさわ》しい。イケメンの公爵様で令嬢達の憧れの的で、聖騎士としての力も超がつく一流で……きっと後世に必要な人間だ。セシルのちっぽけな命を与えても余りあるほどに…………。

「オズワルド様」

そっと唇を離し、セシルがふわりと微笑む。

もうこれしか、彼を助ける方法はないから。だから……。

その瞬間。

何やら扉の向こうが騒がしくなり、わんわんと吠《ほ》えるポチの声がする。だがそれも一瞬で、ばん、と音を立てて扉が開くと、泣き顔のセシルが振り返るのと同時に、その頭部に強烈な一撃が叩《たた》き込まれた。

「この馬鹿弟子がッ」

衝撃が足まで届き、目の前がちかちかする。

それと同時に頭上から降ってきた冷徹な怒鳴り声に、彼女は必死に顔を上げた。

「し」

「お前、今何をしようとしていた」

「し、し」

「大体、その魔法は盛大な犠牲を強いる割には相手が命を粗末にし続ける限りその犠牲は無駄になる、最大の自己満足魔法だと教えたであろう、この馬鹿が」

「師匠！」

涙に濡れた間抜けづらを晒《さら》すセシルを一瞥《いちべつ》し、氷の美貌を持つカーティスはふん、と鼻を鳴らした。

「もっと他の手立てを考えろ」

「で、でも……」

ローレライには頼れない。彼女の連れている白魔導士達にも。

そう言おうとして、セシルは唇を噛んだ。一弟子でしかないセシルとローレライ。天秤《てんびん》にかけて傾くのはどう考えてもローレライだ。だが。

「まあだが、今回は相手が悪かった」

ぐいっとセシルを押しのける。だが、未《いま》だ意識を保つオズワルドが彼女の手首を掴《つか》んだまま頑として動かない。その様子に、カーティスが薄氷の瞳を見張った。

「……フレイア公爵」

「セシルは俺のものだ。勝手に連れていくな」

朦朧《もうろう》とした意識の中では、本音だけが唇を突いて出るものだ。オズワルドの台詞《せりふ》に虚を突かれ、驚くセシルを横目に、カーティスはふんと鼻を鳴らした。

「これだけの傷を負ってよくもまあ……だが……いいだろう」

彼はセシルが見ている前で人差し指に魔力を集中させる。ぽうっと灯《とも》った青い光で、複雑な絵画を空に描くと、治療の陣を浮かび上がらせる。最後にその中心を指で突いた瞬間、魔法陣の下の空気がまるで波紋のように揺れ、冷たく質量を持ち、柔らかな水色のゼリーのようにオズワルドの身体を包み込んだ。

つるん、と包み込まれ目を見開くオズワルドから無言でセシルの手を取り返し、わーわーと何事かを喚《わめ》く彼を残してカーティスは馬鹿弟子の手を引いて傍《そば》のベンチに腰を下ろした。隣に座るのを良しとせず、セシルは冷たい石の床にきちんと膝を折って座った。

「なるほど……多少は冷静になったか」

冷静にはなった。なりはしたが。

「それでも私の判断は間違って」

再び追撃。べしり、と平手で頭頂部を叩かれて、セシルはしゅんと肩を落とした。

ではあれ以外にどうすればよかったのか。

「お前は白魔導士としては見習いの域を出られない落ちこぼれだ」

きっぱりと明言され、更にセシルはうなだれる。ふと目に入った両手が、一瞬で彼に癒しの術をかけたカーティスの、その白皙《はくせき》と違って真っ赤な血に染まっている。

ぶるっと身体が震えた。自分では彼を癒しきれない……その事実に。

落ちこぼれ。

なるほど、そうだろう。

「だがお前には別の力がある。わたしもローレライすらも持ちえなかった力だ」

顔を上げれば、薄氷の瞳がじっとセシルを見下ろしていた。薄い水色に浮かぶ、怜悧《れいり》な光。それを見返すセシルに、彼女の師匠がゆっくりと告げた。

「我々魔導士のみならず、生きる人間全てに得手不得手がある。お前はただ単に治癒の力が足りなかっただけで、解呪・解毒に関しては右に出る者はいないし、更には万人が手軽に使える『薬』という形でそれを発現することも可能な知性がある」

低く冷たい、凛《りん》とした声が淡々と告げる。その内容に、セシルは涙に濡れた琥珀《こはく》色の瞳を大きく見開いた。その、潤んだ微かな橙《だいだい》に、影が差す。

「でも……それだけではオズワルド様を救えそうもありませんでした」

再び滲《にじ》む自己嫌悪に似た感情。それに、カーティスは鼻で笑う。

「だから言ったであろう。人には得手不得手がある」

「はい」

「お前は治療が不得手だ」

「はい」

「ならどうする？」

あの場合の、最善の方法。

――自らの命を差し出すこと……だがこれは師匠の一撃の前に激しく却下されている。では？

「……得意な者に引き継ぐこと、でしょうか」

白魔導士も黒魔導士も、力の及ぶ範囲と効力が違うとはいえ、人を護るための力だ。それが及ばない事態に遭遇した場合、速やかに上位者と交代するべきである……これは命を護り、繋《つな》いでいくための鉄則でもあった。

「でもさっきの場合は、交代すべき人がいませんでした」

ローレライには頼めない。彼女にオズワルドが不審を抱き、セシルも信用できないのかもしれないとどこかで思っている以上、彼女の力を借りるのは愚行だ。そうなると、こうも簡単に八方塞がりになる。ぎゅっと両手を握りしめるセシルに、しかし師匠は溜息《ためいき》を吐《つ》いた。

「何故いない。お前は白魔導士村の生まれであろう？　村には救援要請に駆けつけられない者ばかりだとそう言うのか？」

呆れたようなその言葉に、セシルはぱっと顔を上げ、ぽかんと口を開けた。

「……へ？」

間抜けづらを晒す弟子に、カーティスが嘆息する。

「何故、我らを……いや、わたしを呼ばない。弟子の一人、仲間の一人が危機的状況でありながら、頼られることもないとは……お前を白魔導士として育てた意味がないではないか」

告げられた言葉に、セシルは全身から力が抜ける気がした。

何故、「白魔導士村」などという共同体があるのか。何故、「師弟」という形で導師達が存在するのか。それは一人を取りこぼさない……ひいてはその先の命を取り落とさないための構造だからだ。

「ローレライでも癒せないと判断し、師を呼んだ……それだけで、事足りる。伝令からわたしが来るまでの間くらい持たせられる力は、お前にだってあるだろう」

淡々と示された案に、セシルは座り込んだまま呆然《ぼうぜん》と彼を見上げた。確かにそうだ。だが、切羽詰まり焦るセシルの脳裏にそんな案は一つも浮かばなかった。俯《うつむ》き唇を噛むセシルに、カーティスが嘆息する。

「ま、初仕事だったのだから仕方がないし、戦闘の場がすぐ傍にあるような状況に陥るとは思っていなかっただろう。ましてや……」

そこでカーティスが言葉を切った。その先に続くであろう言葉に思い至り、セシルは無言で治療中のオズワルドを見た。

ローレライに感じる疑念。現れた黒い狼。数週間前に空を飛んだ伝令に絡んだ邪気と、先ほど見た黒魔導士の伝令。続くオズワルドの怪我《けが》。そして……。

「そういえば師匠は何故この場に？」

助けを呼べ、と言われたセシルだが、今回の件で動かざること山のごとしの師匠を呼び出そうとは思っていなかった。それでも彼はここにいる。本当に……奇跡と呼んでもいいくらいのタイミングで。

そんな弟子の眼差《まなざ》しを前に、カーティスはだるそうに首筋に手を当てた。

「……黒魔導士から連絡が来た。調査依頼もな。その内容から秘密裏に動くにはわたしが出張るしかなかった」

苦々しく告げ、それから彼はひたりとその薄氷を弟子に向けた。

「それで、セシル。何があったのか知りたいから関係者を連れてきなさい」


魔法を使ってセシルとオズワルドが暮らす森の中の家へと移動してきたのは、未だ眠って治療を続けるオズワルドとセシル、それからザックにカーティス、リンゼイである。他の騎士、導士達は別命があるまで村での待機を余儀なくされている。

そう……待機、だ。

二階で眠るオズワルドを除き、全員が大きなテーブルに着く。

「まずローレライ殿が私に奇襲を仕掛けてきました」

温かな紅茶を配って席に着いたセシルは淡々としたリンゼイの台詞にひゅっと息を呑んだ。青ざめる彼女をフードを被った頭がちらりと見る。

「問題ありません。想定内です」

リンゼイの、細い鋼のような声がきっぱりと告げる。

「今朝オズワルド殿から『ローレライ殿が怪しいから是非、その素性をカーティス殿に問い合わせて出自を確認して欲しい』と頼まれました。その際に伝令にはプロテクトをかけて欲しいと」

万が一、伝令を奪われても中身が見えないようにして欲しいという、念の入れようだ。

「私も魔女の件でカーティス導師のご意見が欲しかったので、それと一緒に飛ばしたのですが……どこからか伝令を飛ばしたことを掴んだローレライ殿は直接私に中身の内容を聞きに来ました。でももちろん、教えるわけもありません」

一度引き下がったかに見えたローレライだったが、もし何か……自分に都合の悪いことがそこに記載され、どこかに報告されたらいけないと方針を変えた。返答が来た時に……受け取り手がいなければいいのだ、と。

「ローレライ・コンラッドはどうやら魔獣すらも手懐ける力を持っているようですね」

ぐっと顎を引くリンゼイの、その身にまとう空気が一瞬凍りついたかのように思えた。にいっと赤い唇が横に引かれる。ぞわりと背筋が総毛立ち、セシルは彼女の身体から黒い魔力が一瞬だけ迸《ほとばし》るのを見た。

「リンゼイ導師。うちの馬鹿弟子はそういう邪気に敏感だ」

優雅な仕草で紅茶のカップを傾けるカーティスに言われ、おっと、という感じでリンゼイが唇に指先を当てる。

「これは失礼を。久々に戦い甲斐《がい》のある存在に出会ったので、つい」

うふふふふ、と暗い含み笑いをするリンゼイに、セシルが引き攣《つ》った笑みを返す。というか、どうして師匠クラスの導師は一癖も二癖もある人物が多いのか。

同じように一般人であるザックも奇妙な笑みを張りつけたまま、だが納得したように頷《うなず》いた。

「なるほど。それで、あの魔獣共の攻撃か」

封印地の調査を切り上げ、村へと退却中の出来事だった。不意に今まで何もいなかった、何時間も調査していた場所からいきなり魔獣の……それも自分達が追っていた個体を含む十数体からの攻撃を受けたのだ。防ごうと前に出たオズワルドも不意を突かれ防御が間に合わなかった。

そして白魔導士隊はまだ封印地にいた。

「連中は未だ、封印地に？」

自分の仲間のことを尋ねるカーティスの声に、動揺の色はない。静かすぎる物言いに、ザックは苦笑いと共に頷いた。

「大半は俺達が襲われたことで救護に回った。だが一部……ローレライとその取り巻きが封印地に残っている」

それが何を意味するのか。封印地には何があるのか。

暴虐の魔女・オルテンシアはどうなったのか。

「なるほど……自らの力を『転換』させるべく戻ったというところか」

かちり、とガラスのこすれる音を立ててカップをソーサーに戻したカーティスがふうっと溜息を吐いた。視線が彼に向く。その美貌を一段と際立たせる冷気を、全身から放ちながら彼は重々しく告げた。

「暴虐の魔女の封印地を訪れ、破ったという若い導師の夫婦。それが我が白魔導士村に住むコンラッド夫妻だと裏が取れた。二人はローレライが五歳の時に死んでいる。謎の病にかかり、我々でも治せなかった。魔力核が徐々に失われていくという奇病だったが……やっとその理由がわかった」

はっとセシルが目を見張る。魔力核を乗っ取る魔獣の存在。そして、徐々に失われたコンラッド夫妻の魔力核……ということは。

「ローレライ様が……奪った？」

「十中八九、ローレライがオルテンシアなのだろう」

淡々と告げられたカーティスの推測に、全員が息を呑んだ。まさか彼女が……とにわかに信じられないのがセシルとザックだ。だがカーティスとリンゼイはそれほどでもないらしい。

「これは想像の話だが」

遠く、何かを見るように目を細めたカーティスが静かに続けた。

「彼女……オルテンシアは身体を入れ替える際、胎児の大きさに合わせて元の身体から魔力核を半分だけ引き剥がし、乗っ取ったのだろう。半分でも強大な暴虐の魔女としての魔力核と、更に乗っ取った胎児の身体に備わる魔力核。そして奪い取った疑似両親の魔力核の、合わせて四つを彼女は持っていた。そしてそれを己の元の身体……封印されしオルテンシアの身体に統合させる気なのだろう」

ローレライとしての身体には四つの魔力核というとんでもない数の魔力製造器が体内にあることになる。だがそれほどの力がひしめき合っていると、ただの人間の身体ではうまく使いこなせないのだろう。そこで彼女が選んだのが、元の封印されし暴虐の魔女・オルテンシア本人の身体だ。あの身体ならば、残っている半分の魔力核と合わせて多大な魔力を操ることが可能になる。

公爵令嬢の封印は完璧だった。身体が朽ちて魂だけとなったオルテンシアが転生するのを防ぐため、身体が崩壊しないように細心の注意を払って封印したのだろう。

それが仇《あだ》になるかもしれない。

そう考えたのはセシルだけではなかった。リンゼイが酷くゆっくりと告げる。

「これらの魔力の源を持って、耐性のある魔女の身体を手に入れたら……少々厄介ですね」

「どうすれば……」

ぽつりと零れたセシルの言葉に答えたのは、軋《きし》む階段を降りて一階にたどり着いたオズワルドだった。

「決まってる。今度はご先祖のように封印なんて生易しいことをしないで、魔力核ごと斬り捨てる」

ローレライの奇襲によって受けた傷はほぼ完治している。さすがは白魔導士村トップのカーティスだ。だが、彼の胸に残る邪気はやはり消えているわけではない。

ぶった斬ると告げて空いている椅子に腰を下ろしたオズワルドを、カーティスは一瞥すると首を振った。

「セシルから定期的に送られてきていた呪を解析してわかったことがある」

つむによって巻き取られた、不気味な言葉の鎖。それがオズワルドに纏わりつく様子が、カーティスやセシル、リンゼイの目に今ははっきりと見て取れる。その解析を続けていたカーティスは溜息を吐いた。

「今、フレイア公爵の身体に纏わりついている呪詛《じゅそ》は、セシルから解析を頼まれたものとは全く違って、何の意味もない言葉だ」

「え？」

普通、呪詛と呼ばれるものには何らかの暗い感情が混じり、形をとっているものだ。だが今現在魔獣につけられた傷に絡まるそれには読み取れる言葉がないという。

「それは知性を持たない魔獣だからでしょうか」

眉間に皺《しわ》を寄せてセシルが尋ねるが、それならば最初にオズワルドを襲った魔獣も、同じ条件だ。

カーティスは首を振った。

「いや、お前が採取した呪には確かに読み取れる言葉があった」

はっと全員の視線がカーティスに向く。中でもオズワルドが身を乗り出した。

「それは？」

じっとその、金緑の瞳を見返し、薄氷の眼差しのままカーティスがゆっくりと告げた。

「……逃げてくれ、と」

その言葉に、一同が息を呑んだ。逃げてくれ、と切々と訴える言葉が、その意味をなさない文字の羅列の中に時折現れるという。

「一体誰の言葉なのでしょうか」

かすれた声でセシルがそっと尋ねる。それに、カーティスが目を細めた。

「わからない。だが……フレイア公爵が襲われた一回目の経緯を考えると」

「――……ロンの言葉か」

はっとセシルが目を見張った。自身の魔力核を半分だけ奪われた騎士。魔獣の攻撃と、オズワルドの一撃がまじり合ったその時。その言葉が発せられたということか。

「そのロン、という方はどうなったのですか？　魔獣に変わった？　意識を喪失した？」

セシルの質問に、ザックが緩く首を振る。

「彼は今、王都の聖騎士団の隊舎で昏睡《こんすい》状態だ。恐らく、奪われた半分の魔力核が原因なのだろう」

その言葉に、リンゼイが重々しく口を開く。

「なるほど。つまりその個体はロン殿の魔力核を持ったまま逃走中で、そいつを捕まえて魔力核を解放しない限り、ロン殿は目が覚めないということか」

そしてその個体がどこにいるのかわからない。が、今この地にはそれを「誘発」したと思《おぼ》しきローレライがいる……。

「ローレライ・コンラッドが、その素性から考えるに暴虐の魔女オルテンシアであろうな。その彼女が魔獣を操れる力を持っている。彼女の目的が……自らを封印したフレイア公爵への悪感情だとしたら」

自然と四対の視線がオズワルドに集まった。彼は、助けられなかったロンをどうしても助けたいと思っていた。ローレライが怪しいと思いながら、防ぎきれなかった事態の責任を取りたい。そしてまだロンは生きている。まだ……助けられる可能性がある。

「だからさっきから言ってるだろう？　向こうが俺に用があるというのなら、俺も向こうをその身体ごと叩き斬るまでだ」

静かに……本当に静かに物騒なことを言う。その金緑の瞳がぎらぎらと輝くのと、膨れ上がる邪気を見たセシルが唇を噛んだ。

「でもまだその邪気が消えてません」

魔獣による傷を負った騎士は今までにもたくさんいた。だが、その誰にもこんな禍々《まがまが》しい呪が絡みつくことはなかった。明らかに、今までとは違って魔獣の力が強化されている。そんな存在を相手に、万全ではないオズワルドが立ち向かえるはずもない。……解呪しない限り。

「だが、猶予はないだろうな」

カーティスが立ち上がり、真っ暗に沈んだ窓の外を見る。白魔術の一つ、『全てを見通す目』が、オルテンシアことローレライが山を下り始めたのを捉えた。

「身体を見つけた魔女がどうするのか……確かに彼女は魔獣を操り、呪を与え強化した。そして人を取り込んで魔女の盾にする。そうやって手駒を増やして自らの身体を取り戻す気なのだろう」

はっとオズワルドとザックが目を合わせる。リンゼイがゆっくりと立ち上がった。

「あの地に残してきた手勢を使う気ですね」

彼女の言葉にザックが舌打ちする。

「第一聖騎士隊にはまだ、ローレライが警戒対象だとは言ってない」

彼らを連れて、山の中腹に立て籠《こも》られたらそれこそ厄介だ。カーティスも同意のようでザックの言に頷いた。

「ローレライは魔獣を通して人を操ろうとした。それは彼女が借りた器に、知性を持たない魔獣を操る力はあれど、人を操れるだけの邪気がなかったからだろう。だがオルテンシアの、眠る本体が傍にあれば話は別だ」

掘り返して封印を解き、その身体に戻ることができれば。

だがまあ、とカーティスが肩を竦《すく》めた。

「人を操れるだけの邪気をローレライは持っていなかったが、人心を掌握する術《すべ》を彼女は既に持っている」

力を使わずとも、彼女なら難なく人を操れるだろう。

清廉潔白で高潔で。優しく慈愛に満ちた聖女のようなローレライ。

前髪をかき上げ、オズワルドは嘆息する。

「魔獣による乗っ取りではなく、『人として』騙《だま》して連中を使うというのなら、まだ時間の余裕がある。……セシル」

立ち上がり、彼は座るセシルの横にすとん、と跪《ひざまず》いた。

「俺はあのいまいましい聖女モドキを斬らなくちゃいけない。だからもう一度、この邪気を払ってくれないか」

こちらを見上げる瞳の、金色の割合が大きくなる。中央部分がきらきらと輝くのを見てセシルは息を呑んだ。彼の言葉がぐるぐると、脳内を巡っている。

もう一度この邪気を払ってくれないか。

「……ぎ、銀のつむを……」

「そんな余裕はないことはわかるだろ」

「で、ですが、ローレライ様は人としてあの地にいる人を使役しようと考えていると師匠が推測を」

「あくまで推測だ。誰かが不可解に思えば、あの女は躊躇《ためら》いなく魔獣を使うだろう」

「でも……」

「セシル」

彼女が膝の上で握りしめている拳を、オズワルドがそっと掌で包み込んだ。

「何故、俺の記憶と引き換えに施した解呪を、今できないと言う？」

それは奇《く》しくも、オズワルドが彼女から聞き出そうとしてきたことだ。

一体あの夜、何があったのか。

逸《そ》らすことも誤魔化すことも許さないと、その金緑の瞳が語っていて。

（どう……しよう……）

オルテンシアの封印を担ったのは数代前の公爵令嬢だという。彼らには始祖からの退魔の力があり、その剣に宿る聖なる力が彼を第一聖騎士隊の隊長へとのし上げた。ならば、オルテンシアが身体を取り戻して復活するのを阻止するのに、彼の力は必要だろう。

うろっと視線を彷徨《さまよ》わせれば、ザックが困ったような顔でこちらを見ていた。恐らく、騎士としてのオズワルドの力を切実に欲しているのだろう。懇願するようなその顔色に、セシルはきりっと唇を噛んだ。

「少し」

不意にカーティスが声を挟んだ。ゆっくりと立ち上がり、俯く弟子の肩に手を当てる。それから薄氷の眼差しを床に跪くオズワルドの金緑に向けた。

「彼女と話をさせてもらえないかな」


「……青の薬を使ったのか？」

二階の寝室前の廊下に立ち、低く重々しい声で尋ねるカーティスにセシルは力なく頷いた。

「つむでは間に合わなかったか？」

「師匠の元に飛ばされた伝令が何者かに奪われかけ、ポチ……えぇっと……謎の黒い狼が現れて、更には魔獣の騒動が大きくなってきたので……事態が急変することを恐れました」

のろのろと答えるセシルに、師匠は深い溜息を吐いた。

「……それだけか？」

――それだけか。

カーティスの問いが重くセシルの胸に圧《の》しかかる。

それだけかと言われたら……それだけではない……多分。

自ら望んでオズワルドに身を委ねようと思った根底に、ある種の欲望があったはずだ。他の人とあんなことをしたいと思わない。治療だとしても。ということは、あの瞬間……彼に身を委ねてもいいと決意したあの瞬間、確かに自分はオズワルドに恋をしていた。

噂《うわさ》とは全く違う、誠実な姿も。言い返してくる悪態も、楽しそうに笑う姿も。触れる手も、考え込む様子も。

瞼《まぶた》を閉じればその裏に、鮮やかに蘇《よみがえ》る。それだけセシルはずっと……オズワルドを見ていたのだ。

「――……それだけじゃないです」

対象外の自分だから、青い薬を使って彼を騙した。記憶をなくすと知っていて、使った。純粋にただ、治療のことだけを考えていたわけでもなかったのに……。

俯くセシルの頭に、ぽん、と師匠が掌を乗せる。それから何度かぽんぽんと幼い子供にするように頭を撫で、見上げた琥珀色の瞳に冷徹な表情のまま告げた。

「よくわかった。ただ……そういうことなら、今回こそは自分の心に正直にありなさい」

びくりとセシルの身体が強張《こわば》る。つまり、真っ向から挑めとそういうことか。

「お前がフレイア公爵のことが好きだというのなら……そのために自らそういう行為がしたいのだというのなら、それをきちんと告げなさい。薬なしで」

う、と言葉に詰まる彼女に、更にカーティスは続ける。もう一つ重要なこと。

「……傷はどうか？」

オズワルドと身体を繋いだために受け取った邪気は、今どうなっているのか。そう告げるカーティスにセシルは自らの衣服の合わせに指を滑らせた。

「そうですね、どんな塩梅《あんばい》かと言われると……」

ボタンを数個外して、襟を開く。コルセットは苦しいので着けていない。代わりに、自分で開発したそんなに締めつけない、ボーンが入ったビスチェに指をかけてぐいっと引っ張り、中を見せようとする。カーティスが服の中を覗き込む。

「……まだ跡があるな。これだと……」

「でも大丈夫です。二つ目を引き受けても昏睡するだけで――」

「何やってるッ！」

怒髪天を突くというのはこういう声音を指すのだろうか。空気をびりびりと震わせるその声の主が、大股で廊下を近づいてくる。そのまま怒りに眼差しを燃やしたオズワルドがセシルの手首を掴んで自らの方に引き寄せた。

「いやあの、今のは別に破廉恥なことでは全くなく、むしろ今後のオズワルド様の治療に関して適切な処置ができるかどうかの確認でしてだからあの」

「だ、ま、れ」

もが、と口を押さえられる馴染《なじ》みの感触。騎士としてとてつもない殺気の滲む眼差しを送られたカーティスがひょいっと肩を竦めた。

「心配しなくてもいい。我々のような高位の魔導士は己の欲望すらも魔力に回すような変態ばかりだ。ちんまい弟子に欲情することなど芥子粒《けしつぶ》ほどもない」

それでも、カーティスは男でセシルは女だ。オズワルドが自らの懸念を大声でぶつけてくる前にと、カーティスは神妙に黙りこくるセシルに告げた。

「時間は恐らく一刻もないだろう」

彼女がオズワルドの二つ目の邪気を引き受けて、セシルが昏倒するまで。

その後、目が覚めるのがいつになるのかわからない。その状態のセシルを見て、オズワルドはどう思うのか。何を考えるのか。

……迷惑になるのなら。

オズワルドが魔女を斬った後の処理を考えると、ただぐーすか寝ているだけの自分に手勢を裂くのは申し訳ない。それなら、彼の前から姿を消した方が早い。その意図を師匠は正確に読み取った。ふうっと一つ息を吐く。

「アルコーブに、用意はしておいてやろう」

転移魔法の陣を、彼女が寝泊まりするアルコーブに残しておこう。そうすれば、一刻の間に、彼女は実家へと飛ぶことができる。

その間に、オズワルドに別れを告げるのか、告白するのか、それはセシルの自由だ。

「一体何の話……」

完全に置いていかれてる感のあるオズワルドに、カーティスは肩を竦めるとゆっくりと階段に向かって歩き始める。

「夜明けまでに、戻ってきてもらえると助かるな、フレイア公爵」

ローレライが身体を掘り起こし、その魂を本体に戻すぎりぎりの期限が夜明けだろう。朝の光はそれほどまでに、魔の物には強烈だ。朝日に自らの本体を晒すことを、恐らくローレライは厭《いと》うはずだ。

その前までに、身体を取り戻そうとする。だがカーティスの試算では身体を掘り起こし、封印を解くのに夜明け直前まで時間がかかると弾《はじ》き出している。

「……わかった」

ゆっくりと階段を降りるカーティスの背中を見送り、オズワルドは彼女の口を押さえたまま、促すようにして寝室へと連行した。


ぱたん、と後ろ手に扉を閉め、彼女の口元からゆっくりと手を離す。セシルは大急ぎで着ていた衣服の襟をぎゅっと握り合わせた。

「……それで？」

扉の前に腕を組んで立ち、真っ直《まっす》ぐにこちらを見下ろす金緑の瞳。そこにゆらゆらと揺れている感情が何なのか……セシルには断言できなかった。ただその眼差しを見詰めていると、身体の奥がきゅっと痛んで甘い炎が下腹部をじわじわ焼いていく気がするのだ。

――……それで、とは。

問われた言葉の内容はわかっている。それであの時、一体君は何をしたんだと、そう先ほどの延長で聞かれているのだろう。彼の欠けている記憶。その間に何があったのか。だがセシルはそれを説明する気にはなれなかった。

あれは師匠に言われた通り、自分の一方的な感情を「治療」という名目にかこつけ、更には催淫と記憶喪失という卑怯《ひきょう》な手を使ってのものだった。

ここに、自分がオズワルドに抱いていた想《おも》いが何もなければまだ、「治療」として成立したかもしれない。互いにこれは「治療の一環である」と納得していれば……。

（あれは間違いだった……卑怯だった……だから……）

自分はオズワルドにとって「対象外」だ。その事実が冷たい手のようにセシルの心臓をぎゅっと握りしめる。あの時と同じように、お腹《なか》の中に冷たい塊が出現する。それが彼女の血を、先端からゆっくりと冷やしていく。

「治療の前に……確認することがあります」

全ての感情が凍結し、一歩も動けなくなる前にとセシルはやはり、何も考えずに唇を開いた。立ち止まると、きっと動けなくなる。何もできなくなる。その制御がかかる前にと、セシルは早口で一気に告げた。

「オズワルド様にとって私は『対象外』です。恋愛対象外、肉体関係対象外、欲望の対象外、オズワルド様と関係があったどの女性にもなりえない、対象外の存在です。それでも本当に申し訳ないのですがここ数週間、オズワルド様と一緒に過ごしてきて同じものを見て同じものを食べて、こうやって暮らしていくうちに私は――」

驚愕《きょうがく》に見開かれるオズワルドの、夏の木漏れ日のような……柔らかく、新緑の緑からきらきらと零れ落ちる日差しのような瞳を見据え、そこに嫌悪や拒絶、忌避の感情が浮かぶ前にとセシルは言い放った。

「オズワルド様のことが好きになってしまいました！」

言葉の余韻が、しんと静まった部屋の壁に跳ね返り、空間いっぱいを満たして床に落ちる。きん、と耳鳴りがして、セシルは確実に世界が遠のいていくのを感じた。視界は狭まり、頭がくらくらする。全身ふわふわして足元がおぼつかなく、緊張のあまり失神しそうだ。

それでも。

それでも。

「わかってます。大丈夫です。答えられないことくらいはとうの昔に……それこそ回復薬をぶっかけたあの時から理解してます。でもあの、私がそういう気持ちで……これからする行為には治療として崇高なる気持ちは確かにあるんだとしても、でもその中にはこういう欲望めいた……オズワルド様がただ単に純粋に欲しいというか、そういうことをしてくれたらいいな、なんていう願望が混じっていることを念頭に置いていただき、キモチワルイと思うようでしたらこの治療はなかったことにしていただいて、他の方法を、それこそ師匠から提示――」

一方的に早口に。要約するなら自分を懸想している相手と半強制的に身体の関係を持たなくてはいけないのだが、無理はするな、ということを繰り返していたセシルだったが、最後の辺りで言葉が途切れた。

何故なら、黙れというように酷く乱暴に……強引に唇を塞がれたからだ。いつものように掌ではなく、彼の唇で。

「!?」

驚いて目を見張る。思わず唇が開き、その隙間から熱すぎる舌が侵入してきて、セシルの吐息も言葉も奪っていく。冷たく固まっていた身体を、オズワルドがきつく抱きしめ、それから深く噛みつくようなキスを繰り返しながら彼のベッドの上へと押し倒す。

甘く、熱い唇の雨が、顔じゅうに降り注ぐ。瞼に目尻に頬に鼻の頭に首筋に。耳朶《じだ》の後ろ辺りに押しつけられた唇が強く、柔らかな皮膚を吸い上げる。ぞくりとセシルの身体に戦慄が走った。

その震えを、抱きしめる腕に感じたのか一瞬だけオズワルドの行為が止まる。だが、彼はひと際深く、セシルの唇を奪うと、そっと自らの額を、彼女の額に押し当てた。

「……すまない」

そっと囁《ささや》かれた言葉が、熱い吐息となってセシルの唇を焼く。謝られ、やっぱり自分は対象外なんだと目を伏せる。

「いえ……いいんです、本当のことですから。それくらいには私は対象外だってことで」

「違う」

鋭い声が空を裂き、驚いたように彼女が目を見開く。その彼女の頬に両手を当て、オズワルドは琥珀色の瞳を覗き込んだ。苦しげに、彼が言う。

「すまないというのは君を……対象外だなんて言ったことだ。確かに出会った時はそうだった。当然だろ？　君のことなんか何一つ知らなくて……外見だけしか情報がなかったんだから」

その通りだ。あの状況では一目惚《ひとめぼ》れでもしない限り、セシルに好意を抱くなんてことはないだろう。

そしてセシルは絶世の美女ではない。微かに目を伏せる彼女に、オズワルドは更に続けた。

「俺も同じだ、セシル。君と数週間過ごして……君に散々振り回されて……それが楽しかったし嬉《うれ》しかった。もし君がこれから先、他の男とあんな風に軽口をたたいて、じゃれ合って、怒ったり喚いたり笑ったり、幸せそうな家庭を築いていくんだと思ったら……物凄《ものすご》く……耐えられない」

はっと顔を上げれば、こちらを見つめるオズワルドの視線に捉えられる。彼は目を逸らすことなくきっぱりと告げた。

「君が聞いた『対象外』という言葉は、身体の関係だけの女性として君は相応しくないという意味だ」

その言葉に、セシルは頭の中が真っ白になる気がした。自分が思っていたそれと、百八十度違う、その言葉。

何も返せず、ただ胸がいっぱいになって口をぱくぱくさせるセシルに、オズワルドは再度キスをした。それからゆっくりと彼女の身体に腕を回す。そっと彼女が着ている服の、その首元から生地を引き剥がしていく。

「だから……君こそ正直に言って欲しい」

乾いた手を柔らかく、すべらかなセシルの肌に滑らせながら、オズワルドがどこか懇願するような声で言った。

「俺は君が好きだ。だから……治療がどうであれ、俺に……君の全てをくれないだろうか」

初夏の木漏れ日が揺れるような、オズワルドの瞳にはどこにも、嫌悪も拒絶も忌避もなかった。あるのは初めて見るような気弱な様子と……懇願。

セシルがゆっくりと……キスを受けて柔らかく赤く腫れた唇を開く。

「治療はどうであれ、というのは訂正してください」

「…………お前ね」

一世一代の告白だったのに、とオズワルドがぼやくがセシルは聞いていなかった。ただもう、信じられない思いでいっぱいで、それよりもやっぱり治療が大事だと、そこは強調しなくてはとそればかりだった。

止まりそうな思考を必死に動かして目を白黒させていると、そんな彼女を揶揄《からか》うようにオズワルドが微笑んだ。

「わかった。解毒・解呪が最優先だと考える。だが、これだけは覚えておけ。俺は……それ以外でも触れたいし……甘やかしたい」

身体を辿《たど》る手がセシルの形を確かめるように辿っていく。その甘くくすぐったい感触に身をよじりながら、セシルはかすれた吐息を漏らした。

「じゃあ……これから私がする……解呪の行為に……オズワルド様は嫌悪感は抱かないと言うんですね？」

「ああ」

「……それが何か、わかってますか？」

そっと尋ねるセシルの柔らかな胸の上に、服の上から掌を置き、彼はそっと目を伏せる。

「ああ……わかる」

一つ頷く彼に、セシルは長い溜息を吐くと、ゆっくりと身体を起こした。それから目を瞬《しばた》くオズワルドを置いて、ベッドから降りると。

「では……時間もないことですし……」

置いてあったランタンのすりガラスを持ち上げるとふっと吹き消した。

「おい!?」

闇を押しやっていた丸い明かりが消え、緞帳《どんちょう》が落ちるように辺りが真っ暗になる。素早く服を脱いでいると、セシルの姿を見失ったのか、オズワルドが慌てた声を上げた。

「おいこらセシル！　何考えてる!?」

「明日の朝には記憶も喪失しておらず、更には媚薬《びやく》による援護も期待できないので、ここはひとつ暗闇による妄想力で色々な部分はカバーしてもらおうかななんて思いまして」

「はあ!?」

明るい中でなんてトンデモナイ、と内心呟《つぶや》きながら、一糸まとわぬ姿になったセシルは、ベッドから立ち上がって再度明かりを灯そうとするオズワルドの肩をそっと押した。手探りで彼の身体の上に乗り、薄いシャツ越しに彼の体温を感じる。ぎこちなく探り、首元のボタンを外してシャツを脱がせるべく引っ張ると、めくり上げた裾から手を差し込み、鍛え上げられた肌に掌を滑らせた。

「やめろ」

不意にその手が掴まれ、あっという間に引き寄せられると、くるりと体勢を入れ替えられた。きし、と音が鳴る。暗くてよく見えないが、ぼんやりとオズワルドの身体の輪郭が、闇に慣れた目に映った。

そのまま彼は身を伏せ、意趣返しとばかりにセシルの身体をなぞり始めた。だが、その掌が胸の先端に触れた瞬間、彼が息を呑むのがわかった。

「……全部脱いだのか？」

呻くように言われて、セシルは恥ずかしそうに身をよじる。

「はい」

「………………俺が脱がせたかった」

「それはダメです」

きっぱりと言い切れば、彼がむっとするのがわかった。

「何故」

「肌を見るのは結婚式の初夜こそが相応しいからです」

もちろん、これはセシルの嘘《うそ》だ。ただ単に、明るいと自らの身体に残る大きな痣がどうしたって見えてしまう。それだけは避けたい。

「なら明日にでも結婚しよう」

「それはそれで構いませんけど、そう簡単に神父さんとか立会人とか見つかるんですか？　というか、そんな理由で勝手に結婚なんかしたら国王陛下や公爵家の皆さんからそしりを受けそうな気もしますけど……といいますかそんなおざなりで遊び人の戯言《ざれごと》みたいなプロポーズなんて聞いたことありませんし、そもそも今ようやく告白をして付き合い始めたばかりという雰囲気なのに、何故いきなり結婚しなければいけないのかという問題が」

「わかったわかった！　わかったからその機関銃みたいな言葉を止めてもらえませんか」

ぴたりと口を噤《つぐ》み、セシルはこっそり吐息をつく。何せ、さっきの告白からずっと、心臓が痛いくらいに速く鳴っているのだ。どうにか気を紛らわせようといつもの倍、喋《しゃべ》り倒してしまったとほんの少し反省していると。

「もしかしてセシル……緊張してる？」

言い当てられ、思わず身体が震える。そっとオズワルドの手が頬に触れ、そのひんやりした感触に自分の体温が急激に上がっていることを知る。真っ暗でよかったと、セシルは心から思った。だって多分、初夜よりもずっと情けない顔をしているはずだ。

胸の辺りで手を握りしめ、深呼吸を繰り返していると、そっとセシルの目尻と口の端に触れたオズワルドが、身を起こした。そうしてすぐに彼女の身体を抱きしめる。

触れる、互いの肌。

「セシル、俺は君に酷いことをしたのか？」

心地よい体温に、ほうっと甘い吐息を漏らしていたセシルは、その問いに、目をまん丸にした。酷いことなんてされたことはない。

「いいえ。むしろちゃんと……気遣ってくれました」

思い出して赤くなりながらそっと呟く。

「……気遣い？」

「はい。媚薬の効果があったと思うのですが私が痛かったり不快な思いをしないようにと、結構必死になってましたよ？」

「……それはつまり、初めての君に……凄く優しくしたとそういうことか？」

「はい」

不自然な沈黙。のち。

「わかった」

低い声が耳朶を焼く。

へ？　とセシルが目を見開くのと同時に深く貪るような口づけが落ちてきた。


痛かったり不快な思いをしないように、必死だった……そうセシルに告げられて、オズワルドはどういうわけか苛立《いらだ》った。当然だ、自分は何一つ覚えていないのだから。それなのに、真っ暗な中でもわかるほど、彼女は恥じらいながら言うのだ。凄く優しかったと。

そんなの、苛立つに決まっている。

自分自身に嫉妬してどうするんだと、冷静な自分が囁くが、知ったことか。

彼女の胸の果実を両手で柔らかくまさぐり、尖《とが》る先端をそっとつまむ。甘い声が彼女の喉から漏れると、徐々に己の中から余裕がなくなっていくのがわかった。繰り返すキスも、差し込む舌も、『前回』を上書きするべく、荒々しさが滲んでいく。

そんな風に二回目なのに初めてなセシルの身体を愛撫《あいぶ》し、彼女の中に宿る熱を掻《か》き立てていると、セシルがそっと、彼の広く熱い背中に手を滑らせた。それからきゅっと抱き着いてくる。途端、前回を覚えていない焦りと、自分自身への嫉妬、そして掻き立てられた欲望が絡み合い、突き動かされるように彼女の脚の間に掌を滑り込ませた。

「あ」

短く、艶めいた声がセシルの喉から漏れる。反射的に仰《の》け反《ぞ》ったその白い喉に、噛みつくように唇を押し当て、弓なりにしなる彼女の身体を抱えたまま、オズワルドはしっとりと露に濡れ始めた秘所に掌を押し当てた。

ふるっとセシルの身体が震えるのが伝わってきて、たまらず彼女に口づけの雨を降らせる。喉から鎖骨、そして胸の先端へと辿り、甘く咥《くわ》え焦らすように舌先を動かせば、甘やかな声が切れ切れにセシルの口から零れ始めた。

快感を逃がすように、身をよじる彼女の動きがダイレクトに肌に伝わり、思わず短い吐息が漏れた。熱くて鋭い、刃《やいば》のようなそれ。

「……触って欲しい？」

ゆっくりと顔を上げ、顎の辺りにキスをしながら意地悪く訊《き》けば、彼女が素直に頷くのがわかった。少しは嫌がるのかと思っていたオズワルドは、不意に彼女が触って欲しいと素直にねだる理由に思い当たる。

触った者がいて、それが悪いことじゃなかったからだ。

途端、苛立ちがこみ上げてくる。確かに、彼女に触れて快感を引き出したのは自分なのかもしれない。でも自分にはその記憶はない。だから。

理不尽すぎる苛立ちを抱えたまま、オズワルドはじわりと熱く溶け始めた秘裂を開き、その花芽に人差し指を這《は》わせた。

びくり、と彼女の身体が震え、「ああ」と甘い声が漏れる。決して傷つけたいわけではないが、それでもどこか……前にここに触れたであろう存在を払しょくするように、意地悪く強く、撫で上げる。

「んっ……あ……は……」

身をよじるセシルの膝を掴んで勢いよく開かせると、暗がりでもわかるくらいに、彼女が目を見張った。

「あ、まって……」

「待てない」

短く答え、オズワルドはようやく蜜を零し始めた秘所と、その花芽に舌を這わせた。

「！」

濡れた音をわざと立て、やや乱暴にセシルを快楽に堕《お》とそうとする。それが全て……覚えていない自分に対する嫉妬だと、わかっているが止められない。

「や……あっ……ああ」

鋭すぎる快感から逃げようとする彼女の腰を引き寄せ、オズワルドは今ここで、彼女を犯そうとしている存在が誰なのか、それを刻むように舌先で彼女の秘所を蹂躙《じゅうりん》する。やがて、緩やかに解《ほど》け始めた泉に、指をそっと差し込むと花芽にキスを落としながら内壁を犯し始めた。

ふるっと彼女の身体が震える。

「今……君を……その腕に抱いてるのは……誰だと思う？」

絶頂まで押し上げるよう、彼女が激しく感じる部分を攻め立てながら、オズワルドは身を起こすと噛みつくようにキスをする。唇を合わせたまま、甘い声を飲み込み、尚《なお》も尋ねる。

「優しいだけだった誰かとは違う……それは誰？」

「どっちも……」

短い吐息を繰り返し、攻め上ってくる激しい熱源に耐えながら、セシルが甘い声で答えた。

「オズワルド様……です……けど……」

どちらも。確かにそうだけど。

「前の俺と今の俺とどっちがいい？」

全く意味のない質問だと、オズワルドもそう思う。だがどうしても聞きたい。過去の何も覚えていない自分こそが優しくてセシルの記憶に残っているのだとしたら……どうにかして消し去りたい。

じっと暗がりで見下ろす。攻め上げる手は止めず、空いた方の手で執拗に彼女の白い胸を弄び、先端を愛撫しながら、彼女の思考を溶かしながら。

「セシル……」

そっと身を伏せ、こめかみにキスを一つ。それに、ふるっと彼女の身体が震えた。

どちらの俺がいいか、なんて。そんなのどちらも自分なのに。

だが恐らくセシルの脳裏にはしっかりと、初夜の記憶が刻まれている。オズワルドが知らない夜の記憶だ。

それと今の自分を比べることの何が悪い。劣ると言われるのなら、挽回《ばんかい》するまでだ。そんな風に謎の決意を固めていると、不意にセシルが手を伸ばし、オズワルドの頬に触れた。ゆっくりと掌が肌を撫で、促されるように顔を寄せると、ついばむようにキスをされた。

「そんなの……」

彼女の声に、胸が高鳴る。

「私がキスしてる方に決まっています」

巧妙な回答に思わず吹き出す。だが確かに……セシルらしい。

「まったく君は……」

呟き、ほんの少し身体を持ち上げると、汗に濡れた前髪をかき上げる。それからそっとセシルの柔らかな顔に指を走らせた。光源がなくてもきらきらと輝いているであろう橙色の瞳をしっかりと見つめる。

「本当に口が減らない」

思わず彼女が目を見張り、ふわりと微笑む気配がする。至近距離でそれを感じたオズワルドは、ゆっくりと蜜に濡れた秘所に熱く滾《たぎ》った楔《くさび》を押し込んだ。

「あっ……あ……あああっ」

熱いものが身体を焼き、セシルの喉から震えた声が漏れる。きつく締めつけるそこに、じわじわと押し入って、オズワルドは最奥を目指す。果ててしまいそうな心地よさを必死にやり過ごし、そうし

たことに我ながら驚く。挿入《いれ》ただけで達してしまいそうになるなんて……。

「あ……オズワルド……さま……」

ふるふると身体を震わせたセシルが、ゆっくりと手を伸ばす。愛《いと》しさがこみ上げてきて、彼は夢中で身体を寄せた。セシルの細い手が彼の背中に回り、再びきゅっと抱きしめられる。焼けるように熱いオズワルドの胸が、柔らかくしなやかなセシルの胸を圧倒する。身体の奥。二つの鼓動が速く……でも確実に同調していく。

「オズワルドさま……」

甘い声が必死に告げるのは、ただの名前だ。だが、そこにこもる愛しさと懇願に、オズワルドは気付いた。彼女が求めているのは「今の自分」だ。それは忘れてしまったあの時の自分ではない。

「セシル」

名前を呼び返し、オズワルドはゆっくりと浅く、腰を動かす。まだ彼女の身体は強張っていて、痛みがあるかもしれないと気を使って慎重に動く。やがてその抽送がセシルの身体の奥に燻《くすぶ》る甘い疼《うず》きを押し広げ、柔らかく、オズワルドを受け入れるように開いていく。

「あ」

硬い楔を引き抜く際に、セシルから嬌声《きょうせい》が漏れた。切なく甘いそれと同時に、微かに彼女の身体の奥が震えるのを感じ、オズワルドの腰がぞわりと震えた。たまらず、もう一度押し込む。

「んうっ」

ふるっとセシルが腕の下で首を振り、そのむずがるような様子に、男は理性が端から焼け落ちていく気がした。慎重に……ゆっくりと……彼女の快感を煽《あお》るようだった動きが徐々に性急さを増し、激しくなり、水音を立てながら彼女を貫く。

「あん……んっ……んぅ」

声が漏れるのを恥じて、セシルが枕に顔を埋めようとする。晒された細い首に噛みつき、耳の下辺りに彼は熱すぎる口づけを落とした。いつかと同じ、消えかけた痕が再び赤く咲く。自分がつけたものだと……その自覚はない。だがオズワルドはまるで彼女の身体に残った見えない痕すら消し去るようにあちこちにキスを落とし、噛みつき、夢中で愛撫した。

「あ……や……あああっ」

激しく貫き、露に濡れた花芽をこする。途端、セシルの嬌声がオクターブ跳ね上がった。それと同時にきゅっと膣内《なか》が再び絡みつき、オズワルドはこらえきれないと、吐息を漏らした。これ以上、甘くじらして堪能するわけにはいかなくなった。

「っあ!?」

ぐいっと足を持ち上げて広げ、激しく、打ち下ろすように貫く。時折彼女のいい所を探すように腰を動かし、その度に変わる嬌声と内側の変化に、オズワルドは自分の理性が瓦解していくのがわかった。

後はもう。

「やあ……あっ……あん……んっ……んぅ」

甘い声を上げるセシルの唇を塞ぎ、両腕に抱きしめて。存在全てを自分のものにしようとただただ高みへと追い上げていく。

ぎゅっとセシルがオズワルドにしがみつく。触れる体温と絡む吐息に、彼女をもっとも近くに感じた。このままずっと……こうして彼女だけを腕に抱いて……。

悲鳴のような嬌声を漏らすセシルの、その膣内《なか》で果てながら、オズワルドは柄にもなく思った。もしかしたらこれが、自分の一番の願いなのかもしれない、と。


期限は一刻。

彼の身体から再び邪気を除去する「行為」からふっと目覚め、セシルは世界がぐらぐらと回っていることに気付いた。見開いた目の前には闇が広がっているが、それが歪《ゆが》んでぐるぐる回っていることは感じられる。

（何時だろ……）

ゆっくりと身を起こそうとして、身体に絡む自分よりも高い体温に目を見張る。筋肉質で固い腕が、セシルの括《くび》れた腰に絡まり胸元には端正な顔がある。どきりと急に激しく鼓動が高鳴り、その柔らかな吐息を繰り返す唇が、白く丸い胸の、その色づく先端に近い位置にあって更に更にセシルの鼓動が跳ね上がった。

そうして、動悸《どうき》が高まるにつれて、セシルの眩暈《めまい》もより一層酷くなっていく。

一刻は経《た》っていない。あの後何度か求められて、嬉しくて応えて、気が遠くなってから今までで一刻など過ぎてはいないはず。とにかく、目覚めたオズワルドが、隣に眠るセシルが一切無反応の昏睡状態に陥っていたら、きっと彼は死ぬほど心配するだろう。そりゃそうだ……そう……。

(うぬぼれかもしれないけど)

かあっと熱くなった頬を隠すように両手に埋め、セシルはふるふると身体を震わせた。

──俺は君が好きだ。だから……治療がどうであれ、俺に……君の全てをくれないだろうか

その台詞が耳の奥でこだまし、再生される。熱くなった頬をぱしぱしと叩いて、ぎゅっと強く目を閉じる。それから彼女はぱっと目を見開いた。

きっと彼は心配する。その時に、自分は意識を失っていて何一つ「大丈夫だから」と伝えられない。それは困る。だから。

「また会いましょう、オズワルド様。次は……私の実家ですね」

今は暴虐の魔女と相対しなければいけないから。

なんかプロポーズみたいですね、実家に来てだなんてと、独り言《ご》ちながらセシルはそっとベッドから抜け出した。途端、膝から頽《くずお》れる。目の前はぐらぐらと揺れ、身体は平衡感覚を失い嵐に揺れる小舟の上を立って歩いているような気がした。それでも、どうにか床に脱ぎ捨てた服を取り上げて頭から被り、探し出したドロワーズを穿《は》いて、慎重に部屋を出た。

師匠はセシルのアルコーブに陣を張ったらしい。はっきりとは言わなかったが、恐らく正解だ。そ

こまで行けば、後は昏倒するだけだ。

(傷が熱い……どうなってるか確認したいけど……鏡まで辿り着ける自信はない……)

オズワルドが受けていた頭痛や吐き気、倦怠《けんたい》感が倍になって全身を襲っている。これらを浄化するのは骨が折れるだろうなと、セシルはげんなりした。それと、一体何時までかかることになるのかと、心のどこかがひやりとする。

もし……半年……一年……それよりもっとかかることになったら?

(大丈夫……だいじょうぶ)

一回目に邪気を引き受けた時は、ある程度治療で削っていた。だが今は何もせずそのまま二回目の邪気を引き受けてしまった。

それでも死ぬことはないと、ふっと飛ぶ意識の端に理解する。

転げ落ちるのを避け、慎重に階段を降りたセシルだったが、テーブルを取り囲むようにして置かれた椅子の存在はすっかり失念していた。

ぶつかった拍子に椅子が物凄い音を立てて倒れ、同時に自分もその上に倒れ込む。

「いった……」

足を捻《ひね》っただろうか。どこかぶつけただろうか。確かに痛みがあるが、それよりも眠気のように襲う倦怠感が瞼を落とせと促してくる。這うようにして居間を進みながら、セシルは上階から降ってくる騒々しい物音を聞きつけた。さっきの転倒の騒音に、オズワルドが気付いたのだろう。

隣にある女性の体温と、行為の後の心地よさから手放したくなかったまどろみ。それを肝の冷える騒音で目覚めたオズワルドが、隣にあるはずの存在がなく、それが下から響いた騒音と関係があると弾き出すのにそれほど時間はかからないだろう。

ばたばたと廊下を走る音がして、セシルは腹筋に力を入れると奥歯を噛み締めて身体を起こした。

そのまま重い身体を引きずってアルコーブへと向かう。

あと三歩。

階段を降りてくる重い足音がする。

あと二歩。

最後の二段は飛び降りたらしい。どしん、という何かが落下する音。

あと一歩。

「セシル!?　どうした!?　大丈夫か!?」

声とランタンの明かりがぱっと室内を過《よぎ》り、彼の視線がセシルの背中を捉えた。

ゼロ。

その瞬間、セシルはアルコーブの床に倒れ込み、それと同時に青白い光が炸裂《さくれつ》した。

「セシ――――」

声はそこでふつりと途切れた。転移魔法が発動したせいか、それとも自身が意識を喪失したせいか、どちらかはわからない。だが。

倒れ込んだ先の冷たい床の感触はもうなく、自分の名を読んだ声だけを耳に、セシルの意識がばらばらに砕けていく。

（次に目が覚めた時……オズワルド様は物凄く怒ってるだろうな……どうにかして機嫌を取らないとな…………まあいいか、その時考えれば）

なるべくなら早めに目覚めたいと、どこか他人事《ひとごと》のように、そう思いながらセシルはふっと身体から力を抜いた。同時に闇が、彼女を包み込んだ。

9　夜明け《デイブレイク》

炸裂《さくれつ》した清浄なる光。それが白魔導士のものだと、オズワルドは瞬時に理解した。大急ぎで駆け寄り、その作動した陣の中でセシルがどうなったのかを確かめようとする。

「え……」

だが驚愕《きょうがく》に目を見開いた彼が見たのは、誰もいない、さっきまでいたはずのセシルが消えた空間だった。

「な……!?」

彼女はどこに行った？　どうして消えた？

しばし呆然《ぼうぜん》とその場に立ち尽くす。オズワルドは公爵だが、聖騎士団の第一隊隊長でもある。魔獣との戦闘の際、ただ呆然と事態を把握できずに立ち尽くすなど、あってはならない失態だ。

それでなくても二度、連中の爪に切り裂かれるという不名誉を負っているのだ。

すぐに明瞭な彼の頭脳が、ほんの数時間前のセシルとカーティスの会話を弾《はじ》き出す。あの時、カーティスは「用意をしておく」と言っていた。それが何か、彼は深く考えなかった。だが、これがその用意なのだとしたら？

(炸裂した白光は間違いなく、白魔導士のものだ)

振り返れば、ランタンの明かりの中に倒れた椅子が見えた。あれに躓《つまず》いたのだろう。その騒音が上階にまで響いて、オズワルドは驚いて飛び起きたのだ。そのことからも彼女はつい先ほどまでここにいて、アルコーブに向かって歩き、用意された転移魔法によってどこかに飛ばされたと考えられる。

……では一体どこに転移されたのか。

ぎり、と奥歯を噛《か》み締め拳を握る。今この段階で、オズワルドはセシルを追跡することはできない。ここにある魔力の残滓《ざんし》を解析できるような能力を彼は持っていないのだ。ということは。

ふと、手にした明かりに照らされて、羽織っただけのシャツの下の傷跡がほぼ消えていることに気が付いた。

あの日。記憶喪失で目覚めたあの時と同じように。

（……セシル）

確かにあった彼女のぬくもり。そのぬくもりは探せば階下にきちんと存在していた。記憶などという曖昧なものを凌駕《りょうが》するほどの、存在感を持って。でも今は……。

掌《てのひら》に残る、あるいは身体《からだ》の奥に残る甘い記憶と、目を閉じれば蘇《よみがえ》る、暗がりの中でも見えた彼女の表情。だがそれは目を開けた世界には存在していない。その事実が何故《なぜ》か、オズワルドは痛かった。

「あの女ッ……」

前回もこうだ。目が覚めて不満が残った。今回もそうだ。目が覚めて……不満しかない。

時刻はリミットと言われた夜明けが近い頃合いだろう。暴虐の魔女の身体がそろそろ掘り起こされる時刻だ。オルテンシアことローレライがその身体に乗り移ろうとする、その瞬間を狙う……それが次の作戦だ。自分達の部下は、どれくらい手元に残すことができたのか。ローレライの甘言に惑わされて彼女を助けている者はどれくらいいるのか。

考えることも、やるべきことも山ほどある。だから、消えたセシルを追うのは日が昇ってからにするしかない。

何故消えたのか。どこに行ったのか。好きだと言ったくせに消えるなんて……！

「見つけたらただじゃおかないからな」

重々しく吐き出し、オズワルドは苛立《いらだ》たしげに階上へと向かう。とにかく今は暴虐の魔女をどうにかする方が先だ。それに、その場にはセシルを転移させたカーティスがいる。彼に尋ねることをあれこれ、脳内で考えながら、オズワルドはさっさと身支度を済ませると、近距離の移動魔法を炸裂させて一気に彼らの待つ山の麓へと飛んだ。

待機していた聖騎士の約半分がローレライの救援要請に応じたという。ザックからそう説明され、オズワルドは知らずに呻《うめ》いた。そしてそれだけの人数を集めながらも、なかなか封印されたオルテンシアの身体は出てこないのだという。

「場所を間違えている……という可能性は低いだろうな。もともとオルテンシアがそこから魂となって抜け出したわけだし」

「恐らくフレイア公爵令嬢がかなり深く掘らせて埋めさせたのだろう。それでもここまで出てこないとなると、何か魔法を仕込んでいるのかもしれない。だが……」

振り返ると、同じように待機中のリンゼイと興味深げに森の木々を観察しているカーティスが目に飛び込んでくる。魔導士の二人は、騎士二人の言葉に顔を上げた。

「さあ、どうでしょうか……。黒魔導士隊は私の命令がない限り動かない隊ですので、残念ながら」

ローレライ殿のところには潜入してはおりません。

「白魔導士隊は数名がローレライに従っているが、連絡が取れないから恐らく昏倒《こんとう》してるんだろう」

どちらも飄々《ひょうひょう》とのたまい、肝心なことは話さない。苛立ちながら、オズワルドが声を荒らげた。

「魔導士を帯同させていなくても、探しても見つからないオルテンシアの身体に、何か目くらましの術がかけられている、という予想は立たないものでしょうか、両魔導士」

声に棘《とげ》が滲《にじ》むのも無理はない。

血気盛んな騎士達は今すぐローレライを斬り、後からゆっくり本体を探せばいいとそう考えている。だがそうなると、ローレライの身体は消えるかもしれないが、中身のオルテンシアは魔力核を伴ったまま未《いま》だ見つからない自分の本体に戻るだろう。そしてその本体を掘り当てた瞬間、恐らく即行で反撃を喰《く》らって深刻な被害を受けるのはこちらの方だ。

かといってまた、封印し直すのは彼女が有している魔力核の数を考えると……推奨できない。やるなら、今の身体を捨てたローレライが、オルテンシアとして復活するその一瞬。本来の身体に馴染《なじ》む前。脱皮した直後を狙うように。

それに、オズワルドには個人的な心配ごとがある。そう、セシルだ。彼女をどこに飛ばしたのか、カーティスに詰め寄っても「今はそれどころではない」と突っぱねられる始末だ。檻《おり》に入れられた豹《ひょう》のごとく、うろうろとその場を歩くオズワルドが放った問いに、カーティスが肩を竦《すく》めた。

「わたしが確認した感じでは……ただ単に物凄《ものすご》く深く埋められている、ということだけだな。君の祖先はかなり魔女を警戒していたようだ」

身もふたもない返答に頭痛がする。なら掘り当てるまで……延々に手を動かし続けるということか。

その時、静かに音もなく、暗い地面の一部が盛り上がり、リンゼイと同じ闇に溶けるローブを着た人物がゆるゆるとその場に現れた。

黒魔導士による移動魔法だ。

「リンゼイ様。連中に動きが。大穴から何かを引き上げにかかったそうです」

物静かな声がそう告げ、その場に緊張が走る。

「その身体を斬って……再度蘇らないよう、彼女の魂を虚空の果てに散らす。それでいいということだが……」

ちらっとオズワルドが視線を向けた先、カーティスがぐっと背筋を伸ばした。

「オルテンシアの魂に関しては、わたしが責任をもって消す。そのためにも、彼女を一撃で斬り伏せてもらわねばならない」

恐らく、彼女は魔獣を操り対抗してくるはずだ。それをかわして、彼女本人を斬り伏せる。それは……できなくもないが、難易度は高い。彼女に付き従う連中が……何も知らない連中が希代の聖女とまで呼ばれるローレライが切り裂かれるのを黙って見ているとも思えないし。

だが。

「あれは、身体などどうでもいいと思っている。本体があるからだ。だが本体ごと斬られた時……魔力の高い者へと憑依《ひょうい》すべく動くだろう。そう思えないほどの……一瞬で良いから、魂ごと消し飛んだと思えるような重い一撃が欲しい」

それができるのは、オズワルドしかいない。

「ああ」

低く静かに、彼は答えた。

「そのために、公爵家から剣《つるぎ》を持ってきた」


ようやく自身の身体を取り戻せると、オルテンシアはその目を輝かせた。魔獣を操れるまでに力を高め、使いにくい魔力核を制御し、先の討伐戦では自作自演の大交戦を勝利に導いてみせた。ここまでしてやっと、元の身体に戻れる。

ずしん、と周囲に響くような重い音を立てて、真っ黒な石を削り出して作られた頑丈な棺《ひつぎ》が姿を現した。血の色に似たさびた鎖がぐるぐると巻きつき、錠前が下がっている。掘り起こし、滑車を使って持ち上げげに尽力した騎士団員が怪訝《けげん》そうに顔を見合わせる。

どこからどう見ても、不気味なそれ。無理もない。暴虐の魔女の棺なのだから。

沈黙したままのそれを見詰め、騎士の一人がオルテンシアに声をかけてきた。

「ローレライ様。この棺はいかがいたしますか？　白魔導士村に持ち帰って完全に封印ですか？」

「それとも黒魔導士達に引き渡して破壊でしょうか？」

困惑する彼らを一瞥《いちべつ》し、オルテンシアは首を振る。それからローレライとして、いかにも慈愛に満ちた声を出した。

「ここから先はわたくしの白魔導士達が棺を完全なる形で浄化いたします。あなた方は……」

赤い唇が演技に耐えられず、にいっと横に引き上げられる。

――彼ら《ぶか》と同じように、ここで浄化に携わり、わたくしの贄《にえ》になってくださいませ。

そんな言葉が、オルテンシアから発せられる。

まさにその直前。

ごおっという空を揺るがす轟音《ごうおん》が響き渡り、何かが飛来する。草一本生えていないその土地に、それが直撃した瞬間、天を衝《つ》く炎の柱が起立し、煌《きら》めく火の粉が辺り一面に降り注いだ。驚き、目を見張る騎士達が動くより先に、続いて第二撃が飛んでくる。

着弾と同時にあちこちで炎が上がった。

「なんだこれは!?」

「魔獣の攻撃か!?」

騎士達の喚《わめ》く声がし、オルテンシアはきりりっと真っ赤な唇を噛んだ。魔獣の攻撃などではない。連中にこんな高等な魔法を、しかも連続で放てる能力はない。そもそも自分は攻撃指示を出していない。

これは。

火炎魔法に続き、今度は中空を切り裂く鋭い笛の音にも似た音がこだまする。一斉に銀色の欠片《かけら》が猛スピードで降り注ぎ、騎士達は周辺の森へと退避する。槍《やり》をかたどった氷魔法。

直上から立て続けに降り注いだ攻撃に、オルテンシアは舌打ちをするとすかさず両手を掲げた。どこからの攻撃か定かではないが、こちらを狙って遠距離から魔法を打ち込んでいるのだろう。

火の粉や氷の欠片から身体を守るよう、上空に防御陣を張り、オルテンシアは大股で棺へと近寄った。とにかく今は、この棺を開けて身体を確かめる時だ。

禍々《まがまが》しい鎖を引きちぎり、重たい蓋を押して下に落とす。騎士達は続く第三撃を回避するためにすっかり森に引っ込んでいて、オルテンシアが考えていた作戦の駒にはなりそうもない。

そう。オルテンシアが考えていたのは、自分の魔力を極力温存して、この元の身体を復活させることだった。少なくとも、オルテンシアの本体には、例の公爵令嬢が施した防御と制御の魔法がかけられている。それをまずは解かなくてはならないのだが、どれほどの魔力を消費するのか算段がつかない以上、増力剤として彼ら人の存在を想定していたのだ。

棺の中に、瞼《まぶた》を閉じ、まるで蝋《ろう》人形のように固く強張《こわば》って横たわる自分がいる。血の通わぬ凍った死体。手を伸ばせば、唐突に電撃が走り、防御機構が作動しているのがわかった。

これを解いて、身体を手に入れる。

(増強剤《ブースター》が使えないのなら……)

直接自分の力を使うしかない。どれほどの魔力を失うかわからないが、元の身体さえ手に入れることができれば、そこに残してきた元の魔力も使えるようになる。この程度の虫けら達は、一刀の元に斬り捨てられるはずだ。

（なら……リスクを冒しても実益をとるべきだ……）

そう判断し、彼女はローレライとして使える魔力を最大限放出し、血のように赤い魔法陣を描き出した。白魔導士は元より、黒魔導士すら使えない、禍々しい力。ぶわり、と圧力を伴なった紅《あか》い光が、風もないのに彼女の漆黒の髪と白いローブをはためかせ、真っ赤に染めた。

遠方から降り注ぐ第三撃。今度のそれは雷鳴をとどろかせた稲妻となり、オルテンシアが展開する防御陣に当たって紫の光を跳ね返す。炸裂する稲光を森の奥から騎士達が唖然として眺め、やがて勇敢なる一人がローレライを護《まも》るべく、攻撃元を探ろうと後ろを振り返った。

そして大股で歩み寄る自らの隊長を見つけて目を見張った。

名前を口走ろうとする彼と、気付いて振り返る騎士達に素早く目配せして首を振り、オズワルドは森の端、最前まで歩み寄る。近くの木に隠れて今や不吉な赤い輝きとなるローレライを注視する。

その隣に立ち、同じように彼女を眺めるカーティスが冷たい声で言った。

「機会は恐らく一瞬。彼女が自らの身体に入り込んで立ち上がるのと同時に斬り伏せろ」

二人の視線の先で、まるで血管のように細く赤い光が幾筋も棺に向かって伸びていくのが見える。

「援護は？」

「もちろんするよ。ローレライはわたしの部下だったからね。彼女の注意を引くくらいはできるだろう」

彼女が一番に警戒するのは他の七英でもなければ騎士や白黒魔導士でもない。めったに現れず、そのくせ自分に匹敵するか……それ以上の力を持つカーティスだろう。

静かなその言葉に、オズワルドは腰の剣に手をかけた。

初代・フレイア公爵が王の傍《そば》で邪気に支配された臣を斬ったとされる、退魔の剣。

その力が本物かどうか、試した者はいないという。だが、山歩きが得意だった例の四代前の公爵が、オルテンシアの封印を発見した際に、この剣を屋敷の最上階に奉じたのだという。

この地を、護るために。その剣から加護を得るために。

百年と少し。デルアルトの領地を護ってきた剣。まさかフレイアの主要領地に置かずにこんな所にあるなんて……オズワルドの父も祖父も、曾祖父も気付いていなかったのだろう。いや、もしかしたら四代前の公爵の息子である曽祖父は……知っていたかもしれないが。

ともかくその剣は今、オズワルドの手にある。ひんやりとした……どこか静謐《せいひつ》な、清水のような魔力をその柄《つか》から受け取りながら、オズワルドの瞳が徐々に、その金色の輝きを増していく。

対照的に酷《ひど》く禍々しい真紅の光が、急速に膨れ上がり、やがて一点に収縮するよう黒い棺の上へと集約し始めた。

チャンスは一度。

後ろに控える部下達が、何かがおかしいと気付き始めたのを肌で感じながら、オズワルドは低く身を伏せた。

刹那、天を衝く光の柱が棺を中心に爆発した。オルテンシアの本体にかけられていた防御《プロテクト》が砕け散り、青い光の欠片となって豪雨のように降り注ぐ。それを飲み込むように真っ赤な光が棺に向かって突き進み、蓋にぶち当たるとそこを中心に弾け飛んだ。

圧力のある光に押されて、全員の服やマントがはためく。

それをものともせずに、カーティスが地を蹴ってふわりと中空に浮くと前面に青白い魔法陣を描き出した。今の今までオルテンシアの本体にかけられていた防御陣と同じものだ。

「もう一度地に帰れ、暴虐の魔女よ」

朗々と響き渡るカーティスの声と、他の誰よりも強力な彼の魔力が炸裂する。


——戯言《ざれごと》を。


だがそのカーティスの力はオルテンシアにぶつかる前に跳ね返された。地獄の底から響くような、低く、恨みのこもった声が森いっぱいに響き渡る。ローレライが大地に崩れ落ち、代わりに黒い棺の縁に、白い指がかかる。長い黒髪を引きずるようにして彼女の本体が起き上がった。

鎌首をもたげる、蛇のように。


——我を封じたことを後悔するがいい。

森の奥、さして遠くない距離から魔獣の声が響き騎士団の間に緊張感が走る。その中で、オズワルドだけが目を逸《そ》らすことなくゆらりと立ち上がるオルテンシアを凝視していた。

彼女が完全に立ち上がり棺から出てくる。滝のように零《こぼ》れ落ちる黒髪の隙間から、細い顎と、毒々しいまでの赤い唇が笑みの形に歪《ゆが》むのを見て。

彼は一気に地を蹴った。

放たれた矢のごとく、一直線に目標に向かう。それを、長すぎる髪のせいで一拍遅れて確認したオルテンシアが、反撃しようと向き直った。ぎらり、と黒曜石のような瞳が光り、薄く、夜が明け始めた青い闇の中でひと際濃い闇の色をまとう。

——フレイアアアアアアア

耳を劈《つんざ》く、悲鳴にも似た咆哮《ほうこう》。それに怯《ひる》むことなく、むしろ己の力の全てを懸け、遠い異国の地より伝わる抜刀術を真似《まね》て、剣を鞘《さや》から抜き切った。

一気に間合いを詰め、横薙《な》ぎに振るった白刃一閃《いっせん》。それを前に、黒曜石の瞳が笑みの形に歪む。オズワルドの一撃が、脇腹に仕込まれた「何か」に当たって弾き返された。

「!?」

防御陣。

ばらばらと崩れ落ちる、青色の光彩。自らが身体に戻り、その魔力が満ちるまでの間が一番無防備だと、魔女は知っていた。故に、脱皮のように身体を捨てた際に、消えゆく白魔導士の力を使い切ってかけた最後の白魔術だった。

目の前にいる、憎悪の対象。

レスカーダ・クリーヴァの血族。

彼の金緑の瞳が、驚愕《きょうがく》に見開かれる。

時間が引き延ばされ、一瞬が永遠となる。

彼の公爵令嬢が悔しがるのを目の前の男の姿に重ねて思い描き、オルテンシアは凄絶な笑みを浮かべると、自身の手に禍々しい黒い力を溜《た》めてオズワルドに向かって振り下ろした。

その瞬間。

どん、と何かがぶつかった。

防御陣の消えた、オルテンシアの本体に。

その衝撃は彼女の背後からのもので、たたらを踏んだオルテンシアが、わずかにつんのめった。

時間にして数秒。

オズワルドはよろけた彼女の背後に、黒い矢となって彼女に突撃した狼《おおかみ》を見た。自らの衝撃に弾き飛ばされ、後方に吹っ飛んだ奴の、理知的な紅玉の瞳を前に、何かが過《よぎ》る。

あれは。

転瞬、思考より先に、オズワルドは弾かれたままになっていた右手の剣に、空いた左手を添え、しっかりと握ると。

「消えろッ」

その反動のままに真《ま》っ直《す》ぐに、彼女の胸をめがけて一撃を突き出した。

オルテンシアの瞳が見開かれる。胸の辺りに集結していたであろう、魔力核が、その退魔の剣を前につぎつぎに破壊される。一気に身体を巡る魔力が減退し、オルテンシアの喉から悲鳴のような怨嗟《えんさ》の声が漏れた。

それが、消える直前。空を金色の光が過り、薄く漂う雲が薔薇《ばら》色に染まった。

暴虐の魔女の断末魔を飲み込むように。

夜が明けた。

魔力核を失い、器の意味を失った身体を放棄し、オルテンシアは魂だけとなって浮上する。今度こそ……今度こそ、壊れない肉体を……。そう呪いのように呟《つぶや》きながら、彼女は暁の空の下、一番魔力の高そうな人間の元へと逃れていく。

だがそれは。

「虚《うつ》ろへ帰れ。オルテンシア」

最強の白魔導士で。

彼の掌から放たれた真っ白な光に、欠片すらも残さず、オルテンシアの魂が消滅した。

10　明かされる落ちこぼれ白魔導士の真実

オルテンシアは自らの身体《からだ》に戻ると同時に周囲の殺戮《さつりく》を計画していたようで、森や山奥にかなりの数の魔獣が集められていた。彼らを眠らせ、合図と共に目を覚ますようにしていたオルテンシアだが、彼女が死に、彼らにかけられていた眠りが強制的に解かれる。

朝日の中をものともせず、集まる騎士や導士達に襲いかかった魔獣とあっという間に乱戦になった。

そんな魔獣共を掃討し、聖騎士隊が麓の村に戻ったのは昼を少し過ぎた頃合いだった。昏倒《こんとう》していた白魔導士達が目を覚まし、巻き起こった激戦に運ばれてくる負傷者の手当てをする。陣頭指揮にオズワルドもカーティスも駆り出されていたため、オズワルドはセシルの行方をなかなか聞けずにいた。

そうしてようやく、秋の日が傾き始めた頃の一瞬の間隙をついて、オズワルドはカーティスに詰め寄った。

「セシルをどこにやった⁉」

気が立っていたせいで喚《わめ》くような言葉遣いになってしまった。だが、気持ちは掴《つか》みかかって揺さぶりたいくらいなのだ。我慢した方だといえる。不安で血走らせた目を見開き、髪も乱れてくしゃくしゃ。顔はオルテンシアとその後の魔獣との激闘で土と血に汚れ、格好はぼろぼろだ。

とてもじゃないが、社交界で居並ぶ者のいない貴公子には見えない。

そんな殺気立ったオズワルドを頭のてっぺんからつま先まで見下ろして、カーティスは溜息《ためいき》を吐《つ》いた。

「セシルは今、休養中だ」

さらりと告げられた言葉に、ますます大きく、オズワルドが目を見張る。

「どこで⁉」

「実家だな」

白魔導士村か。

くるりと踵《きびす》を返し、残務処理をザックに押しつけこの場を辞そうとして。

「時に、オズワルド殿。これから弟子の家に行ってどうする気だ?」

慈愛と慈悲を持って他人を癒《いや》すと世間から思われている白魔導士達。その長《おさ》であり、最高峰の魔導士でもあるカーティスが、それとは真逆の底冷えしそうなほど冷たい声で告げる。

ぴたりと足を止め、オズワルドが振り返る。怒りの滲《にじ》む金緑の瞳を前に、薄氷の瞳は一切動じない。

「セシルはその任を終えた。就いていた任務から解放されたということだ。君のその、身体を蝕《むしば》んでいた邪気は綺麗《きれい》さっぱり取り除かれたのだろう?」

腕を組み、斜めにオズワルドを見ながらカーティスが飄々《ひょうひょう》と告げる。

確かにそうだ。セシルはオズワルドの黒い傷を癒すために……解呪と解毒を担当するために選んだ存在だ。

あの日……舞踏会で頭から薬液《ポーション》をぶっかけられたあの時から。

「彼女は初任務を終えた。君との契約は解除となる」

ゆっくりとカーティスが歩を進め、オズワルドの目の前に立った。身長はどちらも同じくらいで、目線がしっかりと合う。凍てつくようなカーティスの眼差《まなざ》しを正面から受けながら、オズワルドは汚れた手袋をはめた手をきつく握りしめた。

「確かに。セシルは俺を癒しきった。俺の身体から邪気を取り払った」

彼女の任務は完遂されたことになる。だが。

「彼女は……俺のことを好きだと言ってくれた。それに応えたいと、そう思ったから……そのためにも俺は彼女の元に行かなければいけない」

夏の木漏れ日のような、金色の光に若葉の緑が混じるオズワルドの瞳。その中に宿る焦燥に、カーティスは目を細めた。

「貴殿は何か勘違いをしていないかな？」

そんなカーティスから零《こぼ》れた言葉に、オズワルドは目を見張った。

「彼女の解呪と解毒を最大に引き出す方法は、彼女自身がその傷を受け持つことだ。普通は手で触れたりすることで、対象者の邪気を自らの身体に取り込んで、体内で浄化させる。それくらいなら、体力を補うために食欲が増すくらいでどうにかなる」

彼女がやたらとご飯を作って食べていた姿を思い出し、オズワルドは納得したように頷《うなず》いた。

「それはわりと時間がかかるが、セシルにとって比較的ダメージが少ない方法でもある。だが今回、彼女が使ったのは君と身体を繋《つな》ぐことで、その邪気を一気に引き受ける方法だった」

どきり、とオズワルドの心臓が不安に高鳴る。オズワルドの身体を覆っていた邪気を、全て引き受けるとは……？

「彼女は前回、それを行ったね？　貴殿が覚えていないという一回目だ。だいぶつむによる治療で邪気を削ってはいたがそれでも負担が大きかった」

食べるものがなくなったから買い出しに行った、とセシルは言っていた。大雨の中をだ。更に、袋いっぱいのじゃがいもを剥《む》いて、マッシュポテトにするのだとも……。

そんなに大量に作り置きをしてどうするのかと、その時は思ったのだが。

「セシルの身体は一回目に引き受けた邪気を浄化するのに、その特殊な魔力をフル稼働していたはずだ。そこにきて、再び君が負傷した」

すっとオズワルドの顔から血の気が引く。

「君はセシルの身体に残っていた無残な痕を見たか？　見てないだろうな、あれが……それを許すとは思えない」

――肌を見るのは結婚式の初夜こそが相応《ふさわ》しいからです……。

妄想で補えとかなんとか、彼女はそんなことも言っていた。でもそれは。

「俺から吸収した邪気が……痕になって残っていたと、そう言うのか？」

声が微《かす》かに震えた。その様子にカーティスは重い溜息を吐く。

「あの時はまだ、だいぶ薄くなっていたがそれでも浄化が完了してはいなかった」

不意にカーティスの手が触れ、オズワルドの汚れた隊服の肘を掴む。ぎょっと目を見張る彼の前で、カーティスは緩く首を振った。

「そんな状態で、再び君の傷を背負った。それで自分の身体がどうなるのか……彼女はわかっていた。

過剰に与えられた邪気の処理をするために、彼女はその全てを閉じる必要があった」

みるみるうちに、オズワルドが青ざめ、金緑の瞳を金色が占めていく。

「だから」

不意にごうっと耳元で空気を揺るがす音がして、彼の視界がぐらりと揺れた。足元の感触がふっと消え、一瞬で奈落の底まで突き落とされたような気になる。止めようのない自由落下。それに歯を食いしばって耐え、恐らく十秒もなかったであろう、眩暈《めまい》がするような気持ち悪さの果てに、オズワルドはカーティスの転移魔法によって白魔導士の村へと飛ばされていた。

目の前に、もう何年も前に旅立ったような気のする……でも実際は二か月くらい前でしかない、あの日に訪れたセシルの家がある。

「ここにいる彼女が目を覚ますのが果たしていつになるのか……わたしでもわからないくらいだ」


セシルの両親は父親が白魔導士で、母親が薬師なのだという。そのため、セシルの白魔導士としての能力が低くなってしまったが、代わりに薬師の家系に代々伝わる魔力が彼女の中に目覚めたと、彼女が眠る部屋の前に案内しながら両親は語ってくれた。

何も言えず、ぼろぼろの格好で黙り込むオズワルドに、二人は顔を見合わせて苦笑する。

恐らく……ただの治療のための任務ではなかったのだろうと、察したのだ。それならば、今必死に、愛娘《まなむすめ》が自らが引き受けた呪いを解くべく、昏々と眠りについているのは……致し方ないことなのだろうと、心の慰め程度には思える。

そんな複雑な両親の心境を知ってか知らずか、カーティスは無言で頭を下げると、ゆっくりと部屋の扉を開いた。

「セシル」

カーティスを押しのけるようにしてオズワルドが彼女の元に駆け寄る。ベッドで眠るセシルの傍らに跪《ひざまず》き、震える手を伸ばした。戦闘明けで、汚れた革の手袋が目に留まり、慌てて放り投げる。そして、震える指先でそっと、彼女の頬に触れた。

ひんやりと冷たい肌。血の気の失せた唇。閉じた瞼《まぶた》はピクリとも動かない。

まるで……討伐戦で何度か見た死人のように。

真っ青になったオズワルドは、薄い掛布をめくると、彼女が着ている夜着《ナイトウエア》の襟元のボタンを外した。

ひゅっと息を吞《の》む。

自分の筋肉質な身体についた、袈裟懸《けさが》けの傷は確かに、禍々《まがまが》しかったがそれはどこか騎士としては当然のもののように思えた。

だが真っ白で華奢《きゃしゃ》で小柄なセシルの身体についていると……その赤黒く裂けたような痕に心臓が張り裂けそうになる。まるで悪意ある一撃を、その身に喰《く》らったかのように。

「――……オルテンシアは死んだのに……この傷跡は消えないのか？」

耐えられず、彼女の身体に覆いかぶさるようにして抱きしめ、低い声でオズワルドが呟《つぶや》く。それにカーティスは首を振った。

「この呪いの術式はオルテンシアとは関係がない。彼女は確かに魔獣を強化し、人を乗っ取らせて知性を持たせ、自分に従わせようとした。だがその企みは失敗し、後に残った傷からはただ呪いが溢《あふ》れるだけとなった。魔獣の……込めた魔力の分だけ、な」

それを吸収し分解するのがセシルだ。

ひんやりと冷たい頬に額を押しつけ、前とこの間と、恐らく二回、同じ場所につけた口づけの痕に、唇を寄せる。

「その魔力分の呪いを消化しきってようやく、セシルは目を覚ます。今は己の生命活動すら最低限にして、与えられた呪いを分解している最中だ」

「それはいつだ？」

告げて、オズワルドが顔を上げた。懇願するような、その表情にカーティスは深い溜息を吐いた。

「……二つ、彼女は呪いを引き受けた。しかも間を置かずに。……短く見積もっても一年はかかるだろうな」

一年。

その単位に、思わずオズワルドが目を見張った。

一年も。彼女は眠ったままなのか。オズワルドを助けるため……ただそれだけのために、あの減らず口の、一を言ったら百で返してくる、ちんまいセシルが。一年も沈黙したままだなんて。

「……そんな」

身体から力が抜ける。そのオズワルドにカーティスは淡々と続けた。

「短く見積もって、とわたしは言ったのだが、オズワルド殿。現状、彼女がどうやって呪いを分解しているのか、我々でも把握しきれていない。だから一年以上かかる場合も想定される」

顔を上げたオズワルドの、その金緑の瞳がばらばらに砕けていた。

「……それはつまり……」

「いつかは目を覚ますだろう。だがそれがいつかはわからない。三年後か……五年後か……十年後か、二十年後か。ただ今日明日ではないことは確かだが」

目の前が真っ暗になる。

そんなことがあるだろうか。あっていいのだろうか。確かに彼女は自分の依頼を受けて、治療に乗り出してくれた。だがその時に、こんなことになるなんて想像していただろうか。

彼女が行った治療の数々。頭からぶっかけられた薬液《ポーション》に始まり、銀色のつむを使った治療。そこまでが、オズワルドの想定していた「治療」だった。

記憶をなくし、その間に行われたことも。昨夜幸福のうちに抱いた行為も。

その代償を、こんな形で払わせるつもりはなかったのだ。

「……セシル」

微かに揺れた声が、震えて名を呼ぶ。細く華奢で、昨日のようなぬくもりの一切ない身体を力一杯抱きしめる。

「セシル……なんでもいいから……声を……」

悪態でも、生意気な台詞《せりふ》でも、馬鹿にしたようにふふんと笑う姿でも。

甘い声で名を呼んでくれたそれでも、なんでもいいから。

「長い間なんか待てない……」

今すぐここで、笑って欲しい。なのにどうして。

しん、と重い沈黙が落ちる。セシルの両親はいつの間にか姿を消し、カーティスはどこか厳しい表情でオズワルドを見下ろしていた。

それからしばらくして、ふうっとカーティスは溜息を吐いた。

「……これを、恐らくセシルは望まないだろうな」

ぽつりと零し、彼は長いローブの袖から小瓶を一つ取り出した。琥珀《こはく》色の……セシルの瞳と同じ色の小さな瓶。顔を上げるオズワルドの目の前にそれをかざし、カーティスは淡々と告げた。

「これはセシルが作ったものだ」

受け取り、オズワルドはカーティスの説明を聞く。そうして、何の躊躇《ためら》いもなく、セシルをしっかりとその両腕に抱きしめると瓶の中身を一息で煽《あお》った。

★☆★

ぽつん、と目の前に広がる闇に小さな明かりが灯《とも》った。真っ白な、トンネルの出口のような、そんな明かり。あれ？　とそれに気付いたセシルが首を傾《かし》げる。そして、自分が「気付いた」ことに「気付いた」。今までは何一つ感じず、思考もなく、自分という存在がそこにあったかどうかも忘れていた。

だが、暗闇に灯った小さな光が、自らを照らしたことでようやく「自分」を思い出す。

途端、そこが身を切るように寒く、がたがたと身体が震えるのがわかった。ここにいたら、多分死ぬんじゃないかということも。

（いけない……）

それはダメだ。死んでしまっては意味がない。

何故《なぜ》。

（オズワルド様の……治療を担っているんだから……）

そう。あの腹の立つ、公爵で騎士で、失礼なのに可笑《おか》しくて。好きだと言ったら好きだと返してくれたあの人の治療を。

今ここで死んだら、セシルの身体を蝕む呪いは、恐らく彼に還《かえ》ってしまう。そうなったら、もう誰も彼を救えない。

そんなのダメだ。彼を救うのは自分なのだ。それがセシルの初任務で……。

ふと、誰かが冷えたセシルの身体に触れるのがわかった。最初はおずおずと。やがて大胆に。指先が、彼女の肌を撫《な》でる感触に、ぞくりと腰の辺りが震えた。

あ、と短い吐息が漏れる。

それに慌てたセシルは、更に熱い手が身体全体を撫で、そっと丸い膨らみをやわやわと弄び、すべらかな太ももを辿《たど》って脚の間を覆うのを感じた。

びくりと身体が震えて仰《の》け反《ぞ》る。背後から伸びた手がそのしなやかに反った身体を優しく、でも熱心に辿り、首筋に熱い吐息を感じた。脚の間にある手は、彼女の震える花芽を探り当ててそっと撫で、我慢できずに開く内側に、ゆっくりと指を忍ばせていく。

（ん……あっ……あぁん）

蜜口からするりと奥へ潜り込み、初めて識《し》った快感と、同程度の甘さをセシルの身体に刻んでいく。翻弄する手に抗《あらが》えず、身をよじり甘声を上げ、気付けばセシルは、針孔《はりあな》ほどだった真っ白な光がもうすぐ目の前にあることに気が付いた。

（眩《まぶ》しい……）

そう思った瞬間、彼女を攻め立てる手が、容赦なくセシルの身体の奥、一点を突き、同時に花芽もこすり上げられて快感が爆発した。

喉から悲鳴にも似た嬌声《きょうせい》が漏れる。だがそれは噛《か》みつくようなキスの前に砕けて飲み込まれ。ぎりぎりと巻き上げられた先の解放に、身体全体が大きく震えた。

その瞬間、彼女はぱっと目を開けた。

オレンジ色の光がちらちらと揺れている。セシルが見上げる、木材の天井。そこに渡された太い丸太の梁《はり》から、ランタンが吊《つ》るされていて、その明かりがオレンジ色だった。赤く染まった唇からは短い吐息が漏れ、自分の周りでは温かなものが揺れている。ちゃぷちゃぷという水音がようやく耳に届き、どうやらお風呂だと気が付いた。

そして。

「セシルッ」

耳元で深く甘い声が囁《ささや》き、えっと後方を確認すれば、今にも泣き出しそうなオズワルドの顔が。

「オ……オズワルド様!?」

仰天した声が漏れ、自分達が裸で湯船に仲良く浸《つ》かっている事実に衝撃を受ける。

「え!? あ、な……こ、これ……!?」

唖然《あぜん》とするセシルだったが、次の瞬間、くぷりと身体の中に何かを押し込まれて琥珀色の瞳を思いっ切り見開いた。

「あ、ちょ……ああっ」

一気に奥まで押し込まれて、セシルの背が反る。その白い首筋に噛みつき、呻《うめ》きながらオズワルドが腰を押し進め。

「なんで……え!? あの……あっあ……」

先ほどの絶頂の余韻のせいだろうか。あっという間に身体は熱くなり、打ち込まれる楔《くさび》に絡んで膣内《なか》が収縮する。

「セシル……すまない」

「な」

「君にだけ……負担は背負わせられない」

「ええ!? あんっ」

だから、と耳元で切羽詰まった声がする。そして熱く強く穿《うが》つ力が大きくなり。

「や……あ……ああっ……あんっ」

びくり、と足の先端が強張《こわば》り、身体の奥が貫く楔を求めてきつく締まる。そうして再び、高められて弾《はじ》けるぎりぎりまで巻き上げられた快感がとうとう爆発した。

喉を反らし、甘い嬌声が漏れる。その彼女の身体に、欲望の証《あかし》をつぎ込みながらオズワルドが低く甘い声で囁いた。

「君の傷は俺が引き受ける……ただし……」

半分だけ。

ぎゅっと後ろからきつくきつく抱きしめられて、真っ白な中に再び落ちていきながらセシルは遠い所で首を傾げた。

傷を引き受けるとは……一体――…………。

セシルが作り、オズワルドが飲んだ琥珀色の瓶の中身は。

「――……馬鹿なんですか、オズワルド様」

「それをそっくりそのままお前に返すよ、セシル・ローズウッド」

二人は現在、フレイア公爵の屋敷にいた。そう、最初の晩にセシルを連れてきたあの屋敷だ。そして二人が身体を重ねるようにして横たわっているのは、何を隠そう、あの日セシルを押し倒した寝室のベッドである。

二人ともラフな格好であるが一応衣類は身に着けている。部屋に備えつけられているバスルームからどうにかベッドまで戻ってきたところだ。ただし、二人揃《そろ》って体力値はエンプティであるが。

「……オズワルド様は私に解毒・解呪を依頼した人間ですよ？　それがなんで」

開けたシャツから覗《のぞ》くのは、やや薄くなってはいるが……それなりに禍々しい邪気を放つ傷跡。半眼でそれを見詰めるセシルの、その額をちょんと突いて、あう、と声を漏らす彼女に怖い顔をする。

「だからと言って、俺に黙ってあんな風に昏倒されたら困るんだよ」

それから両手を伸ばしてぎゅっと彼女を抱きしめる。柔らかなシルクの夜着を頭から被《かぶ》せられているセシルの、その胸元にも真っ赤な傷跡がしっかりと残っていた。

そう。セシルが作った琥珀の瓶の薬は、一時的に相手に自分と同じだけの解呪・解毒の作用をもたらすもので、まだ試験段階の薬だった。セシル・オリジナルよりも力は劣るが、彼女の魔力を込めたもので、触れた者の傷を取り込み浄化する力を、一時的に体内に宿すことができる。

それを飲んだオズワルドは、冷たいセシルの身体を温めるべくお風呂に浸からせ、彼女に触れて邪気を吸収して意識を呼び戻し、身体を繋ぐことで彼女が受けた量のおおよそ半分をその身に取り戻した。

セシルからすれば「なんて馬鹿なことをしたんだ」という感想になるのだが、当の本人にしてみれば、二つも邪気を背負い込み、いつ目覚めるともしれない昏睡状態に陥ったセシルの方が「なんて馬鹿なことをしたんだ」に該当する。

そんな二人の言い争いが、浴室から戻ってきた現在、勃発していた。

「あれは私の治療の領分です。それで我が身に起きたことに責任を負うのは私だけで十分なのに」

「何カッコつけたことを言ってるんだ。俺はあんな風にお前が昏倒すると知ってたら頼まなかった。大体、そうなると何故言わなかった」

「言えるような雰囲気じゃなかったじゃないですか。オズワルド様はもう一度治してくれって言うし」

「そうだ、君が昏倒したのは俺のせいだ。だから俺がその責任を取ってこうやって傷の半分を取り戻したことに、何の問題があるんだ」

「ありますよ！　私は私の責任をもってあなたの傷を引き受けたのに、それを勝手に――」

そこでセシルの台詞は降ってきた口づけの前に潰《つい》えた。暖かな上掛けの下で、甘い口づけだけが繰り返される。

ちゅっと音を立てて唇が離れ、柔らかな灯火の下、オズワルドの金緑の瞳が、遠く、南の暖かな海のようにゆらりと揺らめいた。

「責任なんて、そんなものに君を奪われたくない。君が眠りについて、俺の他愛《たわい》もない話になんの答えも返さないなんて、耐えられない。君は俺の傍《そば》にいて……揶揄《からか》うように笑って、生意気なことを言って、俺を振り回す義務がある」

それを一方的に放棄なんかさせない。

ひたりとセシルの瞳を見据えて、オズワルドが嬉《うれ》しそうに微笑《ほほえ》む。

「俺は君が好きだ、セシル・ローズウッド。君を取り戻すためなら、何だってする」

自分が治療を受け持つ相手に、そんなことを言われては。彼女のプライドに傷がつく。

それでも。

「愛してる。だからこそ、この傷は……俺が引き受ける」

しっかりと言い切るオズワルドに、セシルは一つ二つと目を瞬《しばたた》いた。そのはずみで、ぽろっと目尻から透明で温かな雫《しずく》が転がり落ちる。

それは私の仕事で。落ちこぼれ白魔導士で、対象外の自分には不釣り合いすぎる言葉だというのに。

どうしようもなく嬉しくて。

セシルはそっとオズワルドの胸に顔をうずめると、泣きそうな声で言った。

「とりあえず私はものを食べれば回復しますので問題ないですが、オズワルド様は今までの治療全てが無に帰してます。なのでまた初めから邪気を削っていかないといけません」

嫌な予感がする。

「——……セシル、それはどういう」

ぐいっと顔を上げたセシルが、彼の腕の中でにんまりと微笑んだ。

「最初は緑の下剤から始めましょうか？」

「絶ッッ対に却下だッ！」

エピローグ

秋の日差しが降り注ぐ、王都にあるフレイア公爵家の庭で、テーブルと椅子に座ったセシルが出されたスコーンやらサンドイッチやらを次から次へと口の中に放り込んでいる。その隣に座り、カップを傾けるオズワルドは何やら嬉《うれ》しそうにそんな彼女を見詰めていた。

装いは森の中の家と違って二人ともきちんと正装に近い格好をしているが、そこに流れる雰囲気は、あの時と寸部違わないなと、報告書を持ってやってきたザックは考える。

「で？　結局あの黒い狼《おおかみ》は」

「ぽちれふね」

「……ポチはロンでよかったのか？」

その問いに、椅子を引いて腰を下ろしたザックは「そのようだな」と肩を竦《すく》めてみせた。

「襲撃によって身体《からだ》を乗っ取られそうになった際、咄嗟《とっさ》に魔獣の胸辺りに剣を突き立てて、その後のことは覚えてないってよ。ただ意識を覆い尽くす黒い靄《もや》が気に入らなくて、魔獣に突き立てた剣の刃の部分を握りしめて痛みに縋り続け、気が付いたら狼の姿だったそうだ」

魔獣でも人間でもない、不可解な黒い狼。その正体は、一番初めに襲われた騎士の一人だったという。

「その後彼はどうにかして事態を打開するべく、お前の前につかず離れず現れていた」

ローレライの狙いも、他の魔獣の件も、人ではない立場に立って見知ったと、意識を回復したロンが語ってくれた。彼が本体に戻れたのは、ローレライ、ことオルテンシアが消滅したお陰だ。ロンだけは、魔獣にかけられたオルテンシアの強化魔法のせいで、本体となる魔獣が彼の攻撃で消滅していたにもかかわらず、邪気に囚われ元の身体に戻るのを阻害されていたらしい。

だが強化をかけた相手が死ねばおのずと解ける。やっと元の身体に戻り、目が覚めたというわけだ。

話を聞きながら、オズワルドはゆっくりと手袋を脱いで、セシルに指を伸ばし、その頬についたジャムを掬《すく》う。はっと目を向けるセシルの前で、彼は非常に意味深に微笑《ほほえ》んでそのジャムを舌先でなめとった。かあっとセシルの顔が真っ赤になる。

「――……とりあえず、オルテンシアが消えたことで、人を乗っ取ろうとする魔獣の心配は消えた。ここ最近の活発化した動きも彼女が原因だとリンゼイ達は考えているようだから、しばらくは俺達聖騎士隊の活動は控えめになるだろうな。あとあの場にいた騎士と魔道士の連中はショックを考えて休暇を、ローレライの件はオルテンシアと戦って戦死したという方向で発表……」

することになる、と続くザックの台詞《せりふ》が口の中に消えたことに、二人は気付かない。

何故《なぜ》なら。

「どうしてそういちいちイヤラシイことをするんですか、そういうところがああいう不名誉な社交界での口さがない噂《うわさ》に直結するんですよ」

「ああ確かにそうかもな。でも昔は昔だ。今は君の前でしかする気はないし、それで君との関係を周囲にひけらかせるのなら本望だ」

「ひけらかしてどうするんですか！」

「もちろん、牽制《けんせい》だ」

は、と短くセシルが笑った。何をどう牽制するというのか。そもそも、自分は社交界に出られるような身分ですらない。

そう言おうとして。

「俺は魔獣討伐戦の功労者で七英の一人だからな。あの日の慰労会で、本当は陛下から恩賞が下されるはずだった。何か欲しいものを一つ、と」

ぎくり、とセシルの背が強張《こわば》る。その彼女に手を伸ばしたまま、オズワルドが日に透けると赤く輝く綺麗《きれい》な髪にそっと指を巻きつける。

「その訴えをする前に、君に薬をぶっかけられたからな。望みはまだ叶《かな》っていない」

なんだか嫌な予感がする、とセシルが身を引きかけるが、身を乗り出したオズワルドが彼女を引き寄せ、深く深く口づけた。

驚きに、セシルの目が丸くなる。

構わず、何度か斜交《はすか》いに唇をかわして、最後に赤く艶やかな下唇をそっと噛《か》むとオズワルドは彼女の額に己の額を押し当てた。

「俺は君との結婚を願い出るつもりだ。公爵家が何の爵位もない……だが前途ある白魔導士を迎えるのははっきり言って異例中の異例だろう。だが、陛下さえ認めてくれれば文句は出ない」

琥珀《こはく》色の瞳がますます大きく見開かれる。

「そうなった時に、俺が選んだ女性がどんなにいい女なのかと群がってくる連中を抹殺……………蹴散らす必要が出てくる」

「物騒な単語が聞こえましたけど⁉」

「つまりは、この先牽制が必要になると、そういうことだ」

ちゅ、と再び軽くキスをして、涼しい顔でオズワルドが席に戻る。思いっ切り口の端を下げたセシルが、きっとザックに視線をよこした。

「この人が次に遠征に出るのはいつですか⁉」

「あ～……当分はないな」

「ないんですか⁉」

「お前ね。なんでそこで愕然《がくぜん》とするんだ」

「愕然としますよ！　毎日毎日こんな……砂糖漬けの日々を送ったら……」

「送ったら？」

「私の身体が持ちません！」

真っ赤な顔で立ち上がり、ついでに広げたナプキンに食料を包み込んで、大急ぎでセシルが庭から出ていこうとする。それに笑いながらオズワルドが立ち上がった。

「逃げても無駄だ。君は陛下のお墨付きを貰《もら》って結婚――」

途端、ぐらりと視界が揺れて膝から頽《くずお》れる。

振り返りながら、セシルがにやにや笑った。

「さっきのジャムですけど、摂取したエネルギーを効率よく体内で魔力に変換する補助食品なんです。それをあまり魔力を持たない人が食べちゃうと、なけなしのエネルギーを不要な魔力に変えてしまい、結果、体内から魔力が出ていくまで眩暈《めまい》が発生するんですよね～」

「セ～シ～ル～～～～」

「大丈夫ですよ～。しばらくしたら元に戻りますから」

うひょひょひょひょ、と笑いながら去っていくセシルに、オズワルドはぐらぐら回る視界のまま驚異の身体能力で立ち上がる。

「待てこら、俺の未来の嫁！」

「待てと言われて待つ馬鹿はいませんよ～」

「絶対捕まえてやるッ」

軽やかにスキップするセシルを、ふらふらしながらオズワルドが追いかける。そんな二人を呆《あき》れた様子で見詰め、ザックは手ずから紅茶を淹《い》れると肩を竦めた。

「やっぱり二人とも仲良しじゃないか」

夕飯までには帰ってこいよ～。

そんなザックの言葉は、風に乗って高い秋の空に溶けるのだった。

近距離・遠距離・近距離

MELISSA

白魔導士村の数ある習わしの中の一つに、『花灯火《はなとうか》の儀』というものがある。

収穫祭の日に村の一角にある灯火園の門が開き、条件を満たした者だけがそこを訪れ、咲き誇る花々のうち一つを持って帰って育てる、という儀式だ。園内に咲く花々は、村の隣に広がる精霊の森から採取・栽培してきたもので、普通の草花とは全く違う。

そしあと数日で今年の収穫祭が始まる、という時にセシルは気付いてしまった。

その儀式に参加できる資格を自分は持っているじゃないかと。

（入れるとは思っていなかった庭園に入れるかもしれない……！）

途端、セシルの好奇心は天を衝《つ》くほど膨れ上がり、これはなんとしても訪れなくてはいけないと即決した。だが、そのためにはオズワルドの協力が不可欠なのだ。

フレイア邸《ハウス》の朝食の席。テラスに置かれたテーブルで、セシルはナイフとフォークを握りしめたまま、正面に座るオズワルドに何と言って話を切り出そうかと考え込んでいた。

ちなみに朝食はバターの味が濃く、薄い層がいくつにも重なるデニッシュとチーズとハムのオムレツ、ベーコンにかぼちゃのポタージュだ。結構なボリュームだが、セシルは次から次へと口に放り込み、お代わりを続ける。

料理番頭は、オズワルドとそう歳の変わらない細身の女性で、生命維持のために食べまくるセシルの隣に簡易コンロを持ち込んで、楽しそうに大量のソーセージを焼いている。

そうやって朝食をとる間中、セシルはずっと悩んでいた。自分はお喋《しゃべ》りな方だし、別に「一緒に行って欲しい」と言えばいいだけの話なのだ。それなのに何故《なぜ》か、言い出せない。時間が経てば経つだけ、切り出しにくくなるとわかっているのに、だ。

とうとう食後のデザートまで辿《たど》り着き、セシルは頭を抱えたくなった。村の収穫祭は今日だ。参加しようと決めてから三日も切り出せないなんて、自分はいつからこんな臆病者になったのか。

（いえ……臆病者ってわけでは断じてないです）

問題は目の前のオズワルドだ。彼は今、折り畳んだ新聞片手にコーヒーを飲んでいる。持て余し気味の長い脚を組んで、上着を脱いだウェストコートにネクタイという姿だが、優雅すぎる。

セシルと森で過ごした際の彼は、シャツにズボンというラフすぎる格好でどこか気やすかった。だが今の彼はきちんとした格好で、公爵で領主で騎士である、という態度で使用人達の前にいる。主《あるじ》としての風格がある。それが……なんというか……セシルの口を重くするのだ。

もちろん、話しかければ普段と変わらない調子で返ってくるのはわかってはいるのだが。

（………なんか……腹立ちますね）

セシルはどこに行っても変わらない。王城のパーティですらポカをやらかして脱走するくらいなのだから、こんな風に優雅で気品に溢れた態度などとれっこない。なのに相手はこうも簡単にそれらを醸《かも》し出し、人を魅了することができるなんて……ズルすぎるだろう。

オズワルドとの間にないはずの高い高い壁を感じる。それを無理やり壊すように、セシルは何度か話しかける言葉を練習した。

（オズワルド様は私の婚約者ですよね？　なら一緒に婚約を祝う儀式に参加しませんか？　よしよし）

セシルは紅茶を一気に飲み干す。

さあ言うぞ。今から言うぞ。これから、一緒に参加しませんかって、言うだけだ！

「オ」

「公爵閣下《ユアグレイス》、リード様がお見えです」

静かに、足音もなく引き締まった体躯《たいく》の執事がテラスに現れ、絶妙なタイミングでオズワルドに声をかける。

「わかった」

勢い込み、両手を握りしめた状態で固まっていたセシルは、新聞を畳んで立ち上がり、ふと視線を寄越した怪訝《けげん》そうなオズワルドを目の当たりにする。

「どうした？　腹でも痛いのか？」

普段と変わらない、飾らない、直球すぎる物言い。それにセシルはカチンときた。人がこんなにぐるぐる考え込んで馬鹿みたいだ。というかなんであんな気取った雰囲気を醸し出しておきながら、こうも気の抜けたようなことを言ってくるのか、三日間考え込んだのが非常に馬鹿らしい。

「オズワルド様なんかッ……頻尿にでもなればいいのにッ」

ぶはっとどこかで誰かが盛大に吹き出す。振り返ったオズワルドの殺気の滲《にじ》んだ視線から逃れるべく、肩を震わせた執事と料理番頭が足早にその場を去っていく。同じように、セシルも口をひん曲げると大股でテラスを出ていこうとした。

「待て！　頻尿にでもなればいいとはどういうことだ!?　まさかお前、また何か良からぬ薬を――」

「入れてません！　あと、これから私、白魔導士村に行ってきますので！」

「村に？　なんの用だ？」

婚約祝いの儀に参加して、世にも貴重な花灯火を貰《もら》うのだ。だがそれを言えず、セシルはぐいっと顎を上げると堂々と胸を張った。

「オズワルド様には関係ありませんっ」

★☆★

「なんなんだ、あの女は」

本日何度目になるかわからないぼやきがオズワルドの口から漏れる。騎士団総帥で剣聖のジオーク卿を交えた、今後の作戦会議を終えて巨大な隊舎を歩きながら、ザックが肩を竦める。

「何かしたんじゃないのか？　例えば前の恋人が屋敷に押しかけてきたとか、前の恋人の手紙が出てきたとか、前の恋人の名前をついうっかり呼んじゃっ――」

ザックの顔面に書類の束がぶち当たる。持ち主であるオズワルドがこめかみに青筋を立てた笑顔、という相反する表情でザックを見ていた。

「言葉には気をつけろ、ザック・リード」

全面降伏を表すように両手を上げる彼に、ふんと鼻で息を吐きオズワルドは苛立《いらだ》たしげに髪を掻《か》き上げる。セシルがここ数日、何か言いたそうにしているのには気付いていた。だがあの一を言ったら百で返ってきそうなセシルが言いにくそうにしているのが珍しく、少しそわそわしながら待っていたのだが、終《つい》ぞ「それらしい」話は出てこなかった。

ふうっと溜息《ためいき》を吐《つ》き、オズワルドは廊下の窓から外を眺める。

（白魔導士村に行くと言ってたが……夜には戻ってくるのか？）

朝一に治療をしているので、一晩戻ってこないということはないと思うが……などとつらつら考えていると、不意にこちらに向かって飛来してくる白い光を見つけて目を見張った。

（あれは……伝令か⁉）

それは見る見るうちにこちらに近づき、どうやら自分宛だと気付いた時には不可思議な力で窓ガラスをすり抜け、オズワルドの目の前でぴたりと止まった。隊舎にはまだ人がいて、目を見張るザックの他にも緊急事態かと、身構える騎士が見える。だが、オズワルドの脳内にあったのは、セシルのことだけだ。

もしかして白魔導士村で何かあったのか⁉

そう思った瞬間、光を放つ伝令がばらりと解け、中に入っていた思念が、文字となってオズワルドの前に現れた。

★☆★

婚約を祝う『花灯火の儀』には自分のパートナーを連れていくのが普通だ。一人で参加しようとする者は、灯火園内部の珍しい光る鉱石や植物を採取しようとたくらむ愚か者か、はたまた見栄っ張りのどちらかしかいない。偽装した婚約者を連れて乗り込もうとする人もいれば、うまい具合に管理人をだまくらかして入ろうとする者もいる。

　だが彼ら、彼女らはことごとく入り口で弾《はじ》かれる。灯火園の管理人は白魔導士村一、厳格な人で、片眼鏡《モノクル》とその下の雷光のように鋭い眼差《まなざ》しが特徴的な導師だ。彼に見破れない悪だくみなどないといえる。だが本日一人で参加しようとしているセシルはそのどちらでもない。婚約は本当だし、確かに灯火園の中を見たいとは思うが、自分が貰えるものしか貰ってこない気だ。

　だが、一人では入れない。と、なると。

「お願いしますっ！　私が婚約したことを入り口にいらっしゃるフランツ導師に師匠から説明していただけないでしょうかっ！　師匠がここから出たがらないのは十二分に承知してます。ですが今日の収穫祭で師匠は大地の女神へ感謝の祈りを捧げる大任があるはず。それを他人に任せることはないと、この弟子は知っています！　やってきた灯火園を覗《のぞ》けるという千載一遇のチャンスを逃すわけにはいかない弟子のために一肌脱いでいただきたく存じそうろう」

「わかったわかった」

　オズワルドが伝令を受け取る少し前。

　カーティスの屋敷の執務室にて、机に着いてもくもくと計算を続けていたカーティスは、ふかふかの絨毯《じゅうたん》に座り込み、頭を下げて滔々《とうとう》と喋りまくるセシルの詭弁《きべん》を封じるように、深く深く深ぁく鼻から息を吐いた。がばっと顔を上げるセシルの前でくるりと椅子を回転させる。

「手は打ってやる」

「おっしょーさまああああ！」

ありがとうございます、ありがとうございます。

何故か平身低頭するセシルにカーティスは呆《あき》れたようにくるりと目を回し、それから再び椅子を戻して乱雑な机の上から綺麗な水晶でできたペンを取り上げた。

何やら書き始める師匠をよそに、しゅばっと立ち上がった弟子は、子供の頃と同じように歌いながら部屋を出ていく。灯火園内部に咲き誇る光る植物や光る鉱石の予習をするのだと、歌の内容から察したカーティスはしばらくこの、一種独特な騒々しさが屋敷を満たすのかと、うんざりしたように額に手を当てるのだった。

秋の夕日はあっという間に沈み、濃い藍《あい》色が空を満たす。星と月が煌《きら》めく収穫祭の夜に、セシルはエネルギー切れを恐れて屋台の端から端までめぐり大量の食糧をゲットした。

「それを全部消費しないと賄《まかな》えないわけか」

祭祀《さいし》を終えたカーティスが溜息交じりに告げる。

「ふぁい」

口の中に羊の串焼きを突っ込んで歩くセシルは、買ったものを詰め込んだ紙袋を抱えていた。灯火園を目指す二人の様子は師匠と弟子というよりは親子のようだ。だが、肝心の門番を務めるノランツ導師は女性を伴ってこの時期に現れたカーティスに衝撃を受けたようだ。

「まさか……カーティス導師が…………婚約を!?」

ぎらり、と片眼鏡の奥が光り、微《かす》かに声が震えた。そんなフランツ導師とは対照的に、セシルは目を瞬《しばたた》き、同じくカーティスも驚いたように目を見張った。だが立ち直りが早かったのは師匠の方だ。彼は面倒そうに首筋に手を当てて思案した後。

「そうだ」

色々説明することを放棄した師匠が肯定する。

「お、お師匠様!?」

な、何を言って、とそう続けようとした刹那《せつな》。

「ちょっとまったあああ！」

祭りの喧噪《けんそう》を切り裂いて、耳慣れた声が響いてくる。その場にいた全員が振り返れば、乱れた髪に乱れた格好のオズワルドが向こうから駆けてくるのが見えた。全力疾走だ。そのままセシルの手首を掴《つか》むと強引に自分の方に引き寄せた。

「彼女は！　俺の！　婚約者ですっ！」

さすがは聖騎士。全力疾走したにもかかわらず、息を切らすことなく、一音一音切って告げる。その彼を見上げて、セシルはぽかんと口を開けてしまった。

どうして彼がここに？　なんでこの灯火園に？　ていうか、今なんて？

「行くぞ」

色々考え込んでいるうちに手を引かれ、「ああなるほど」と納得したフランツ導師が開けた門から中に入る。緩くカーブした石畳を行けば、門からは手前の巨木に隠れて見えなかった庭が姿を現した。光り輝く鉱石でできた山に、様々な色の光を放つ花があちこちに咲いている。本来なら目を奪うような光景だが、何故かセシルの目にはしっかりと手を繋《つな》いで歩くオズワルドしか映っていない。

「……ほら、この中からどれか一つ、二人で掘り出して持って帰るんだろう？」

周囲を見渡したオズワルドが、言って視線を落とす。ぱちり、と音がしそうな勢いで目が合い、セシルは思わず悲鳴のような声を上げた。

「ど、どうして知ってるんですか⁉」

「そりゃ、伝令が来たからな。お前が白魔導士村の収穫祭で開催される、婚約を祝う『花灯火の儀』に一人で参加しようとしてるって」

言って、じっと視線を注がれてセシルは思わず視線を逸らした。

「い……一体誰から……」

「親切なお前のお師匠様からだよ」

なるほど。カーティスが打った「手」というのはこういうことだったのか。

「で、どの花を俺達の婚約の証《あかし》にするんだ？」

さらりと告げるオズワルドに、しかしセシルはぎゅっと唇を引き結んだ。

花灯火の儀では、婚約した二人がこの中で咲き誇る明るい花の一株を掘り起こして持って帰り、結婚式まで大切に育てるという儀式だ。花灯火は育てるのに少々手間がかかる。二人で掘り出した時刻に二人で水をやらねばならない。一分でも遅れる、もしくは一人で水をやる、など条件に反することをした瞬間に花は光を失い、ただの普通の植物に戻ってしまうのだ。

そんな面倒な行為にオズワルドは嬉々《きき》として足を突っ込もうとしている。

（………なんで……）

腕まくりをし、近くにあったシャベルを担ぐオズワルドの張りきった様子に、セシルは混乱した。

屋敷で見てきた彼は、公爵様で領主で騎士で……こんなところで花を掘り起こすような人には見えなかった。それなのに……なんで？

「セシル？」

理由が思い当たらず、黙り込むセシルをオズワルドが振り返った。

その姿は、淡く光る庭園の花々に照らされて見惚れるほどに素敵だ。そう……素敵なのだ。

その瞬間、セシルは衝撃の事実に気付いた。

彼女がオズワルドに惚れたのは、彼が一生懸命で何事にも真剣で、それからセシルをからかってばかりいるが一度も馬鹿にせず、信頼を寄せてくれたからだ。口喧嘩もどうでもいい言い合いも心地よかったからだ。

その彼が見せた、屋敷での堂々とした振る舞い。それの何に自分が気後れを感じていたのか……この時セシルは唐突に気付いてしまった。

彼は……想像以上に……イケメンだったからだ！

「納得いかない！」

「………はあ⁉」

　ぎょっとするオズワルドをよそに、真っ赤になったセシルが声を張り上げる。

「納得いきません！　なんでそんな、儀式に積極的なんですか⁉　オズワルド様はオズワルド様らしく、わけのわからない儀式に引っ張り出されてぶつくさ文句を言って、花灯火は一体どんな呪いが発動するんだ～とか、どうせ眉唾ものだろ～とか、なんかこうひと悶着あって私がだまくらかしてオズワルド様に花を掘らせるのが理想なのに！」

　酷《ひど》い言われようだ。

「お前な……」

　呆れたようにオズワルドが担いでいたシャベルを下ろす。足元に突き刺したそれに両手を置き、彼は真《ま》っ直《す》ぐにセシルを見た。

「婚約者を騙《だま》すっていう発想がそもそも間違いなんだよ。俺達の間に利害関係は……まああるかもしれないけど、俺だってお前のために何かするくらいの甲斐性《かいしょう》はあるし、むしろ、こんな大事なイベントに一人で行かせるわけがないだろう」

　普通に説教をされ、セシルがぐっと言葉に詰まる。それから口を引き結んだまままぎゅっと両手を握りしめた。

「……だって……オズワルド様が……なんか……いつもと違って……ちょっと……」

　遠い気がしたから。

　そう。自分の知らない彼を見せられてなんとなく……置いていかれたような気がしたのだ。彼の何もかも知ってるわけではなくて、むしろ全く知らない部分の方が多いと、なんとなく気付いてしまった。そして知らなかった彼の姿がかっこよく見えてしまって、どうにも近寄りがたかったのだ。

そんな風に俯《うつむ》いて、悔しそうにするセシルのもとに歩み寄ったオズワルドが、そっと手を伸ばすと彼女の顎に手を当てた。ゆっくりと、顔を上げるように促《うなが》す。

「ちょっと……なんだって？」

「………オズワルド様は……オズワルド様らしくいてくれないと！」

やけっぱちに呟《つぶや》かれたその言葉に、くすっと小さく彼が笑う。

「例えば？」

「騙されて掘らされてえらい目に遭った～って……ぼやいて……」

「なるほど。了解した」

言って、彼は笑いながらセシルをぎゅっと抱きしめると、頬を膨らませて赤くなる彼女の耳元に唇を寄せた。そのまま少し、甘く噛《か》んで囁《ささや》く。

「では仕切り直して。……今日は何をして俺を振り回すのかな？　突拍子もない俺の婚約者殿」

意地悪く言われ、ぐいっと顔を上げたセシルは彼の瞳の中に、甘く温かな光がふわりと宿っているのを見て胸がぎゅっと痛くなった。

振り回すのは自分の方だったのに、今日は振り回されている。

一歩先を行かれたような気がして悔しく、セシルは周囲を見渡すと、丸くすべすべした巨大な石のてっぺんで、吹く風に揺れるレモンイエローの光を放つスズランを指さした。

「あれが欲しいですっ」

「仰せのままに」

その要求に応えるべく、オズワルドが巨大な石に登り始める。が、いかんせん光る鉱石には足や手の指をかけるとっかかりがない。

「……死ぬほど難しいぞ、セシル・ローズウッド！」

つるつる滑って登れず、しまいには靴と靴下を脱いでチャレンジするオズワルドを横目に、彼女はほうっと溜息を吐いた。

うんうん、これでこそオズワルド様だ。そういう方が彼らしい。

「我々の愛が試されてますからね、難しくてもなんでも採ってきてください」

澄ました彼女の物言いに、今度は本気で毒づくオズワルド。

変わらない二人のやり取りだ。間違いない。

だがどこか……何かが変わっているようにも思える。

（オズワルド様がかっこいいなんて……）

彼女の視線の先で、裸足《はだし》になったオズワルドが必死に岩にしがみつく。その様子にちょっとだけセシルは思った。

――……うん、かっこいいかもしれない。

このなんとも情けない姿に改めてそんな評価が下されたなんて、当の本人が知ることはないのだけれども。

文庫版書き下ろし番外編

流行の始まり

MELISSA

オズワルド・クリーヴァには気になることがある。

気になってもやもやし続けるくらいなら確認した方が早いだろうと、彼は公爵家のテラスでせっせと何かを書いているセシルに大股で近づいた。

「セシル、一つ聞きたいんだが――」

「あ、オズワルド様、丁度いいところに」

ぱっと顔を上げたセシルが、オズワルドの目の前に書きつけていた書類を突き出した。

「ここにサインしてください」

唐突すぎるし胡散臭《うさんくさ》すぎる。

「……何のサインかな、セシル・ローズウッドくん」

ぱしっと書類を受け取って綺麗《きれい》な笑顔で尋ねれば、セシルがほんの少し沈黙した後にふうっと溜息《ためいき》を吐《つ》いた。

「この間オズワルド様に差し上げたお茶の効能証明です。ここに購入者様の感想欄があるので、そこはすでに埋めておきましたからサインだけ頂ければと……」

「完全に詐欺師の手順だろ、それは！　ていうか俺はこんな感想を抱かなかったぞ!?　あのゲロ甘のお茶に関して俺が思ったのは『ゲ、ロ、あ、ま、い』だけだ！」

ざっと目を通し、「これは誰の感想だ?」というくらいの絶賛された内容に大きくバツを書き足して突き返す。

むーっと唇を尖《とが》らせたセシルが、受け取ったそれをくしゃくしゃに丸めると溜息交じりにポケットに突っ込んだ。

「じゃあ、正しい感想をお聞かせください。書き取っていきますので」

「……いい、自分で書く」

背後に回り、手元の書類を取り上げようとして、オズワルドの指が彼女の耳元で揺れる大きめのイヤリングに触れた。

指先に触れた冷たい金属の感触に、オズワルドは再び問いただそうと思っていた『もやもや』を思い出す。

耳朶《じだ》から肩のあたりまで下がるイヤリング。不思議な紋章を刻んだ金の装飾の下に、澄んだ水色に輝く宝石《いし》が下がっている。これも魔法道具で使われる魔石の一種だろうかと、そっと掌《てのひら》で触れれば、りぃん、と涼やかな音がして掌にぱちん、と鋭い痛みが走った。

ぱっと手を引いた瞬間、ゆらり、と陽炎《かげろう》のようなものが宝石の周りに漂うのが見えてオズワルドが自分の頬《ほお》が引き攣《つ》る気がした。

「これ……白魔導士はみんな同じものをつけてるのか？」

「これですか？」

しゃらん、と耳元で揺れるイヤリングに、セシルが手を伸ばす。

「白魔導士がみんな同じものをつけているのかといえば、答えは『いいえ』ですね。形も意匠も違うものを皆それぞれつけてたりしますが」

「白魔導士達全てに支給される？」

「まあ……う～ん……どうでしょう？　これは誰に師事しているのかが一目でわかる、言ってみれば目印みたいなものなんですよね」

やっぱりか、とオズワルドは心の中で呻《うめ》いた。

この、セシルの首筋で存在を主張する装飾品《イヤリング》はあの絶賛引き籠り白魔導士、カーティスがつけているものと同じなのだ。

だがそれは、『誰に師事しているのかが一目でわかる』ように『白魔導士全員が』つけているのだとしたら、まあ…………納得……できる……気がする。

そうやってオズワルドが心を落ち着かせようとしていると、そんな努力をあざ笑うようにセシルが続けた。

「ただ、私みたいに師匠から片っぽだけ貰《もら》ってつけているのは珍しいんですけどね」

「……片っぽだけ貰った？」

思った以上に不機嫌な声が出た。だがセシルは特に気付いた様子もなくあっさりと続ける。

「はい。普通は皆さん、弟子用の装身具みたいなものを用意されてるんですよ。学校に上がってくる子供たちは、そこから師事する師匠の下について修行を開始するので」

毎年のことなので、自分が受け持つ弟子の分の装身具を用意するのが普通になっている。

「でもうちの師匠は私が最初で最後の弟子だって決めてるようで」

つまり、弟子用の装身具を用意することも、各師匠たちが持つ印章を刺繍《ししゅう》したローブを作ることもカーティスにとっては一度限りのことで、一度限りのことに手間と時間をかけることをあの師匠がするはずもなく。

「私が持ってる衣装や道具は大抵、師匠のお下がりですね。このイヤリングも、正式に白魔導士学校に入学した時に『やるからつけろ』って自分の耳から外したのを貰ったんです。あ、でもこれ、結構凄《すご》いんですよ、外敵から身を護《まも》る魔法が付与されてて、イレギュラーな攻撃を防御したり結構重宝してます」

にこにこと屈託なく告げるセシルの様子に、オズワルドはぐっと奥歯を噛《か》み締めた。

心の中では「大人になれ、俺……大人になれ」と何度も何度も繰り返し、深呼吸をする。

他の男から貰ったものが彼女の首筋で揺れている、というだけでもイライラするのに、更にはそれがセシルを護っているとなると余計に腹が立つ。

しかもそれが、師匠を持つ白魔導士すべてが形はどうあれつけるものだとわかると、更に更に苛立《いらだ》ちが募った。外して欲しいと……言い難い。

「……ふうん」

色んな感情を煮詰めて網で濾《こ》したような、複雑に絡み合った呻き声が出た。それでも「今すぐ外せ」と言わなかったんだから褒めて欲しい。

諦めにも似た気持ちで彼女の隣に腰を下ろし、オズワルドは頬杖《ほおづえ》をついて下からセシルを覗《のぞ》き込んだ。

「どうりでそれに触れたら衝撃が走ったわけだ」

「ほえ？」

驚いた顔でこちらを見るセシルに苦笑する。

「お前に触れる奴を牽制《けんせい》してるんだろうな」

そっと手を伸ばせば、意外にも今度は触れることができた。冷たい宝石はオズワルドの手を振り払わず、不思議な音色も出ない。

「何も起きてませんけど？」

「それはお前が俺に触れられるのを認識してるからだろうな」

悪意を持って触れる存在ではないと、セシル自身が理解して、認めているから。でも彼女の意識が別に向いているときには……多分、持ち主の魔術が働くのだろう。

自分に触れる者は排除せよ、という。

（それはあの師匠の方針かな……）

ただ恐らくだが、師匠にセシルが背後から手を伸ばしても弾《はじ》いたりはしないのだろう。

それがなんとなく……腹だたしい。

「オズワルド様？」

頬杖を突いたまま、セシルの耳元と首筋を飾る宝石に触れながらオズワルドは溜息にも似た声で答えた。

「俺もお前に何か買ってやりたいんだが」

自然と零《こぼ》れた……自分にあるとは思っていなかった要求。口にしてからしまったと目を剥けば、案の定、呟《つぶや》いたオズワルドよりも驚いているセシルが目の前に……。

「オズワルド様……」

怪訝そうな顔でセシルが身を乗り出す。

「熱なんかないし幻覚も見てないし、お前がオカシナものを飲ませてない限り俺は正気だ」

こんな主張をしなきゃならんのかと、頭を抱えたくなる。それでも彼女から返ってきそうなセリフを先回りして言えば、目を瞬いたセシルがこてん、と首を傾《かし》げた。

「では……何のために私に投資を？」

「とう………チガウ。まあ、そのあれだ……普通の！　一般的に交際をしている人間は！　相手に贈り物をしてそれを身に着けて欲しいっていう願望があるんだよ！」

ひらひらと片手を振って説明して見せれば、「おおう」と謎の呻き声がセシルからもれた。

「それはもちろん、私もそう思う可能性があるってことですか？」

「……セシル」

こほん、と咳払《せきばら》いをし、オズワルドは居住まいを正す。それから真剣な表情で目の前の婚約者に訴えた。

「例えばだ、セシル・ローズウッド。俺が後生大事に持っている……そうだな、隊服のネクタイについているピンだが、それが俺が元恋人から貰ったものだとしたら、どう思う？」

「元恋人から貰ったタイピンを使ってるのですか⁉」

かっと目を見開いたセシルに食いつかれて、驚いたオズワルドが身を引く。

「違う！　例え話だ！」

「あ、そうでしたね……そうですね……オズワルド様が恋人から貰ったものを後生大事に身に着けている……」

不意に、彼女の綺麗な琥珀《こはく》色の瞳がオズワルドの頭のてっぺんからテーブルに隠れて見えない足の先までなぞるような気がした。それから真顔で金緑の瞳を真《ま》っ直《す》ぐに見詰めた。

「そんなに好きだった人がいるように思えないのですが」

「ほっとけ！　ていうか、例えだ、例え！」

「現実味のない例えを出されましても……」

頭を抱えたくなるのをぐっと堪《こら》え、オズワルドはがしっとセシルの両肩を掴《つか》んだ。

「想像力を働かせろ。嫌だと、思わないかな？　セシル・ローズウッドくん」

笑顔で見つめれば、オズワルドの圧に負けたのかセシルが渋々……本当に渋々答えた。

「そりゃまあ……未練があるのかな、とかまだその人が好きなのかなって思いますね」

「だろう？　ということで、買い物に行くぞ」

「……へ？」

理論が飛躍していないだろうか、と目が点になるセシルの手首を掴んで立ち上がり、オズワルドが再び大股で歩きだす。

「お前のそのイヤリングは……護符の効果がある魔法道具だから仕方ないとして……俺も、何か……そういうのが欲しいいんだよ」

歯切れの悪い言い方しかできないのは甘い空気を作らせてくれないからで、甘い空気がなければオズワルドの台詞《せりふ》も空回りするばかり。

（くそ……もっとこう、上手《うま》く伝えられていたはずなのになんでだっ）

セシル相手にはどうしても上手くいかない。強引に連れ出す、という新米騎士がやりそうな手段しか取れない自分に頭を抱えたくなっていると、セシルの何やら感慨深そうな声が背後からした。

「つまり、オズワルド様は師匠から貰ったものを後生大事に身に着けているのが気に食わないので、代わりに自分が買った物もつけさせろということですか？」

冷静に分析するような内容に、オズワルドはやけっぱちで答えた。

「そうだよ！」

どうやらオズワルド様は自分を着飾らせて喜ぶ趣味があるようだ、なんて本人が聞いたら怒り狂いそうなことを考えながらセシルは王都の街を歩く。

秋も深まり、昼間は軽装で大丈夫でも日が沈む頃にはコートが欲しくなるような季節である。そんな空が金色に染まる夕暮れ時、オズワルドの隣を歩くセシルは一体どこに連れていかれるんだろうとほんの少しわくわくしていた。

「オズワルド様は一体私に何を買うつもりなんです？」

興味津々で尋ねれば、「そうだな」と馬車を降りてから通りの店先を眺めていた彼が腕を組んで考える。

「定番では指輪とかネックレスとか……」

「ちなみに過去に買ったことは？」

「……何事にも初めてというものは存在するんだよ、セシル・ローズウッドくん」

ないのか。

「でもいいかもしれませんね、装身具は持って帰って師匠に加護を付与してもらえばオズワルド様も戦闘の時に無茶をしても保護されるかもしれませんし」

「カーティス導師を間に挟みたくないから、今回は普通の指輪とかだ」

「え⁉　なんでですか⁉　もったいない！」

「いいんだよ！　それより、お前はいいのか？　その……定番で」

こほん、と咳払いをして告げるオズワルドに、セシルは肩を竦《すく》めてみせた。

「指輪だと薬を調合したりする時に邪魔になるので。ペンダントの……あの、ぱかっと開くやつがいいです。中に劇薬を入れて持ち歩くとかっこよくないです？」

「……突っ込みどころが山ほどだが、とりあえず君のその腰から下がってるホルダーに山ほど詰まってる薬瓶の中身は劇薬じゃないのかな？」

もう十分だろと言外に言われるも、セシルはちっちっちと指を振ってみせた。

「それじゃあ有事の際にさっと取り出してしゅっと混入できないじゃないですか」

「お前は一体何をやろうとしてるんだ？」

そんな風にいつものやり取りを繰り返しながら、オズワルドはフレイアア公爵らしくセシルを連れて宝飾品店などに行ってみる。だがセシルが求めるのは「機能性」であってキラキラして繊細で、首もとを美しく飾るものではない。

何軒か取引のある店を回った後、オズワルドが深い溜息を吐いた。

「お前が一筋縄ではいかないことをすっかり忘れていたよ」

「お褒めにあずかり光栄ですぅ」

言いながら、周囲を見渡したセシルはとある一軒の店に目を留めて足を速めた。

「お、おい？」

「私が求めるペンダントはあそこにある気がします！」

後を追ってくるオズワルドを振り返り、彼女がびしぃっと指さしたのは。

「…………道具屋？」

それは騎士や魔導士がよく集まり、討伐の際などに武器や防具を買い求める店だった。

「失礼します！」

いらっしゃいませ、と店員が言うより先に宣言して中に飛び込んだセシルは、所狭しと並ぶ武器や道具、天井から釣り下がる薬草などを見渡し自分が求める『機能性に優れたペンダント』を探して歩いた。対してオズワルドはちらちらと自分に注がれる視線を意識しないわけにはいかない。

何故なら、この手の道具屋に来るのは若い騎士や魔導士が多く、隊長格のオズワルドがやってくることなどほぼないからだ。

あちこちから「あれって……」とか「フレイア公爵が……」とかいう囁《ささや》きが漏れ伝わってくる。

そんな囁きに居心地悪いものを感じるオズワルドだが、一人前にカウントされないセシルはこういった道具屋にすら来たことがないため、目新しいものばかりで完全に周囲が目に入っていない。

棚に置かれた瓶の効能を確認したかと思えば、りっぱな拵《こしら》えの杖を目にして眉間に皺《しわ》を寄せたりしている。

「この杖、ほぼ身分証明の役割しか担ってないのになんでこんなに高いんですかね」

「……身分証明だからだろ。単なる木の棒を持っていたって誰も尊敬なんかしないだろうしな」

「なるほど」

では私も見習いらしく……と手を伸ばしかけて、はっと彼女は我に返った。

「ってそうじゃなくて！　ペンダントですよ、ロケットタイプでぱかっと開いて中に劇薬を入れられる……」

くるりと華麗なターンをした彼女は、視線の先に木製の柱にアクセサリー類が掛かっているのを見つけた。そのまま一塊になっている騎士たちの真ん中をすり抜けていく。

歳若い騎士達の好奇な目が自分を追ってるなんて疑ってもいない彼女は、その塊をひと睨《にら》みして大股に近づいてきたオズワルドに腰を抱かれて仰天した。

「オズワルド様!?」

「人の間を突っ切っていくな。迷惑だろ？」

「そ、そうですね」

ちらっと彼の鋭い金緑の視線が固まっていた騎士達に向く。鯱《しゃちほこ》張《ば》る若い騎士にすみませんと軽く会釈して、セシルは適当にぶら下がっているだけのペンダントやブレスレットに目を輝かせた。

「この中に私の求めるものがありそうです」

均一の……しかもちょっとお高めな昼食代くらいの値段に、セシルの腰から手を離さないオズワルドが顔を顰《しか》めた。

「こんなのでいいのか？　最初から高等魔法が付与されているものとか……」

オズワルドの台詞に、セシルは一個一個確かめながら首を振る。

「それは師匠に頼めば付与してくれますので」

「いや、だからそうしたくないから言ってるのであって……」

「あ、これ！　これがいいです！」

そんなやり取りの中で彼女が取り上げたものは、最初に彼女が望んだような『ぱかっと開いて中に何かを仕込めるロケットペンダントタイプ』ではあった。

あったのだが……。


「……なあ、ほんっっっとうにそれでいいのか？」

「はい」

「…………本当に？」

「しつこいですよオズワルド様。これがいいんです」

馬車を待たせてある場所まで戻る彼女の胸元には、拳大の、七色に光る、コロンとして可愛《かわい》らしい形状のカエルが。

うきうきしながら、セシルはそれを持ち上げると口の辺りを『ぱかっ』と開く。中も七色の光が渦《うず》巻いており、そこに何か入れたらどこかに吸い込まれていきそうな雰囲気だ。

「可愛いですねぇ」

「か…………可愛いか？」

「はい。ここに」

そう言って彼女は腰の薬瓶を下げているホルダーから一つを取り上げると、細長いガラス管の中身を日にかざしたのちにカエルの口に突っ込んだ。

ぎょっとするオズワルドの横で明らかにカエルのサイズより大きなものが取り込まれていく。

「ね、便利デショ？　オズワルド様の剣の収納と同じで、ここに空間魔法が施されてるんです。だからそこそこ物が収容できますよ」

もちろん、カエルの口より大きなものは入らないが。

そこにセシルが嬉《うれ》しそうに頭痛薬だの胃薬だの目薬だのを突っ込んでいく。あらかた詰め終わった後、胡散臭そうな顔をするオズワルドにそのカエルを突き出した。

「はい」

「…………は？」

「これはオズワルド様用です」

寝耳に水だ。

「は!?」

「さっきオズワルド様がカエルを買ってくれてる間に、同じものを買ったんです。だからこれがオズワルド様用。中に薬瓶をたくさん入れておきましたのでご自由にお使いください」

ずいっとさらに差し出されて受け取り、オズワルドはぽかんとしたままセシルを見た。彼女はいくらか軽くなったホルダーにいつの間にか取り出したもう一個のカエルをぶら下げている。

そのまますたすたと歩きだすセシルと、自らに押しつけられたカエルを見比べてオズワルドは何とも言えない気持ちに襲われる。

公爵で、第一聖騎士隊隊長で、地位も名誉もそれなりにあって。女性関係も悪くなく、洗練されているなんて社交界で言われてきて、歳若い騎士達が興味深そうに自分達を見ていたというのに。

不気味なカエルがお揃《そろ》いというだけで、なんでこんなに、情けないほど気分が高揚するのか。

(それは多分……)

彼女が、オズワルドのためを思って用意してくれたから。

このカエルを前にした時に、ほんのちょっとも他人のことなど入らなかったから。

「セシル」

すたすたと歩く彼女の耳の端がほんの少し赤いような気がして、それがオズワルドの心を更に弾ませる。彼女を追いかけ、人目も気にせず後ろから抱き寄せた。

「ぎゃ!?」

色気のない声を上げる彼女の頬に素早く口付ける。

「な⁉」

真っ赤になって仰ぎ見るセシルの腰を抱いて歩きながら、オズワルドはすまして続けた。

「お前のカエルの中身は俺に任せろ」

途端、セシルが心底嫌そうな顔をした。

「……私のカエルは劇薬専用って決まってるのでお断りします」

「そう遠慮せずに。そうだな……」

言ってにんまりと笑った。

「白身魚のオーロラソース掛けはどうだ?」

「絶対に嫌です！　普通にお皿でください、そういうのは！」

その後、何故か若い騎士達の間でベルトに七色のカエルをぶら下げて持ち歩くのが流行《はや》るのだが
……今の二人は知らないのであった。

あとがき

こんにちは！　千石かのんです。この度は「落ちこぼれ白魔導士セシルは対象外のはずでした」をお手に取っていただき誠にありがとうございます！

存在自体がやかましい、と言われたセシルさんと、その彼女に終始やり込められていたオズワルドの物語だったのですが、楽しんでいただけましたでしょうか！

この二人のやり取りが楽しくてのりのりで書いていたのですが、結果、七英のオズワルドさんの活躍が終盤にしかなく……まあ、仕方ないですよね、うんうん。

こんな一筋縄ではいかないセシルと振り回されているオズワルドを駒田ハチ先生がとても素敵なイラストにしてくださいました！　駒田先生、本当にありがとうございました！

最後に、打ち合わせあとに雑談もしてくださった担当様、これは恋愛物語のはずでは？　と笑いながら読んでくださったにべこの皆様、そして何より、ここまで応援&読んでくださいました読者の皆様、本当にありがとうございました！

それではまた、どこかでお会いできることを祈りつつ……。

落《お》ちこぼれ白魔導士《しろまどうし》セシルは対象外《たいしょうがい》のはずでした

千石かのん

2023年11月5日　初版発行

著者　千石かのん

発行者　野内雅宏

発行所　株式会社一迅社
〒160-0022 東京都新宿区新宿3-1-13 京王新宿追分ビル5F
電話 03-5312-7432(編集)
電話 03-5312-6150(販売)
発売元：株式会社講談社(講談社・一迅社)

印刷・製本　大日本印刷株式会社

DTP　株式会社三協美術

装丁　AFTERGLOW

ISBN978-4-7580-9590-7

●本書は「ムーンライトノベルズ」(https://mnlt.syosetu.com/)に
掲載されていたものを改稿の上書籍化したものです。

MELISSA
メリッサ文庫